目录
CONTENTS

楔子　　　　　　　　001

第一章 表哥　　　　004

第二章 麻烦　　　　022

第三章 礼物　　　　048

第四章 校运会　　　070

第五章 脱胎换骨　　091

第六章 旅游　　　　110

第七章 过年　　　　132

第八章 离别　　　154

第九章 结婚　　　176

第十章 当家　　　197

第十一章 回乡　　216

第十二章 大学　　239

第十三章 相伴　　261

番外 乞力马扎罗的雪 289

"你叫遥远吗？我是你表哥，出来，带你去玩。"

"你不会走的,对吧。"

"我应该不会,嗯,我答应你,我不会。"

楔子

遥远记忆里第一次见到七岁的谭睿康,是在乡下的外婆家。

那小孩像只瘦了吧唧的黑猴儿,脏兮兮的,脸上两道灰,扒在墙上瞅他,像是想开口,又不知道该说什么。

遥远长这么大,头一次见到有人这么黑这么脏这么瘦,那袖子上也不知道粘着啥。

"你叫遥远吗?"脏猴儿挠了挠脖子,说,"我是你表哥,出来,带你去玩。"

遥远退了半步,不知道"表哥"是什么亲戚,来外婆家三天了,他见过的亲戚一大堆,是个人就是表亲戚,表姑表舅表姐表舅公……热情得令他有点怕。

房里有点动静,脏猴儿赶忙下地,一溜烟跑了。

"谭睿康!"外公犹如晴天霹雳一声吼,大步流星追出院外,瘦猴干净利落地"飘移",想朝巷子里钻,被外公一个箭步出去逮着了,揪着耳朵拎进来。

谭睿康像个滑稽的小丑不停地挣扎,外公的手指跟钳子似的,把他一路揪进来,用拐杖打了几下,说:"你爸呢?"

谭睿康说:"去工地了。"

外公说:"作业呢?"

谭睿康拍了拍书包,外公道:"进里面做作业,做完陪你弟弟去玩！"

遥远收拾得很干净，眉清目秀，皮肤白嫩，跟个小瓷人似的，谭睿康进去后还时不时偷看他。

谭睿康看遥远，遥远却盯着谭睿康的书包看——那书包去年才见过，本来是他的。

刚上幼儿园那会儿，他妈给他买了个书包，背了两个月换了新的，旧书包就不知道被收拾到哪儿去了，原来跑这儿来了！

外公从前是当兵的，人高马大，一脸正气，戴着老花镜坐在厅里看信，谭睿康在外公眼皮底下做作业。遥远在院子里走了几圈，跑了进来，朝外公怀里钻。

"好好好。"外公伸手抱着遥远，孙子孙女对他都怕得很，唯有遥远特别受宠。外公一直说，遥远长得像他妈小时候。

遥远道："阿公，我要回家……"

外公道："过几天你爸爸就来接你回家，等表哥做完作业，让他带你去玩。"

外公身上有种老人的气味，烟混着洗衣皂的香气，他的大手带着凉意，手心干爽，摸起来很舒服。他把遥远抱在膝头颠了颠，遥远骑着他的大腿，抱着他的脖子，躺在他怀里睡了。

睡醒时，外婆拿了点巧克力出来给遥远吃，还打了热水给他洗脸。谭睿康盯着巧克力看，这巧克力遥远在家里是从来不吃的，嫌里头酒心的味道难吃，外公却嗜甜，尤其是酒心巧克力。

遥远把外面的巧克力啃掉一点，估摸着快吃到酒心了，随手递给谭睿康。

"弟弟给你的你就拿着吃，"外公起身道，"带弟弟去玩，不能欺负他，听到没有？！"

谭睿康马上点头，他收拾了作业本，过来牵遥远，遥远嫌他脏不让牵。

谭睿康就说:"哦,走吧,咱们去摘果子吃。"

于是一大一小,前后出了院子。

遥远在乡下待了三个月,对于当时太小的他来说,很多事情已经记不清了,虽然长大后那些曾经的片段会在梦里一闪即逝,却终归趋于模糊。

地里的瓜,梧桐树下的茶,水沟里的田螺,收稻子时的蛙鸣,他不知道当年谭睿康陪着他的那段时光意味着什么,一个比自己大两岁的小孩,又在大人们那里听到了关于他的什么。

这些都已逐渐成为鸡零狗碎的童年回忆藏在大脑深处,只有当年谭睿康像只黑猴儿似的扒在墙头看他的那一幕,总会时不时出现在他的脑海里。

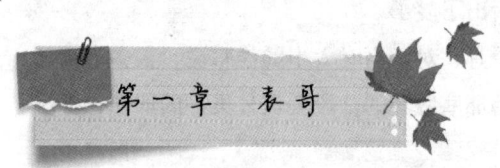

第一章　表哥

"遥远,你表哥要来家里住,两点记得去接。"男人的声音响起,接着是电话响,最后是关门声。

"住多久?爸!"遥远愤怒地大喊,"我今天没空!怎么不提早说?哪个表哥?不会是乡下来的吧!"

遥远的老爸走了。

暑假作业扔在一旁还没做,一周后开学,今天他约了同学去书城买新学期的学习资料。

他玩了会儿游戏,关机,看了眼时钟,十二点。

出门前看到冰箱上的便笺,是他爸留下来的,上面记着名字,要接的人叫"谭睿康",标了车次,没有电话号码。

想也知道,一部手机要好几千,连遥远自己都用着老爸的诺基亚8310,乡下表哥怎么可能用得起手机?连个call机都没有。

农村来的……遥远的妈妈姓谭,老家在谭家村,遥远想起自己很小的时候去过那个地方。那年遥远才五岁,妈妈生病了,爸爸带她去看病,遥远就被寄放在外婆家。当时好像有个表哥带着他到处去玩,结果差点让他淹死在水里,表哥回家因此被外公打了一顿。

那是五岁的夏天,遥远幼儿园不上了,老爸给村里打了个电话,七十五岁的外公骑自行车把他送到汽车站,等在那儿的舅舅带他到县城转车,回到家的时候,他妈连话都说不出来了。

当年遥远离开得匆忙，表哥去上学了，村子里也没通电话，回来没多久，遥远就把乡下的事忘得一干二净。几天后，遥远的妈妈去世了，爸爸带着他过日子，再没有和老家联系过。

前几天遥远和同学唱完歌回来，已经半夜三更，发现他爸在打电话，以为是找女人的事，就没事找事与父亲吵了一架，在知道是外婆打来的电话后，才讪讪作罢。

遥远这人占有欲很强，绝不允许他爸再婚，平时一点小事就闹，就算错了也不认，然后反锁上门不吃饭，直到他爸让步为止。

遥远从小没了娘，他爸几乎事事都顺着他，惯出来的脾气也令自己头疼。儿子不懂体谅，当爸的生意又忙，本来就不太会教育儿子，根本不懂青春期心理学，除了给钱就没别的办法了。

所幸遥远只是个窝里横，平时光在家闹腾点"王子"病，在外面还是很识趣的。毕竟他爸让着他，旁的人可不一定让着他，犯起"王子"病，不惹你，孤立你总行了吧。"中二"少年小学没什么朋友，上初中就学乖了，宁可欺负老爸，也不欺压同学。

遥远天生就一副好皮相，家里又有钱，在吃玩用方面又都很大方，因此很受同学欢迎。

他爸带着他出去吃饭时，也知道对叔伯辈讲礼貌。旁的人都捧着他，也有说他长得像他妈妈，他听了只是笑笑。

遥远长得帅，要面子，吃穿讲究，也有点小聪明。但玩归玩，念起书来，成绩半点没落下，还是文娱委员，所有好处几乎都占全了。

南国的八月底仍热得抓狂，外面天阴沉沉的，闷热令人浑身都是腻腻的汗水，衬衣像黏在身上。一进书城，冷气马上令他舒服了不少。

马上升初三了，得买教辅资料，遥远翻了翻书，有用没用的全往购物车上扔——他爸赵国刚很看重教辅,多买点回去能安老爸的心。

"哎,我老家也常来人,"听了遥远的抱怨,一起来买书的同学林子波同情地说,"一来就住三个月,说是找工作,来了却只会躺沙发上看电视吃东西,我妈烦得很。"

遥远答道:"有什么办法,我妈过世了以后,我们就没和那边联系过了,一会儿还得去接他……"

外面打了个闷雷,两人一起望向书城的透明玻璃墙,天黑压压的,一副快下雨的样子。遥远搭着同学的肩膀,吊儿郎当地在收银台外面排队。

暑假快结束了,黑压压一片全是来买书的学生。林子波站在遥远身边就像个陪衬——事实上,他的朋友跟遥远在一起都像陪衬。

遥远衣着光鲜,长相虽然稚嫩,收拾得却十分干净,眉眼冷峻,手指撩额发时颇有点生人勿近的嚣张气焰。

"你看那女的。"林子波小声道。

遥远毫不在意地打量那女孩:"外语学校的校服,她裙子剪过……"

正说话时遥远的手机响了。

"喂。"遥远道。

外面又是几声闷雷,开始下雨了,大雨倾盆,哗啦啦地下,书城收银台处一阵骚动。

"什么?"遥远的语气有点不耐烦,"声音大点!"

那边说:"姑丈吗?我是睿康!"

遥远想起来了,抓过林子波的手腕看表——两点半。

"我现在没时间!"遥远道,"你自己打个车过来吧!你在车站吗?"

遥远报给对方地址,又是一声霹雳,那边不知道说了什么,遥远没听清楚,车站很吵,书城也很吵,遥远毫不在意地随手挂了电话。

排队人很多,遥远等得有点不耐烦,一来觉得刚才接电话的语气不太好,二来又怕被老爸骂。他的眉毛拧成一个结,林子波道:"我来买吧,开学给你带过去?"

遥远看了一眼两人的一堆东西,林子波一个人搬不得累死,说:"没事,我陪你。"

又等了足足半个小时,三点时终于买好书出来,书城门口站了一堆没带伞的人,全在翻书看书。

遥远出去打了个车,顶着雨喊道:"你先走!"

林子波问:"你呢?!一起吧!"

遥远摆手,示意他快点上车,随手塞给他二十块钱,转身跑去另一辆车,拉开车门,说:"去汽车站。"

外面大雨倾盆,遥远在汽车站下车,被淋成落汤鸡。父亲留的纸条他没带,但从老家过来的汽车每天只有那一班,打听几句就找到了。

出站口已经没人了,遥远湿淋淋地在站台里等了一会儿,才打车回家。

到家时已经不再下雨了,这里的雨来得迅猛,去得也快。天依旧是黑压压的,空气却清新了很多。

遥远家住的是个多层小区,他到门口问保安,保安道:"是你亲戚吗?进来了,还给你爸打过电话呢。"

遥远心里咯噔一响,完了,晚上又要挨骂。

他三步并作两步跑上去,顾不得等电梯,直接走旁边消防楼梯上三楼,看到家门口站着个人,倒没怎么被雨淋。

那人背着个灰扑扑的旅行袋,像第一次进城一样,一边一个,旅行袋的两个提手勒在肩上。那人戴着一顶本来是白色，现在是灰色的棒球帽，上身短袖运动服，下身荧光绿校服长裤，裤旁还有两道白边，脚上一双回力鞋，头发也脏兮兮的，油腻而黏糊。

他瘦而精壮，长得很好，比遥远高了一个头，皮肤不像从前那么黑，呈现出健康的古铜色，眼睛眉毛都很好看。遥远想起很久以前，在堂屋里挂着的外公当兵时的照片。

不知道为什么，外公年轻时的照片一直很深刻地印在他脑子里，表哥的嘴唇、鼻梁，剑似的浓眉，简直与外公是一个模子里印出来的。

"谭……睿康？"遥远问。

谭睿康点了点头，说："遥远，你好。"

赵国刚还没有回来，遥远已经在想要用什么借口把这家伙弄走，又或者先搞清楚他会在这里住几天，会不会乱动自己的东西……遥远猜测他多半是来找工作的，初中念完以后就没钱上学了，于是来这个移民城市打工讨生活，这在老家很正常。

希望事情不要朝着最坏的方向发展，遥远几乎可以想象，这个叫谭睿康的家伙在家里无所事事，一来就是好几个月白吃白住的情景，他打算先探探口风。

遥远的家装修得很漂亮，铺的是当时的南国都不常见的柚木地板，谭睿康一进来便有点不知所措。他脱下鞋子，袜子上破了两个洞，脚趾都露出来了。他坐在沙发上，局促不安地问："姑丈还没回家吗？"

"我爸待会儿就回来。"遥远学着赵国刚平时的做派，烧水，洗杯子，掏茶叶，泡茶，依次过一巡滚水。

"你……"谭睿康指了指自己的头，"先去擦擦，别着凉了。"

"没事。"遥远半湿的头发搭在额头上，他尽心尽责地招待这个客人,却说不出什么话来,想了想,说:"老家这些年还好吧。"

谭睿康搓了搓手,沉吟片刻,说:"大爷爷死了,那年你没回去,他过世前还喊你名字来着。"

遥远想起外公,小时候的许多事都已模糊了,唯有外公的军服照与身上的老人气味,不知道为什么还显得十分清晰。

遥远和谭睿康已经过了三代直属的关系,说亲不亲,说疏也不疏。

遥远的外公有三兄妹,外公是长子,谭睿康的爷爷是老二。谭睿康的爷爷在战时牺牲了,留下个独苗,也就是遥远的堂舅,外公便把堂舅当自己的儿子来抚养。堂舅年轻时也当过兵,后来媳妇跟人跑了,这一支只剩谭睿康这个独生子。

人丁寥落,三代单传。

遥远道:"你爸呢,还好吧?"

这些年里,遥远从父亲与母亲的娘家电话中得知只言片语,谭睿康的父亲在工地上干活,过得很糟糕。

他老怀疑父亲拿了不少钱去接济乡下,赵国刚的钱就等于他的钱,胡乱拿去接济亲戚是不对的。他试着提过几次,结果被老爸骂得狗血淋头……于是,他就迁怒于亲戚,凭空增添了不少仇恨。

"去了,"谭睿康说,"上上个月走的。"

遥远点了点头,一时半会儿回不过神来,说:"去哪儿来着?"

谭睿康说:"去世。"

遥远:"……"

谭睿康说:"肺……长期吸入粉尘不太好。"

遥远道:"怎么不治病?"

谭睿康说:"发现的时候已经在咳血,没得治了。"

遥远道:"也不……不送来这边看病?"

谭睿康笑了笑,没有再说什么,眼眸中闪烁着温暖的光芒。

遥远叹了口气,说:"我妈那会儿也是,但我当时太小了,很久以后才明白这回事。"

谭睿康眼睛红红的,说:"都过去了,人要朝前看。"

"嗯。"遥远倒也不怎么在意,这么多年过去,伤口也已经平复得差不多,他不像最开始时那么讨厌谭睿康了,毕竟他也成了没人要的孩子……

遥远望向对方,想说点什么,忽然又觉得谭睿康坐在他家的沙发上怎么看怎么别扭——就像一块黏糊糊、脏兮兮的口香糖,还是嚼过的。

门铃响,遥远的父亲回来了。

"姑丈。"

谭睿康忙起身问好,赵国刚胳膊下夹着个公文包,略一点头就算打过招呼了。

"几点到的?"赵国刚一瞥遥远,见他头发还湿着,便道,"小远去洗澡换衣服,小心感冒。"

遥远乐得抽身不用陪客人,去洗澡时依稀听到客厅里谭睿康和自己父亲在说话。谭睿康话不多,赵国刚问一句他答一句,有种小心翼翼,少说以免说错的自觉。

遥远洗完澡出来,问:"要去买牙刷内裤吗?"

"我带了。"谭睿康说。

遥远点了点头,知道谭睿康至少今天晚上会在家里住,便主动过去收拾客房——直到这时,遥远还没有意识到任何问题,只把谭睿康当成一个来找工作的客人。

赵国刚也不喜欢家里来客人,通常客人来家里聊几句,他就会安排客人去住公司买单的酒店。直到谭睿康放好东西去洗澡,赵国刚过来告诉他时,遥远才傻眼。

"什么?"遥远仿佛听见笑话般对着赵国刚。

赵国刚又重复了一次。

遥远道:"他要住到什么时候?等等!你给我说清楚。"

赵国刚道:"住到你们都能自立,离开家去上大学。"

遥远道:"这怎么行?这事你为什么不提前和我商量?不行!"

赵国刚说:"昨天决定的,爸爸以为你会很高兴。"

遥远炸毛了,他朝赵国刚吼道:"高兴个什么!家里哪有他的位置?为什么要到咱们家来,凭什么让他住进咱们的家?"

赵国刚道:"遥远!他爸爸是你堂舅!现在已经去世了!你妈生前和他爸爸跟亲兄妹一样。他学习成绩很好,上完初中因为他爸的病辍学在家照顾了一年多,你外婆让他过来读书。睿康是个好孩子,至少会在咱们家待三年,你们要好好相处。"

"姑丈。"谭睿康在外面道。

幸亏这房子隔音效果好,遥远不为对方感受也为维持自己的形象,但他一时间仍然难以接受家里要多一个成员的事实。

凭什么?吃他爸的用他爸的,要在这里住三年?!三年说长不长,但说短也绝对不短。

赵国刚出去教会谭睿康用热水器,又进来关上门。

遥远仍一肚子火,他朝赵国刚质问道:"这么大的决定,为什么不先跟我商量?!"

赵国刚道:"你小时候在外公家,睿康陪了你一个夏天,你堂舅舅把你送上车的时候,你还哭着要小表哥陪你,一路哭着回来的,都忘了?"

遥远恼羞道:"谁记得那鸡毛蒜皮的小事!"

赵国刚叹了口气,拍了拍遥远的肩,眼睛有点发红,遥远知道他想起了母亲。

"等等!这事不能就这么算了!"遥远道。

"你想怎么样?"赵国刚反问道。

赵国刚的脸色阴沉,此事绝无商量的可能,遥远也黑着脸,两父子的神态如出一辙。

外头声音响,赵国刚忙起身出去,说:"睿康,你以后就住这间房,衣服和裤子先穿小远的,明天带你们去买,正好快开学了。"

谭睿康被带进客房,遥远想说点什么却又没那胆子,感觉和做梦似的,家里竟然就这样多了个陌生人。

赵国刚朝两人说了些要好好相处之类的话,自然大部分都是对遥远说的。遥远很清楚老爸的脾气——私下里怎么闹都行,外人面前绝不能让他丢脸,遥远只得点了点头,回房间去玩游戏。

于是谭睿康就这么住下来了,赵国刚在外面打电话,联系一个在区教育局上班的朋友,请他开了条子,打算明天带着谭睿康去校长家坐坐。

遥远玩着游戏心不在焉,竖着耳朵听外面的动静,心里揣摩着谭睿康会去念什么学校。

一中三中不可能,外国语实验中学……简直是做梦。乡下初中的教育水平放在这座移民城市,顶多也就读个普高,而普通高中的大学本科升学率只有百分之三到五。遥远的学校则是重点中学,初中到高中尖子班学生直升,一个年级三百多人,考上前三批的接近百分之九十五。

小升初的时候遥远下了一番功夫,又是请家教补课,又是找人,最后还花了三万择校费,才勉强挤进尖子班。

幸亏遥远争气,小时候的好强,又有点小聪明,初中两年不仅没被甩开,反而还追进了年级前十,平时玩归玩,一副从不学习的模样,回家却花时间苦读。

游戏"GAME OVER"了几次,遥远便把电脑关了,又把下午买回来的书拿出来，趴在床上翻画册，耳朵始终听着外面。听到赵国刚让谭睿康这几天在家里复习，说还要去考试……说到一半电话响了。

房门被推开，遥远不耐烦道："你敲门可以吗？"

赵国刚坐到床边，问："宝宝，在看什么？"

遥远脸上一红，赵国刚已经很久没叫过他的小名了，这声"宝宝"叫得恰到好处，令他满肚子的火都消了。

"你尊重一下别人的隐私行不行？爸！"遥远像个刺猬。

"什么是别人的隐私？"赵国刚道，"别人？你就算八十岁了还是我儿子，画册？"

赵国刚翻了翻，不懂有什么看头，遥远说："那家伙读什么学校？"

赵国刚脸色一沉，说："叫他哥哥，怎么能这么说话？"

遥远一副无所谓的表情，赵国刚说："还要看他的考试分数，爸晚上要出去，你带你睿康哥出去吃晚饭，顺便去超市买东西，衣服也晾一下。"

"哦——"遥远道，"少喝点酒。"

赵国刚摸了摸儿子的头，起身走了。

遥远翻了一会儿画册，出去看到谭睿康在房里收拾自己的东西。那本来是个保姆房，狭小得只能摆一张床，一张书桌。

遥远家请过几次保姆，小时候某个保姆不尽责，来了偷吃偷用不说，还克扣遥远的零食带回家给她儿子吃，又换了一个保姆还会掐遥远。换来换去，保姆就像走马灯一样，来了又走，有的太懒，有的太笨。遥远上初二时嫌家里多了不认识的人心烦，赵国刚就不再请了。两父子轮流做家务，大扫除的时候请个钟点工，平时随手收拾一下就完了。

"我爸出去了。"遥远穿过走廊去浴室里开洗衣机，衣服已经洗好了。

谭睿康在房里说了几句什么，遥远听不清，遂不搭话。他把衣服拿出来，发现上面粘着碎纸，暗呼好险！今天来了人，忘记把东西藏好，差一点点就被赵国刚发现了。

遥远手忙脚乱地抖掉碎纸，谭睿康的声音突然在身后响起，说："小远。"

遥远吓了一跳，表情有点僵，只有赵国刚会这么叫他，他说："叫我遥远，我不是小孩了。"

谭睿康点头，说："我来吧。"

遥远马上道："你回去，别抢！"

谭睿康也有点尴尬，两人都坚持要晾衣服，抢来抢去，遥远有点怒了，心想这人真麻烦，谭睿康却发现了碎纸，说："你也抽……姑丈知道吗？"

这个"也"字暴露了不少信息，遥远松了口气，却仍不太信任他，说："我……我爸的。"

旋即觉得不对，洗衣机里只有两个人的衣服，不关赵国刚的事。

遥远道："我的，你别告诉我爸。"

谭睿康马上道："不说，一定不说。"

遥远把"罪证"抖进浴缸里用水冲掉，又去阳台晾衣服。谭睿康跟来跟去，遥远有点抓狂，老跟着他干吗？！

谭睿康脸有点红，说："我……来吧，你去休息。"

遥远没搭理，把衣服挂上，发现谭睿康的内裤屁股上破了个洞，还是好几十年前那种宽松的绿色运动内裤，忍不住笑了起来。

谭睿康那表情很是尴尬，遥远把衣服全挂上，像个没事人一样回房间看书。突然他想起了什么，对谭睿康道："我爸晚上出去应酬，你饿了没？晚饭我带你出去吃。"

谭睿康忙道不饿，遥远便自己回房去翻画册，他仍然有点心不在焉。他在想谭睿康大自己两岁，辍学一年多，会去哪个学校插班念书——多半是技工学校，老爸常说学一门手艺饿不死。

遥远心里对这个乡下来的表哥十分同情，回头道："谭睿康。"

"什么？"谭睿康在对面房间回道。

遥远倚在椅背上朝对面张望，看到他在整理从乡下带来的破破烂烂的课本。

"你的参考书可以借给我看看吗，小远？"谭睿康道。

"叫我遥远。"遥远有点懒得纠正这个问题了，随手一指床上，谭睿康过来看遥远的参考书，遥远又起身拿了课本给他。

遥远的本子、笔袋都很精致，书包也是名牌，本以为谭睿康会赞叹几句他的品位，不料谭睿康却完全没发现这个，只是说："英语书不一样。"

"嗯，是沿海版的，"遥远说，"你们读的应该是人教版。"

谭睿康认真地看了一会儿，说："你们考听力吗？"

遥远道："当然，中考用机读的答题卡。"

他翻出试卷和答题卡给谭睿康看，这下谭睿康动容了。

"你英语真好！"谭睿康道，"作文二十三分？"

遥远谦虚地笑了笑，问："我爸让你去念哪个学校？"

谭睿康说："没说，怕我跟不上这里的进度，可能要留级。"

遥远同情地点头道："没关系，我刚来的时候也学得很吃力，我们那个学校全是读书疯子。"

晚上六点，遥远起身道："我带你去玩玩吧，你……"

他注意到谭睿康的衣服，这么带出门实在有点那什么，他找出自己的牛仔裤和白衬衣，让谭睿康换上。

这个举动似乎有点……但遥远纯粹出于好心，完全没有恶意，只是想让他更快地适应这个城市而已。毕竟太土的话，走在路上会有种被环境排斥的感觉。

遥远曾经很在意这个，他的骨子里多少还有点不知从何而来的自卑。

看着换上衣服出来的谭睿康，忽然发现他的身材还不错，要是修个流行点的短碎发，再在耳朵上扣个耳钉，戴枚戒指，说不定还挺像模像样的。

"走吧。"遥远带着谭睿康下楼，雨已经停了。谭睿康还穿着他那双脏回力鞋，与身上的穿搭有点格格不入。

遥远带着人去打车，谭睿康道："没有公共汽车吗？你上学都打车？"

遥远坐在副驾驶位上，不自在地说："上学坐小巴……现在下班的人多，不想挤了。"

谭睿康盯着计价表，说："大城市打车太贵了。"

遥远刚刚对他产生的一点好感又消失得一干二净，又不好叫他别在意这个，只得岔开话题，说："这里环境还可以吧。"

"真干净，"谭睿康道，"比咱们村里干净多了，外头路上比家里还干净呢，能当床睡了。"

遥远："……"

计程车司机道："呵呵，这是个移民城市，大家来自五湖四海，来了就是本地人。"

"到了。"遥远在市中心下车，结完钱顺手给谭睿康开车门，这个习惯性的举动是给女生准备的，一时没改过来。

谭睿康下车时华灯初上，霓虹闪烁的大世界倒映在他眼中，尽数成了惊奇与赞叹。

这是一个灯红酒绿的新移民城市，遥远带着他边走边说："对街那里是证券营业部,前几年,大门挤得玻璃都碎了,听说还挤死过人。"

谭睿康诧道:"为什么!他们怎么了?"

遥远道:"抢股票。"

谭睿康一脸茫然,遥远猜他不知道股票是什么,又说:"赚钱的玩意儿,都说这里遍地都是黄金,刚才咱们过来的时候有个高级职业技术学院,这边简称高职,那学校不错。"

谭睿康跟在遥远后面,遥远推开玻璃门,到麦当劳的柜台前点餐,回头道:"你吃什么?"

谭睿康:"……"

遥远:"……"

遥远心里说不出的好笑,谭睿康抬头看灯板,遥远拿了菜单朝他扬,说:"看这里。"

谭睿康看了好一会儿,后面许多人在排队,遥远略微有点不安,谭睿康发现了他这点细微的变化,忙道:"我……随便。"

"那我点吧,"遥远道,"双层芝士孖堡,将军汉堡,黑白双星两份,苹果派大薯条,大可乐……"

遥远连珠炮般报了菜单,然后端着满满一盘子过来,到靠窗的座位坐下。

谭睿康拿起纸盒里的汉堡看了看,遥远笑道:"没有筷子。"

"这个我知道。"谭睿康自嘲地笑了笑,学着遥远开始吃,一口咬下去的时候脸色变得很古怪。

里面夹着腌青瓜,遥远道:"不喜欢吃吗?"

谭睿康忙道"喜欢",又喝了一口可乐,发现是雪糕泡在可乐里,脸色更诡异了。

谭睿康那硬着头皮吃的表情,遥远看在眼里,一顿饭吃得很不爽。心道,早知道带他去吃个中式快餐就打发了,真是自己找罪受。

"番茄酱，来点？"遥远朝薯条上挤了一大堆番茄酱，谭睿康那表情像见了鬼一样，忙摆手道："我就这么吃，味道不错。"

遥远道："嗯，喜欢你就多吃点……"

谭睿康道："这几根土豆棍儿要卖八块钱？真贵！大奶奶过年那会儿做过，土豆饼一炸就是一大锅呢。"

遥远："……"

隔壁女孩子被逗得笑了起来，不时转头看他们，遥远的脸色显得很难看。

谭睿康不说话了。

快吃完的时候，遥远接了个电话，盛气凌人地倚着椅子，懒懒地杵着转椅左摇右旋，挂掉后道："待会儿带你去游戏室玩，介绍几个朋友认识，好吗？"

"游……游戏室？"谭睿康道，"不了吧，要回家学习。"

遥远只得又打电话，告诉对方他不去了。

挂了电话，两人静默无语，谭睿康说："去……游戏室不好，来，哥给你这个。"

他低头在牛仔裤口袋里掏东西，牛仔裤本来就很紧，遥远又比谭睿康小一点，虽然遥远选的已经是赵国刚买大了的那条，但穿在谭睿康身上仍显得很窄。

要拿什么？特产？

遥远面无表情地注视着对方的动作，谭睿康摸了很久，掏出一个皱巴巴的盒子，摇了摇火柴，周围的人好奇地看着他们。

遥远马上起身小声道："这里不允许，先收着，出去再……"

遥远收拾好盘子，制止了谭睿康叫服务员的举动，随手把吃剩的倒进垃圾箱里，盘子放好。

晚上七点，下过雨的空气很清新。路灯下，谭睿康想说点什么，遥远却在找小卖部，谭睿康道："来，弟弟，小远。"

那声"弟弟"叫出口，遥远心里的某根许久未曾出音的弦被拨了一下，发出迷茫多年后第一声浑浊的音。

谭睿康的手指很漂亮，黝黑而修长，借着火光，遥远看到他的手指根上满是老茧。

"咳！咳！"遥远被呛了一口，嗓子火辣辣地疼。

谭睿康笑了起来，遥远咳得半死不活，最后说："回家吧，我也想回去看看书。"

谭睿康问："坐公共汽车吧，我想熟悉熟悉这边的路。"

"要IC卡的。"晚上人多，遥远不想去挤公交，随口编了个理由骗人，打开钱包拿出公交卡给谭睿康看，说，"过几天去给你办一张。"

谭睿康点了点头，两人打车回家。遥远想起忘了给谭睿康买牙刷毛巾，正要再下去时，谭睿康忙道："我带了的，能用。"

遥远进浴室看了一眼，谭睿康的毛巾满是小黑点，牙刷的毛都糙了。

算了，明天再去买吧。

遥远告诉谭睿康哪个是沐浴露，哪个是洗发水，哪个是男士专用洗面奶，爽肤水，洗手液，谭睿康一脸茫然，连连点头。

正说话时，遥远的电话又来了，三催四催让他去玩，几乎和他爸一样忙。

遥远不耐烦地挂了电话，回房间去看书——等过几天就好了，谭睿康去上学的话，职业技校都是住宿的，到时桥归桥路归路，每周也就回来一两天，像客人一样。

谭睿康在对面房间复习英语，遥远时不时抬头瞥他一眼。谭睿康在温暖的灯光下显得很干净，黝黑的皮肤和服帖的短发却显得很土，光脚踩在柚木地板上，脚指头抵着地。

楼下养了只狗，被关在阳台上，此刻主人还没回来，它饿了，"汪汪汪"地叫个不停。遥远被吵得心烦，拆包里的耳机线，找碟子。

"小远，"谭睿康说，"你记得大爷爷家养的那只狗不？"

"有吗？"遥远随口道，"我忘了。"

谭睿康说："你五岁那年，大爷爷家院子里养了只大狗叫阿峰，就只朝你叫个不停，把你吓得大哭。"

遥远心想真是糗毙了，什么陈年旧事还在提。

他拿着耳机，打算礼貌地结束这段对话，谭睿康又说："其实阿峰是喜欢你，我抱着你骑它，你还哭个不停。"

遥远嘴角微微抽搐："我骑上去了吗？"

谭睿康笑道："骑了一会儿摔下来了，我和阿峰都被打了一顿。"

遥远看着对面房里的谭睿康，塞进去一只耳机，空着左耳，问："那狗还在？"

谭睿康说："不在了，前几年就死了。"

遥远点了点头，两只耳朵都塞上耳机，顺利地结束情景会话，边低头选完歌，边躺在床上翻画册。

外面下着雨，空调都不用开，凉凉的水汽卷着夏天的风吹进来，翻着翻着遥远睡着了，梦里一片绿色，仿佛听得见"知了知了"的叫声。

"喏，这个给你。"瘦猴儿从树上爬下来。

五岁的小遥远接过那只蝉，问："吃？"

"用火烤着吃，"瘦猴儿忙道，"哎，还活着，别朝嘴里送。"

谭睿康拿根树枝穿着两只蝉，一手牵着小遥远在田埂上走。毒日头照得两人汗流浃背，汗水把身上的灰浸成一条一条的，两人寻了个阴凉地方蹲着，谭睿康在遥远耳朵旁摇了摇火柴盒，划了根火柴生火，把两只蝉烤了给遥远吃。

晚饭时小遥远被热着了，吃不下饭，外婆问今天在外头吃了什么，遥远答道吃蝉，于是谭睿康挨了一顿打。

遥远睡得迷迷糊糊，感觉有人给他脱袜子，眼睛也不睁就知道是赵国刚回来了。

他翻了个身继续睡，不舒服地把牛仔裤脱了扔到地上，灯关上，耳机被摘下来，窗户关上，门关上。

遥远觉得有点不对，在黑暗里睁眼，看见谭睿康的背影。

他实在困得很了，今天事情太多，懒得起来说什么，继续睡觉。不知过了多久门铃响，而后听见赵国刚的声音，又有开门声，关门声，赵国刚进来看了他一眼，回房间睡了。

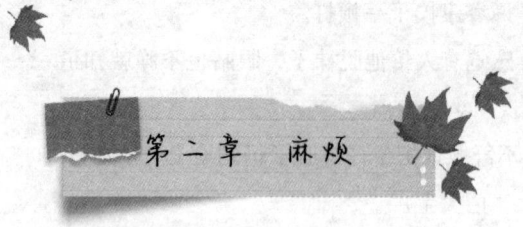

第二章 麻烦

开学前的三天,遥远还在艰难地与生物钟抗争,毕竟要把一个暑假里日夜颠倒的作息调整过来是非常困难的。

这天清早睡到十一点起来时,赵国刚与谭睿康都不在。遥远有种被抢了父亲的不爽,看到桌上的纸条知道他们中午不会回来了。

应该是去考试了……祝他一切顺利,过几天回来就拎包入校,遥远躺在沙发上跟好友齐辉宇打电话,顺便抱怨几句自己的表哥。

"嗯,他们那边就是这样吧,"遥远说,"也挺悲哀的,念完小学去读个初中,到了法定结婚年龄娶老婆,盖房子,下地种田,养鸡养猪,一辈子就这么过去了。要不是他爸去世,到城市里来谋生,估计他一辈子就待在农村了。"

齐辉宇在电话里笑道:"他来你家闹笑话了吗?我家亲戚上回来就闹笑话了。"

遥远道:"还行,挺聪明的。"

齐辉宇说了个他家亲戚过来做客,把他妈的电水壶搁在煤气炉上煮,煮得底部的胶全融化了的事。遥远和辉宇大笑了一通,又聊了几句班上女生的八卦,才挂了电话。

遥远无聊地翻通信录找人对暑假作业的答案,这次是戴着厚瓶底眼镜的林子波。

对完答案,林子波问道:"你的远房亲戚怎么样了?"

遥远把先前对齐辉宇说的话又朝林子波说了一次，林子波说："他们学习进度可能跟不上这边的教育。"

遥远道："连英语教材和我们用的都不是一个版本，我爸应该去给他联系技校了，学门手艺饿不死人。数学老师发下来的那张附加题小卷子你做了吗？"

林子波也没做完，约好交作业当天带出来给遥远抄。门铃响，遥远挂掉电话去开门，赵国刚与谭睿康回来了。

"怎么样？"遥远问道。

赵国刚道："过了，你哥表现很不错，九月二号开学。去换衣服，出去吃顿饭，买点东西。"

谭睿康笑了笑，赵国刚道："上学后英语要抓紧，不会的问小远。"

谭睿康连连点头，赵国刚又道："留一级关系不大，正好互相照顾……"

遥远在里面听见这话，问："念哪所学校？吃过饭一起去看看吧。"

赵国刚道："不用了，三中，联系过你们副校长，周一直接去上课就行。"

"三中？！"遥远难以置信，他的世界观被彻底颠覆了，跟做梦一样，蹙眉道，"你……谭睿康！你就这样进三中了？"

赵国刚微有不悦道："他要留一级，和你一起念初三，明年你俩一起参加中考。"

遥远整个人就快炸了，把谭睿康当透明人，问道："哪个班？你不是在开玩笑吧！"

赵国刚道："一班，你们的尖子班。"

遥远道："这不……这……"

赵国刚抬头看着儿子，遥远差点就把"这不行"脱口而出。开什么玩笑！南国小升初，初升高，全是千军万马挤独木桥！上了三中的尖子班就等于一只脚迈进重点本科的门槛，他谭睿康是怎么做到的？就凭他？

"这太……"遥远及时刹车，改口道，"太厉害了。"

遥远的脸色沉下来，进去换上衣服，出来穿鞋。赵国刚知道儿子好胜心强，妒忌心犯了，但当着谭睿康的面总不能教训他，脸色也不太好看，只得找了点别的话题岔开。

遥远躬身穿鞋，心里却是翻江倒海，谭睿康的学习有那么好？三中不设插班的入学考试，是爸爸先带着他去年级组长那里做了张试卷，再到副校长家里坐了会儿。遥远想起当年小学升初中那会儿，赵国刚说得很清楚，他考不上就去普通中学垫底算了。

遥远拼了命死读，最后还是差了几分，当然赵国刚最后还是把他塞进三中了，过后他才知道，赵国刚出了三万的择校费。

遥远的自尊心受到极大打击，意识到人不能一辈子靠老爸，上初中后便刻苦念书，终于有点成绩，可以洋洋自得的时候，这么一个不起眼的谭睿康竟然也被塞了进去，还和自己同班！

赵国刚出了多少钱？

遥远穿好鞋子，起身跟着赵国刚出去，在电梯里忽然问道："爸，你出择校费了吗？现在几万进一班？还是三万？"

赵国刚又被自己儿子算计了一道，答也不是，不答也不是。遥远问完就面无表情地看着电梯按钮，知道赵国刚完全无法回答。

答三万择校费吧，谭睿康就在旁边。

答没有吧，赵国刚好歹要照顾自己儿子心情。况且，想也根本不可能，遥远对自己母校的做派太清楚了。

谭睿康吓了一跳，问道："姑丈，什么东西，什么费？"

赵国刚沉声道："目前还没定，看他中考的成绩。"

"哦。"遥远冷冷道。

谭睿康有点不知所措，他听到一个天文数字，却不知里面有什么玄机，而且遥远与赵国刚的气氛有点僵，电梯里弥漫着一股低气压。

遥远无数次地听过老爸的钱就是他的钱这个道理，赵国刚家那边的亲戚有许多人告诉过他，要看好他爸，别被人骗了钱。

赵国刚没有续弦，遥远也不可能愿意多个后妈。他的独占欲不是一般的强，谁霸占他爸都不行，他们父子的钱也不能给外人花。

赵国刚去开车，谭睿康小声问道："遥远，择校费是什么？"

遥远善意地说："没什么，恭喜你，哥，以后咱们就是同学了。"

谭睿康的眉头拧成一个结，赵国刚把车开过来，带他们去吃午饭，顺便聊几句关于新学期的事，吃完饭要去给谭睿康买新书包和文具，还有衣服鞋子，还要办公交卡。

遥远一句话不说，坐在副驾驶位上，倚在车窗边看外面的烈日，他在想谭睿康是不是赵国刚私生的。

"你爸爸带你来的那年，"赵国刚说，"小远才两岁，你四岁。"

谭睿康的眉头暂时舒展开了些，说："我都忘了。"

赵国刚道："当时这里坑坑洼洼的，还是开发区，现在已经是市中心了。小远的妈妈让你爸爸来做生意，刚开始改革开放……原野的股票一股三块钱，最高的时候涨到一百多。"

谭睿康说："我爸他当年为什么不来？"

赵国刚道："他说老家两位老人没人照顾，小远的外公住不惯城市，家里的田也没人打理。"

"现在呢，田都租出去了？"遥远道。

赵国刚道："现在你母舅家没多少人种田了，可能再过几年，能发展点旅游业……一眨眼就这么多年了。"

车子停在十字路口等红灯，赵国刚说："你睿康哥第一次见到你的时候喜欢得不得了，抱着你笑个没完……"

遥远脸上泛起红晕，愤恨地说："别提这些行不行？"

谭睿康哈哈大笑，说："姑丈，我都忘了。"

赵国刚想起去世的妻子，声音温和了很多，又说："睿康还舍不得走，说要弟弟。"

谭睿康唏嘘道："我妈妈那时已经不在了，她以前说过给我生个弟弟。"

赵国刚漫不经心地"嗯"了声，挂挡踩油门，说："小远的妈妈和你爸爸虽然是表兄妹，小时候感情却最好。小远，你和你哥哥也要好好相处，知道吗？"

遥远冷冷地答了，赵国刚知道这个儿子正是青春期犯浑的时候，说多了只会吵架，便这么轻轻带过了。

中午赵国刚带着他们去吃饭，谭睿康吃不惯带血的白切鸡，赵国刚便又给他点了些别的菜。在遥远眼里，只觉得谭睿康越来越讨厌，就算不做什么，光坐着，遥远都对他有种说不出的排斥。

赵国刚还是很能聊的，在商场混了多年，哄两个小孩自然不在话下。提到家乡时，谭睿康便有说不完的话，家里养的柴鸡，吃鱼的鸭子下的鸭蛋，开春第一道笋子，老家的特产……遥远听得心烦，谭睿康说话的时候遥远就不说话，遥远说话的时候谭睿康也有八成听不懂，遂插不上话。

一顿饭勉勉强强吃完，赵国刚又带着他们去买东西，遥远很少在国贸里买书包文具——他看不上这些。遥远喜欢去步行街，去淘一些不贵却显得时尚的卡通玩意儿，譬如酷猫又或者外国货。

赵国刚给谭睿康买的单肩包和文具都很贵，看上去却平平无奇，没半点品位，还买了双球鞋，那种款式的球鞋倒贴钱给遥远，遥远都不穿。

结账的时候谭睿康坚持要自己付钱，遥远心里既无奈又好笑，赵国刚道:"睿康,别和姑丈客套这些,以后等你工作了,有的是机会给姑丈买东西。"

谭睿康沉默很久,最后感激地点了点头。

赵国刚开车回楼下小区,付完钱让谭睿康去剪头发,就带着遥远上楼去了,打算安抚一下儿子,然而回家没说几句两人就吵起来了。

"你在他身上花了多少钱?"遥远道,"为什么不告诉我?"

赵国刚道:"遥远,他的爸爸是你妈妈的兄弟,你是独生子,不懂手足之情……"

遥远道:"问题他不是你生的啊!凭什么?他这么大了,完全可以自力更生!怎么不去打工!"

赵国刚深吸一口气,根本没办法与这个儿子沟通。

"假设,小远,假设爸爸和妈妈一起离开了你,"赵国刚道,"让你初中毕业后不念高中,一个人出去打工,你觉得命运对你公平吗?设身处地地想一想,你表哥今年只有十七岁!让他带着初中学历去工地搬砖头,那是毁了他!换了你,你愿意?"

遥远道:"自力更生有什么困难的?真轮到我了,我也可以自食其力!边打工边读书,谁说就一定得靠父母了?"

赵国刚道:"说得轻巧,不过既然你这么说,爸爸为他出学费和择校费,你为什么又会生气?"

遥远语塞。

赵国刚正要好言安抚几句,遥远却黑着脸回了房间,"砰"的一声摔门上锁。

赵国刚知道遥远不过是嘴上说说,真要让他出去打工,这少爷脾气肯定没过两天就会摔东西不干了,这孩子从小就惯得太过头,以后到社会上还不知道怎么办。

抽了根烟后,赵国刚去敲门,和颜悦色地说:"小远,在这个世界上，爸爸最爱的人永远只有你一个，你怎么能生爸爸的气？"

遥远听到这话眼泪就掉下来了，他躺在床上翻画册，却不去开门。赵国刚知道他要面子，便不再去敲门，打电话让公司司机买了菜送过来，开始大扫除。

打扫到一半，遥远出来上洗手间，赵国刚说："把菜整理一下，晚上咱们自己做饭吃。"

遥远生完气，有台阶下，便不好再和父亲对着干，进厨房去洗菜。谭睿康也回来了，剪了个很短的头发，笑道："姑丈。"

赵国刚说："很精神，剪得不错，小远，开学后你的头发也要理了。"

谭睿康回来便自觉进厨房洗菜，遥远依旧一声不吭，谭睿康便笑道："小远，哥的头发剪得怎么样？"

遥远看了他一眼，心想还挺帅的，理发师还知道给他剪个短碎发？先前油油腻腻的感觉没了，洗得很干爽，身上还有股淡淡的香味。

洗头妹要摆平谭睿康的头发多半花了大力气。

遥远敷衍地说："不错，很精神。"

"你这头发好看，"谭睿康说，"多少钱？店里的人又给我洗头又让我烫，真把我给吓着了，还要按摩，我说不不不，剪几下就成了……"

"这边都要按摩的，"遥远说，"也就十块钱，洗剪吹十五，按摩了舒服得多，有精神。"

谭睿康说："洗完不还是得剪短吗？不就白洗了？浪费钱。"

遥远："……"

遥远发现自己和谭睿康真的没有任何共同语言，只得点头道"是啊是啊"。

赵国刚打扫完后过来围着围裙做饭，谭睿康忙道："我来吧。"

赵国刚说:"小远嘴刁,姑丈先把他伺候好了,以后姑丈没回来,你再给他做饭吃。"

谭睿康笑着说"好",又见厨房里没有自己容身的地方,便回房去了。

遥远给赵国刚打下手,赵国刚沉声说:"小远,你才是爸爸的儿子,谁也不能取代你的地位。你是这个家的主人,有什么事,要多让让你表哥,知道不?"

遥远眼圈有点红,"哦"了声,赵国刚说:"把鱼拿来。"

赵国刚接过准备的料下了,做了道蒸鱼,遥远从背后抱着赵国刚的腰,把脸贴在他的背上。

赵国刚一米八的个子,做个饭还得小心头不碰到抽烟机,遥远一米七,刚过他肩膀。

赵国刚任儿子从背后抱着,转身去调蒸鱼酱油,把遥远带着动来动去,就像小时候赵国刚给遥远做饭吃,小遥远抱着他的腿发呆不松手一样。

赵国刚说:"都快和爸爸一样高的人了还撒娇,小心被你表哥笑话。"

遥远松了手,悻悻然出去看电视。

晚饭四菜一汤,赵国刚的手艺很好,做的又都是遥远爱吃的,遥远的心情也好了起来。但想到周末过去就要开学,还要带着这么个表哥去自己班上,还得照顾着,遥远就觉头昏脑涨。

假期的最后几天过得哗哗地快,遥远从被窝里钻出来的时候忍不住抓狂大叫。

"啊——"

东西已经全整理好了,谭睿康在外面吃早餐,遥远一推开门就觉得又热又不舒服,恨不得回空调房里继续睡觉。

刷完牙洗完脸，遥远在桌旁面无表情地坐下，对着一盘蒸馒头，马上就觉得倒胃口。

赵国刚让谭睿康把冰箱里的速冻食品拿出来蒸，谭睿康别的不碰，偏偏只蒸了一大盘速冻馒头。

"多吃点。"谭睿康说。

白水配馒头，遥远彻底无语了，一句话没说，起身去把冰箱里的公仔点心、烧卖虾饺拿出来塞进微波炉里加热，烧水泡茶。

"小远有起床气，"赵国刚说，"别惹他。"

谭睿康笑道："知道了。"

"叮"的一声，遥远开始吃他的烧卖、虾饺，就着普洱茶，勉强吃了点下去，把剩下的朝谭睿康面前一推，谭睿康忙摆手道："我不吃。"

遥远穿好袜子换上鞋，坐在沙发上还没睡醒，"啊"的一声，倒在赵国刚身上，枕着他的大腿看早间新闻。

谭睿康提着书包出来，说："这个卡怎么用？坐几路车？"

赵国刚道："小远会教你，去吧，第一天上学，好好和同学们相处。"

赵国刚翻钱包，给遥远和谭睿康钱，一人给了五百，遥远看也不看就朝兜里揣，谭睿康忙道："不用，姑丈，我自己有……"

"快点，待会儿车走了。"遥远不耐烦道，反正谭睿康都花了他爸三万，五百也不算什么了。

赵国刚说："拿着，生活费没了找姑丈要，等你工作了，有的是给姑丈用钱的时候。"

赵国刚这么一说，谭睿康便点头接了，遥远带着他下楼去坐车，开始初三新学期的第一天。

遥远从出门便塞着CD机的耳机，谭睿康在他身边说什么，他只敷衍地点头，也不回答。他的书包是斜挎着的，谭睿康则是垂在一边肩上的,时不时还要扶一下。遥远把谭睿康的挎包带子拉起来,绕过脑袋,让他斜挎着。

谭睿康笑了笑,温和而不具攻击性,说了句什么,遥远"嗯"了声,根本没听见。

遥远几乎不让赵国刚或者公司的司机接送他,虽然有自家车送能多睡一会儿,却少了很多乐趣,家门口就有直达学校的中巴,清晨上学时位置也很多,不用挤。

每天早点起来,坐半小时的中巴,听听歌去上学是很舒服的事。沿途可以看南国季节变迁中的街道景色,在音乐里脑补一些事,课文来不及背时也能温习一会儿。

抵达学校时时间差不多刚好,教导主任在大门口执勤,与学生们打招呼,谭睿康没有校服,一进来所有人的目光都驻留在他身上。

遥远带着谭睿康去找班主任,班主任说:"谭睿康是吧,级组长已经通知过我了,你的入学考试很不错。"

谭睿康说:"老师好,我一定好好学习。"

遥远:"……"

班主任说:"让遥远帮你去六楼的空教室搬套桌椅,课本和校服下午去教导处问一声。"

谭睿康这就上学了,遥远把书包扔给一个同学,走廊上的其他同学纷纷朝他打招呼。

遥远本打算使唤个人上去搬桌椅,转念一想,当着谭睿康的面还是别太嚣张的好,说:"这个是我哥,新同学,大家多多关照。"

尖子班三年里头一次来了个转学生,走廊里的人一下子便兴奋了。

谭睿康有点拘束,朝他们笑了笑,遥远上去拿桌椅,便有人过来找他搭讪。

"牛奶仔!"有人喊道。

牛奶仔是遥远的外号,遥远笑着挨个打了招呼,找同桌齐辉宇,同桌还没来。

"牛奶仔!上次找你怎么也不出来?"体育委员上去给遥远搭手,他的名字叫张震,提着桌子下来。

遥远提着椅子说:"我哥在家,没办法跟你们出去玩,我看看,让他坐那儿。"

班里的人刚好是偶数,多出来谭睿康一个,只能单独坐在最后一排,遥远朝张震说:"你帮着照看着点。"

"你亲哥?"张震诧异道。

遥远一看表情就知道对方想歪了,多半想到什么失散兄弟或者私生子之类的狗血戏上了,他说:"我表哥!你没见我俩长得都不一样吗……啊,谭睿康,你坐这里吧,有事找张震,他是我好哥们儿。"

于是新来的谭睿康便在最后一排入座,孤零零的,没有同桌,右手不远处就是窗台,背后则是垃圾桶。

教室里的作业飞来飞去,到处都是"借我抄抄""你找别人借"的对话。

遥远在前面喊道:"我的作业呢?都还回来,要交了!"

遥远的试卷被借得东一本西一册,各个课代表起来收作业,走到谭睿康身边打了个招呼就走了。

早间循例升旗,遥远看到大家出门的时候谭睿康跟着下去,心想人倒也挺聪明的,结果大家排好队后,没穿校服的谭睿康突兀地在班级里走来走去,看台上的副校长大声道:"哪个班的?怎么没穿校服?"

初中部学生们哄笑,遥远上了个厕所,来晚了,看到谭睿康被笑话,恨不得找条地缝钻进去,只得跑过去把他塞进本班的最后一个位置,再闪身归队。

升完旗后校长训话,说到去年高考升学率,学校出了个文科状元,鼓励大家好好学习,接着是抗洪救灾的捐款,每个年级每个班都要登记。

早上八点的天气已经有点热,级组长在操场外的跑道上走来走去,抓头发太长或者染头发戴耳钉的学生,抓出四个女生裙子剪得太短,两个女孩子染发,还有一个男生打耳洞。

学生们在下面站得汗流浃背,心里翻来覆去地把校长吐槽了千万次,校长说完后副校长要补充三点,于是吐槽对象又换成副校长。

半小时后才散场,初三全年级去多功能阶梯会议室,听级组长继续训话,于是吐槽的对象从副校长再次跳转,定格在年级组长身上。

级组长绷着一张臭脸,新学期第一天便开始训斥作风问题,把几个染头发的批了一顿,谈到升学率时,遥远马上竖起了耳朵。

级组长说:"接下来的两个学期里一共有四场考试,加上各科老师给你们打的平时分,这部分算百分之六十,中考一模会进行全区排名,全区排完以后咱们年级排,排名靠前的同学有希望保送进高中部的重点班。"

"保送有什么好处呢?免考!"级组长说,"这意味着你中考就算砸了,母校的高中部重点班也有你的一席之地。高中三年免学费,当然,杂费还是要的……"

谭睿康在遥远背后朝他身边的人问:"学费一年多少钱?"

"好像是六百,"一个女同学说,"你是本地人吗?不是本地户口的话要再交两千借读费。"

谭睿康:"!!!"

遥远心想真多嘴……他靠在椅子上略回头,说:"咱们择校的,不用借读费。"

谭睿康又问:"择校是什么?"

"遥远!"级组长直接点名。

学生们哄堂大笑,遥远在年级里是名人,闯过不少祸,偏偏很受学生们欢迎,成绩又好,被几科老师宠着。

"你头发太长了,"级组长说,"男同学都注意!前面头发不能到眉毛,女同学的头发不能到肩膀,回去剪头发,明天各班班主任检查,不剪的打电话叫家长。"

整个年级的学生"嗡嗡嗡"地说话,一副死猪不怕开水烫的模样。

不少人在空调会议室里睡得正舒服,散会后出来热浪扑面,纷纷惨叫起来。

终于开始正式上课了,遥远时不时地回头看一眼谭睿康,不知道他能不能听懂。

"那个就是你哥?"同桌齐辉宇道。

"同父异母的吗?"前面女孩转头说,"牛奶哥一来,牛奶仔班草地位危险了哦。"

又有女孩说:"牛奶哥是巧克力奶。"

女孩们小声笑,谭睿康长得有点黑,和遥远肤色相差甚大,就这么把他归入牛奶家族里了。

数学老师转头看了一眼,继续讲课,几人不理老师,继续聊,前排的女孩子小声说笑几句,又一起看着靠窗边最后一排的谭睿康。

谭睿康两手放在桌子底下,没有课本,侧头看着黑板,他的座位在教室角落里,听课的时候不得不侧过头,那模样就像个傻子。

齐辉宇学着谭睿康的表情和动作,两手放到桌下,歪着脑袋,盯着黑板，伸出舌头。

女生们笑得伏在桌上不住地抽。

遥远冷不防把纠错胶塞进齐辉宇嘴里，齐辉宇忙按着他的脑袋揍他，两人一起看远处的谭睿康。谭睿康听了一会儿，从书包里掏出个皱巴巴的、草纸一样的小学生练习本，上面还印着小动物花样，他把练习本展开摊好，开始记笔记。

这一下遥远旁边的人笑得更厉害，像抽风一样，数学老师咳了声，说："现在我们把 a+b 提出来，利用平方差公式……"

齐辉宇快笑疯了，遥远尴尬得要死，放假的时候不是给谭睿康买了新的笔记本吗？怎么还在用皱巴巴的草纸本子？

谭睿康根本没发现班上不少人在好奇他，只聚精会神地听课记笔记，数学老师说："现在翻开你们的课本，看第七十六页的题目。"

谭睿康没课本，只得写写算算，片刻后教室中间位置传过来一本书，一排传一排，传到谭睿康桌上。

"给我的？"谭睿康问，他翻开数学课本，发现包得非常漂亮，上面写着遥远的名字，笔记整齐而好看。

接下来的一上午，谭睿康都用着遥远的各科课本，遥远则和齐辉宇看一本书。

中午遥远要出去吃饭，谭睿康说不去了，吃学校食堂。

遥远也不勉强，和齐辉宇出去吃快餐店十元一份的烧鹅饭，谭睿康则留在教室里。

"你哥是骆驼吗？不用喝水的？"齐辉宇下午上课前问遥远。

遥远说："喝了吧，我怎么知道？你管这么多干吗？"

下午两节课后，班主任帮谭睿康把校服和课本领来了，谭睿康站在走廊上跟她说话，内容无非是关于学习的，遥远把谭睿康的新书拿过来，换了自己的书给他。

放学后还不能走，老师抱着卷子过来测试，遥远只觉得自己快疯了,初三的课程重得要死,还要加上六点四十开始的两节晚自习,到八点多才能放学走人。

"谭睿康呢?"遥远放学见谭睿康不见了,书包也不在座位上,找了半天,林子波过来说:"他在办公室问物理老师问题。"

遥远心想真麻烦,也不说一声,等了半天谭睿康没回来,教室里要关灯了,又不想去老师办公室,担心碰上年级组长挨骂,只得去楼下等。

秋天的晚上凉爽了很多,遥远听见林子波在二楼喊道:"谭睿康,遥远在楼下等你!快点啊!别让你弟等!"

"我载你回家吧,遥远。"张震拍了拍自行车的横杆说,"去逛逛,顺便陪我买点东西送君雅。"

遥远想起张震的朋友君雅要过生日了,说:"不行,我要等谭睿康一起回家。要借钱给你吗?"

张震说:"不用了,我省了点下来,想让你帮我看看什么手表好。"

遥远说:"买个 swatch 给她吧。"

张震摆手骑车离开,遥远等得浑身毛躁,决定不等了,直接朝校门外走。

"小远!"谭睿康终于追了上来。

遥远没好气地看了他一眼,决定以后各走各的。谭睿康连着说对不起,两人出了校门,发现赵国刚的宝马停在校门外,按了几声喇叭。

遥远一脸不乐意地坐上副驾驶位,谭睿康自觉地钻到后座。

赵国刚问:"新学期的第一天过得怎么样?睿康跟得上进度吗?"

"有点难,"谭睿康说,"教学质量很高,老师讲得很透。"

赵国刚说:"有不懂的多问问老师,争取进年级前一百,不能保送也可以考三中的高中部。"

谭睿康"嗯"了声,遥远开口道:"今天捐了钱,抗洪救灾。"

赵国刚打方向盘,说:"捐了多少?"

"两百,一人一百。"遥远说。

谭睿康:"!!!"

赵国刚道:"我们公司刚捐过。"

谭睿康说:"什么时候的事?我怎么没听说?"

遥远道:"我帮你捐了。"

谭睿康说:"啊,怎么不说?"

赵国刚笑了起来,说:"你们两兄弟不用分得太清楚。"

回家后遥远动也不想动,洗澡后趴在床上打瞌睡。赵国刚回来后又出门去应酬了,而谭睿康在对面房间继续学习。

遥远在床上翻来翻去,先跟齐辉宇打电话,打完又给张震打,挂了以后给林子波打,他们上学天天见,晚上还有说不完的话,叽叽歪歪的就到十一点,最后什么也没学成,关灯,睡觉。

上学的日子总是无聊而漫长,上课,下课,吃午饭,测试,吃晚饭,晚自习……单调乏味。

谭睿康在班上给遥远惹了不少笑话,遥远觉得脸都快被他丢光了,却又不得不照顾着。万幸的是,谭睿康每次出岔子都只有一次,平时也非常小心,被同学嘲笑也会觉得丢人,便绝对不会再出现同样的情况。

最令遥远崩溃的事情发生在周二。

体育课跑完步,遥远去打篮球,谭睿康加入另一伙人去踢足球。班上的学生看在遥远的面子上热情地邀请谭睿康加入,谭睿康没有上过正式的体育课,勉强踢了一节课。

下课后男生们都浑身大汗去买水，遥远在小卖部门口散财请客的时候，两个女生挽着手过来，其中一个说："牛奶仔，你哥怎么在喝自来水，不怕拉肚子吗？百毒不侵哟。"

所有人："……"

遥远的表情有点扭曲，马上跑去找谭睿康，谭睿康刚在操场角落里灌了一肚子自来水，抹抹嘴朝教室走，看到遥远黑着脸，说："小远，怎么了？"

遥远道："你……我……"

谭睿康："？"

"不能喝自来水……"遥远道，"会拉肚子的！"

谭睿康意识到问题了，忙道："这里的自来水不能喝？在咱们老家都是这么喝的，井水和泉水也能喝……"

"不能喝！"遥远道，"你喝了两天自来水？我说……哎，买矿泉水喝吧，才一块钱。"

遥远表情很不好看，谭睿康忙道："好的，以后不喝了。"

遥远黑着脸一路往前，齐辉宇等在楼梯口，递给遥远和谭睿康一人一瓶鲜橙多，遥远的表情才好了些，搭着齐辉宇肩膀上楼去，实在没心思跟谭睿康多说了。

上课时遥远想来想去，觉得自己似乎把话说得有点重了，晚上吃饭时在奶茶店顺便捎了杯柠檬冰沙给谭睿康。

谭睿康说："谢谢，小远。"

遥远"嗯"了一声，谭睿康把柠檬冰沙放在座位旁的窗边，遥远时不时瞥一眼，见谭睿康一直不喝。

冰沙都化了，塑料杯外面结了厚厚的露珠，遥远心里又不舒服了，怎么不喝？真是的……

晚自习开始后，谭睿康前排的女生喝着一样包装的杯装奶茶，谭睿康观察了一会儿，才把自己的冰沙放在桌子上，拿着吸管朝薄膜上按。

遥远:"……"

他几乎能想象谭睿康把塑料杯弄爆,被喷得一头一脸的场景,准备把头埋进课桌下去了。

前排那女孩很善解人意,接过他手里的吸管,朝冰沙杯上一戳,"啵"的一声轻响,戳了进去。

"谢谢。"谭睿康红了脸。

"牛奶哥,这道题怎么做?"女生小声问,"上午发的卷子你做了吗?"

谭睿康小声教她解题,注意到她的试卷上娟秀的字迹,有她的名字,两人便认识了。

当秋天正式来临,校服换成长袖的时候,谭睿康已经在这个班认识了不少人。同学们都很喜欢他,包括张震。张震放学后常常会叫谭睿康一起踢足球,这令遥远有种自己的死党被抢走的不快。

谭睿康跟得上进度——他在辍学期间也有自学,数理化基本都能听懂,尤其化学。后排那一片几乎全在抄他的作业,继遥远与学习委员林子波之后,他成为又一名作业供应大户。

下课时大家趴在桌上睡觉,谭睿康还会主动收拾教室后面垃圾桶周围的纸团等杂物垃圾,有人找他帮忙也几乎是有求必应,除了从不参加吃喝玩乐之外,人缘很好。

他不像刚来的时候那么土了,皮肤仍是那么黝黑,却会学着其他男生把束在皮带里的衬衣拉出来,领扣松开一个,袖子挽到手肘上。

他戴着一枚祖传的玉佩,用红线拴着,班主任知道他父母双亡,没有对他戴饰品的行为作出要求,只略说了一次,在升旗或者见到级组长的场合要扣领扣遮住。

谭睿康会学着其他人转笔,还转得很好,蹩脚的白话总能把周围的女孩逗得哄笑。

班上有人学着他说话逗乐,他从不介意,对人笑的时候会露出整齐的牙,面容依稀有点英俊的味道。

他耐心,宽容,本来年龄就比班上大部分人大两岁,与张震成了好朋友后,俨然是两个大哥哥般的人物。

遥远则继续他的少爷做派,一周花五百块钱生活费,谁跟他要好就请谁吃饭喝水,与谭睿康井水不犯河水,一起坐车的时候戴着耳机,虽然上学放学在一起,也只是偶尔聊聊天。

期中考开始了,单人单桌,谭睿康一脸紧张,在教室的最后看英语书。他的英语简直烂得令人发指,四篇文章,二十道阅读理解曾创下全错的记录,按英语老师的话说:"蒙也能蒙对两个,能全填错也是门本事。"

谭睿康一紧张就喝水,喝完就想上厕所,跑来跑去,动静大得要死。

遥远还在回头看谭睿康,坐在他前面的齐辉宇回过头。

"喂,遥远,听说高一三班的班花很关注你……"齐辉宇小声道。

遥远蹙眉,齐辉宇一本正经道:"关注你……哥,嗯,她很关注你哥。"

遥远:"……"

齐辉宇哈哈大笑,遥远把他的脑袋按在课桌上揍。齐辉宇的脸贴着课桌,说:"哎,听我说,她们一直打听你和你哥什么关系,问他多少岁了,怎么会留级,谁告诉她们,就请一瓶鲜橙多。"

遥远凑上去,小声说:"你让她闭嘴,我请你一箱鲜橙多。"

齐辉宇正色道:"对了,你生日怎么过?请她们吗?"

遥远道："你想唱歌吗？去吃回转寿司，叫上张震、林子波他们，再叫几个关系好的女生，吃了饭去钱柜唱歌吧。"

齐辉宇道："行啊，还有半个月……"

老师抱着卷子来了，发卷子，做听力。

考场内一片安静，只有翻页、咳嗽的声音。监考老师发了会儿呆，起身到考场外站着。

考场里开始说话了。

"嘘……"齐辉宇在前面把问卷递过来，和遥远用铅笔填了选项的卷子快速交换，问卷是不用交的，只需要交答题卡和作文纸。遥远的手快换了，斜下角张震道："听力第六题选什么？齐辉宇英语那么好，用得着对答案？"

遥远道："第五题开始 CADAA……"

老师在门口转过身，考场内肃静。

遥远写了个纸团扔给张震，老师回到考场内，所有学生又装作若无其事，翻试卷检查。

遥远回头看了一眼，见谭睿康脸色不太好，不知道是紧张还是考砸了。

监考老师又走出去。

"你完形填空错了好多！"遥远把脚伸到课桌下去踢齐辉宇的课桌。

齐辉宇吓了一跳，回头说："我对，是你的错了。"

"你整个完成时的时态都记错了！"遥远道，"按我的填！"

老师又回来了，一切恢复正常。

"还有五分钟交卷了。"老师提醒道。

同学们哗啦啦地翻试卷，张震快速抄纸团上的答案，擦答题卡改填。

下课铃响，卷子交上去后，到处都是"不是 A 吗？我选了

C！""啊惨了！又是三分啊！""完了完了，考砸了！"的对话。

"CDBBA……"谭睿康和林子波对阅读题的答案。

林子波道："我的怎么是 CDAAB……不会吧！"

"你跟康康对答案？！"张震道，"他都是错的，你找遥远对一下就有正确答案了。"

众人笑得东歪西倒，遥远也笑得眼泪都出来了，与林子波对了答案，幸好大致差不多，谭睿康自嘲般笑了笑，说："我只错了那俩 B，还好……"

遥远的卷子不知道被谁拿走了，数人簇拥着他去麦当劳吃午饭。

期中考时间很宽松，上午最后一门到下午开考前有三个半小时的休息时间。

"谭睿康，一起去吧，"遥远说，"去麦当劳复习。"

谭睿康忙道："不了，我就在教室里。"

"教室要锁门的，走，"张震道，"喝杯咖啡下午有精神。"

谭睿康推不过，只得跟着一群男生走了，六人到了麦当劳。全是食量大的初中生，按照惯例是遥远掏钱，汉堡都是五个五个要的，遥远问谭睿康："你吃什么？"

"我……我自己来吧，"谭睿康说，"不能总让你请。"

其余人的脸色都不太好看，齐辉宇说："没关系的啊，牛奶仔是我老大。"

"是啊是啊，"众人纷纷道，"牛奶仔是我亲哥。"

林子波推了推眼镜，说："牛奶仔是我……是我再生父母好了，嗯。"

麦当劳里爆出大笑，一群半大的初中生乐不可支，笑声里洋溢着青春的味道。

遥远哭笑不得地道："别闹了！吃什么？快说！"

谭睿康的眼神有种莫名的意味,说:"我自己来就行。"

他到一边去点了餐,双手搁在前台,按了下柜台上六十秒的计时表,有模有样地叫服务员,已不复昔日刚到此地时的土鳖模样。

遥远被落了面子,心里十分不爽。

数人分了食物,遥远与他的猪朋狗友们凑在一处吃喝聊天。

谭睿康点了一杯大可乐,一份薯条,一盒麦乐鸡块,坐在偏僻处看书,薯条不蘸番茄酱,就那么吃。

下午考数学,数学没什么好复习的,不是一切顺利就是砸锅,遥远从来不复习数学,谭睿康却十分刻苦,考试前还在看题。

林子波也认为考前几小时看题很危险,容易把题目给做串,所以数人光聊天了。

"牛奶仔,"齐辉宇搭着遥远肩膀,小声说,"那边那个是初二六班的吗?你看,她们在看你。"

遥远拈着薯条,说:"什么?在看你吧。"

林子波推了推眼镜,三人转头看,另外一处的女生们彼此推搡,笑了起来。

"在看你。"遥远拍了拍齐辉宇的帅脸,齐辉宇曾经把班草的头衔主动让给遥远,其实他们几个男生都很赏心悦目,包括书生气十足的林子波,帅气阳光又干净。

齐辉宇说:"表演接薯条给她们看。"

"啊——"远处的女孩们看着他们小声尖叫。

谭睿康听到尖叫,转头看那三个女孩,莫名其妙地循着她们的视线望向遥远那边,脸色马上就变了。

"小远!"谭睿康吼道。

所有人都被吓了一跳,齐辉宇把薯条掉地上了,忍不住拍自己大腿大笑。

谭睿康的脸色青一阵白一阵，起身过来揪着齐辉宇的衣领，冷冷道："你干什么？你们在干什么？"

齐辉宇开始还以为只是玩玩，谭睿康力气大，个头高，那动作明显是要打架，他马上推开谭睿康，说："你干什么！关你什么事！傻嗨！"

遥远道："别碰他！我们在玩游戏！关你什么事！"

谭睿康看看齐辉宇，又看遥远，遥远道："快回去坐下！你疯了吗？别丢人！"

张震起身过来，说："怎么了？"

谭睿康半天说不出话来，张震没看到先前的事，随口道："没事，都是好朋友，玩笑开过头了，笑笑就过了，睿康别生气。"

遥远推着谭睿康，把他推回座位上。齐辉宇越想越气，朝谭睿康的方向比了个中指，看也不看他，说："傻嗨。"

"你傻嗨吗？"遥远笑道。

齐辉宇说："你傻嗨啦。"

遥远道："你傻嗨——"

两人"你傻嗨你傻嗨"了一阵，林子波道："你俩都傻嗨。"

"你最傻嗨。"遥远抓着林子波，三个人互相用汉堡盒拍来拍去，揍成一团。

下午考试开始，这次没人作弊了，不是不想，而是没时间。

遥远有种抓狂的感觉，这次时间不够！他做了一会儿，停下来看表，发现只剩下半小时了，最后三道大题一道没做，每道只有十分钟时间，怎么办？砸了砸了，这次完蛋了。

不至于，他不会的大家应该也不会才对。

遥远侧头环顾四周，所有人都在埋头做试卷，林子波头上满是汗水，推了推眼镜，转头时与遥远的目光对上，做了个口型——"好难"。

遥远吁了口气，朝后看，张震小声道："牛奶仔，选择题，选择题。"

遥远做了个"滚"的口型，想了想，还是把选择题抄在纸上扔给他，回头一瞥发现谭睿康没有动笔，安静地看着试卷。

不会吧，他已经答完了？遥远有点不敢相信，说不定是做不出来在思考？看他那样子也不像很紧张……

"还有半个小时时间。"监考老师说。

考生纷纷发出一阵抓狂的含糊声音，翻试卷的翻试卷，叹气的叹气。谭睿康没有拿笔，把试卷翻到前面。

他做完了，在检查！遥远犹如遭了晴天霹雳，不敢再胡思乱想，忙埋头做试卷。

遥远把最后一道大题做完时，下课铃响了，考场内瞬间响起一阵哀号，那声音带着亘古的怨恨与不甘的痛苦，直冲天际。

"天啊——"

交完卷后，林子波第一个大叫道："完蛋，啊啊啊！我的电脑又要被贴封条了啊！"

"完啦——怎么这么难啊——"

"苍天哪——"

遥远道："你做完了吗？最后一题答案是不是八十？"

林子波悲愤地说："做完了，但是我错了三道大题！是八十。"

"我选择题全错光了！"数学课代表大叫道。

遥远安慰道："我也错了很多选择题，最后大题还错了两道。"

少数人走了，大部分人还留在考场狂呼乱叫，教室里俨然开始上演群魔乱舞，对了一会儿答案后，情景对话演变为比赛"谁错得更多"的戏码。

"我最后三道大题全错了！"林子波叫道。

遥远心想鬼信你呢，明明答案是八十，你和我的一样，嘴上却道："我也错了好多填空题，还有两道大题呢，我错得比你多。"

"我错得比你多！"林子波惨叫道。

"我错得最多！"数学课代表叶敏叫道。

经过一轮角逐，大家准备回家了，一名女生问谭睿康道："康康，你考得怎么样？"

谭睿康有点愣，说："我全做出来了，应该有一百四吧，你们怎么错得那么多？小远，你后面两道大题都错了？怎么会？我看到你买的练习册上，第二道题明明做对了的。"

遥远："……"

所有人："……"

谭睿康完全不懂这些学生的心理，也不明白这种情况下，一定要发扬"谦虚"美德，他一向是有什么说什么，当即把遥远搞得下不了台。

"我做混了啊！"遥远脑子转得快，"我以为用另外一个公式解，哎，最后一题你答案是八十吗？"

谭睿康想了想，说："我是四十二。"

林子波遗憾地说："那你错了一题，我昨天问了老师，一模一样的解法。"

谭睿康有点不太相信，但没和林子波争论，点了点头，收拾东西准备和遥远结伴回家。

"一百四十分哦。"下楼时有人朝谭睿康道。

谭睿康谦虚地笑了笑，遥远彻底无语。

考试期间不用上晚自习，夕阳西下，秋季的三中门口落满了余晖。遥远走到校门口时，齐辉宇骑着自行车过来，笑道："老大！"

遥远道："别玩过头了！"

齐辉宇拍了拍横杆,故意当着谭睿康的面挑衅,说:"吃饭去啊,明天剩两科了,去我家玩吧,给你看个好东西,顺便给你买生日礼物。"

他故意朝遥远笑了笑,遥远有点迟疑,谭睿康却气愤地说:"别去!"

遥远:"……"

这也太直接了点,遥远说:"考完再说吧。"

"等你哦。"齐辉宇说,然后吹了声口哨走了。

第三章 礼物

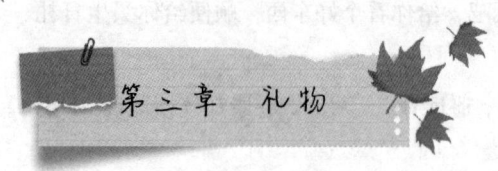

赵国刚又没回家，遥远已经习以为常，说："你数学答案记得吗？对个答案吧。"

谭睿康说："不用对了，我有信心。"

遥远嘴角抽搐，说："我想看看我考得怎么样，行不行？"

谭睿康道："别对，影响明天考试状态。"

遥远彻底服气了，翻单子叫外卖时，谭睿康却道："我做饭给你吃。"

遥远道："菜都没有，做什么饭。"

谭睿康鞋子还没换，又下楼去买菜。

小区对面就有家大型超市，遥远也只得由着他，回房去给齐辉宇打电话。

电话里，遥远问他："看什么片？"

齐辉宇嘿嘿地笑了，说了个名字："看过没有？现在过来，我爸妈都不在家……"

遥远道："早看过了，以前翻出过我爸在港城买的杂志和碟……"

齐辉宇："不会吧！什么时候看的？"

遥远翻了个身躺着，懒懒地道："小学六年级，后来我爸估计发现我动他东西，就全没了，不知道他藏在哪……"

齐辉宇道："是吧……"

"小远。"谭睿康推门进来。

遥远正聊得开心，大声道："干吗？进来怎么不敲门？"

"你怎么了？心情不好吗？"谭睿康奇怪地问。

遥远气不打一处来，齐辉宇道："你爸回来了？"

遥远道："我哥。"他不耐烦地看着谭睿康。

谭睿康问："鱼你想吃煎的还是蒸的？"

"随便。"遥远没好气地答道，谭睿康出去了，遥远转过身，被吓得够呛，居然没发现谭睿康回来了。

又聊了一会儿，两人挂了电话，遥远去洗澡，出来时谭睿康已经做好一桌菜，还开了瓶饮料，说："吃饭了。"

遥远擦着头发坐下。

桌上的菜全是油汪汪的，谭睿康做菜秉承老家的习惯，重油重辣，一看就没食欲。赵国刚平时在家做饭都很清淡，尽量保持菜肴的原汁原味，以清蒸、炖汤为主。

遥远去开电饭锅，发现里面还是泡着水的米。

谭睿康道："糟了，我忘了插电！"

遥远说："先吃点菜吧。"

谭睿康窘得很，遥远倒是不太在意，知道这家伙肯定要出点岔子。

谭睿康有点紧张地给遥远倒饮料，又给他夹菜，说："姑丈每天都忙得很，咱们好久没一起在饭桌上吃饭了。"

遥远喝了口饮料，味道不是他喜欢的，不过也没说出来拂谭睿康的兴，随口道："很久吗？"

仔细一想居然真是，两个月来赵国刚一次也没回家做过饭，周六周日遥远会和同学出去玩，待在家的话也会叫外卖吃。

自从上次谭睿康刚来的时候吃过一顿，居然半个学期没这么正式地吃过饭了。

谭睿康说："小远，哥跟你说个事，你平时别和那个叫齐辉宇的家伙走得太近。"

遥远："……"

谭睿康说："他这人不踏实，轻浮，哥哥怕他把你给带歪了。"

遥远看着谭睿康那认真的模样，本想说点什么堵他，却一时没了话，心里既好气又好笑，暗道和他较什么真。

"我知道了。"遥远诚恳道。

谭睿康说："也别和他开些不合适的玩笑……"

遥远在心里咆哮了，终于忍不住道："行了，我知道了！"

谭睿康一怔，遥远吁了口气，说："吃饭吧。"

换了是赵国刚这么说，遥远肯定马上摔了筷子就走，但对着谭睿康，遥远还是保持着起码的礼貌。从一开始他就没有把谭睿康当成自己的亲人，只是个亲戚而已，亲戚要说什么就让他说吧。

"你生气了？"谭睿康说。

遥远道："不是你想的那样，唉，跟你说不清楚。"

在这件事上，他根本无法与谭睿康沟通。

谭睿康道："我周一去跟老师说，帮你换个座位。"

遥远："……"

"我和他同桌两年了，"遥远道，"这只是大家在闹着玩而已！你别发神经了好吗！我跟你说，这很正常！你没见过我们唱K的时候玩'真心话大冒险'，张震还和隔壁班班长唱情歌！"

谭睿康震惊了，筷子啪嗒一声掉在桌上。

遥远："……"

遥远前一刻还在发火，下一秒就被谭睿康这个动作逗得疯狂大笑，仿佛在看卡通片，掉筷子的行为实在太有戏剧感了，他登时笑得肚子疼，趴在饭桌上直抽。

"你……你笑什么？"谭睿康道，"真的？"

遥远不生气了，无奈道："吃饭吃饭，少啰唆，以后你就知道了，都是闹着玩的，不是你想的那样。"

谭睿康没话说了，说："那可能是哥哥太敏感了，对不起，唉。"

客厅音响里放着一首本地话歌曲，歌词里回荡着对童年的怀念，两人的话渐渐多了些，谭睿康脸上的表情也放松了，说："不好吃是吧，我去给你炒个鸡蛋。"

"不用，味道不错，"遥远笑道，"挺好吃。"

谭睿康说："你吃得少，知道你吃不下，唉，以后我多跟姑丈学学，先凑合着吃吧。"

遥远心想这家伙看上去土了吧唧的，其实心里倒是清楚得很，随口说："真的很好吃，我爸做的饭味道太淡，偶尔换换口味挺好的。"

谭睿康说："我来这儿住，给你们都添麻烦了，你也不高兴。"

"哪里话，"遥远忽然觉得他挺可怜的，忙安慰道，"你是我哥，亲人是一辈子的事，怎么能这么说。"

谭睿康摇了摇头，遥远寻思这个话题太沉重，但不说又不行，只得装出一副诚恳的模样，推心置腹地说："我这人本来就是这样，我爸也老说我脾气不好，你别放心上。"

谭睿康说："小远，我想让你高兴，但总是和你想不到一块去……"

遥远道："哪里，像现在这样就挺高兴，真的，很久没有这么吃饭了……"

遥远忽然觉得自己挺虚伪的，现在高兴吗？他一点也不觉得，菜不合胃口，饮料也是他之前从来不喝的，连米饭都没煮熟，先前满脑子都想着怎么快点吃完回房间打游戏听歌。

谁的错？遥远认为绝对不是自己的错，当然，也不是谭睿康的错。

幸亏门铃拯救了他，否则他就要抓狂了。

赵国刚回来了。

谭睿康叫道："姑丈。"

赵国刚有点意外，说："哟，两兄弟在吃饭？睿康做的？"

谭睿康笑道："一起吃。"

赵国刚看看谭睿康发红的双眼，又看遥远，点了点头，换了外套坐下。遥远去挂他爸的外套，说："你又喝酒了，少吃点油腻的。"

"只喝了一点，没事，"赵国刚说，"好久没吃你妈妈老家的菜了。"

电饭锅开关跳了，赵国刚与两个小孩在桌前吃饭，他回来以后气氛就融洽起来了。遥远快速吃了饭就回房去打游戏，把烂摊子交给他爸去收拾，总算不用再谈沉重的话题了。

期中考过后的第一天分数还没出来，老师先对着问卷讲试卷。

遥远心里狂跳，对着英语问卷标了个一百二十二，还有作文的二十五分没加上去，也就是说，假设作文拿了十八分，他的英语也有一百四！这个分数肯定是全班最高分了！

他斜眼瞥了一眼林子波，估测林子波的分数，又依次在脑海中过滤其余竞争对手的分数，数学课代表王帆，书呆子蒋婷婷，语文课代表叶楠……

"你阅读错了几个？"左斜角的同学问遥远。

"三……三个。"遥远其实一个也没错，心虚地反问道，"你呢？"

"那你英语应该第一了。"那人一脸苦大仇深的模样说，"林子波的完形填空错了好多，早知道抄你的了。"

遥远注意到英语老师在看他们，忙比了个手势："嘘……"

初三虽未分科，但也有文理差异，通常只有文理双修的人才能在综合排名中占到好位置。一个上午过去，语化英物四科对完标准答案，遥远心花怒放，数学虽然有点惨，但全班感觉都差不多……没关系。

上午放学后，遥远让同桌齐辉宇带饭，他直接拿着卷子杀进了老师办公室，名为问问题，实际上是打听分数和排名。

老师们正忙得不可开交，来个学生正好，英语老师道："遥远，来帮我登记一下分数。"

遥远是英语课代表，当即当仁不让地坐下，帮英语老师登分。

"课代表考得很不错，"英语老师笑眯眯地说，"全年级最高分是你。"

"谢谢老师！"遥远的虚荣心登时飘上了天，对着卷子一看，一百四十四分，全班第一名！哇，人生最幸福的时刻莫过于此。二班的英语课代表以一分之差排在遥远后面。

英语老师在和其他班的老师聊天，说到遥远时控制不住得意之情。遥远心里简直爽歪了，登记完全班分数，又把几个相好的分数记在手机里。

齐辉宇抄他的，得了一百二十八，这分数足够傲视群雄了，张震一百一十五，也不错，林子波一百三……

遥远翻到谭睿康的分数，傻眼了。

一百三十八！谭睿康英语一百三十八分？这也太夸张了吧！只比自己少了六分！

"遥远物理也考得不错，"物理老师说，"全班第二名。"

遥远的尾巴快翘到天上去了，谦虚地笑了笑，数学老师却发了火，说："你数学就不能认真点？三道大题有两道在课堂上讲过，最后一题的解答方式练习册上还有类似的，整个一班就只有一个一百四十五以上的！连林子波也错了，拿你们怎么办好！"

遥远吐了吐舌头，低头不敢说话，把英语分数登完，凑过去找数学课代表。

"你哥数学全班最高呢，"数学课代表是个女生，小声道，"满分啊，听说化学也是他第一，啧啧啧。"

遥远："……"

遥远道："不可能吧，我看看！"

数学老师说："谭睿康学习踏实！喏，遥远，你看看你的，再看看人家的。"

数学老师把谭睿康的卷子拿出来，又翻出遥远的卷子，遥远一百一十五分，谭睿康一百五。

遥远真是要晕过去了，心里大吼这怎么可能！

班主任在后面说："谭睿康偏科偏得太厉害，语文和英语不行。"

数学老师用鼻音"嗯"了声，没有再说话。遥远心想这厮真是捡到了啊，他掏出手机，把几个人的分数依次记下，凑来凑去，又去看物理，物理他全班第二，化学则排不上号。

语文呢……语文还好，林子波全年级第一，一百二十八，遥远只比他少了三分，谭睿康一百一十五，语文一分的档次里就有好几人，谭睿康肯定排不上。

遥远把分数记完出来，心里如波涛汹涌，英语的阅读题全对是因为他买的练习册好，期中考的卷子上，最后几篇阅读理解和完形填空里，几乎全是他读过的文章。

他在考试前几天才刚做过，谭睿康还把那本题选借去看了。

谭睿康能考这么高分，全是因为遥远买的那本习题的功劳！早知道不借给他看了……遥远心里涌起阴暗的小心思。

遥远把自己的各科排名整合了一下，对比其他竞争对手的排名，估测自己这次能排前几。他一回到教室，马上就有人拥上来，纷纷问道："你看到分数了吗？"

"我多少分？"

遥远掏出手机边看边说："你英语一百二十二，化学一百一十三……"

教室里一片"啊""呀"的声音，女生们西子捧心，痛苦地倒在椅子上。

遥远把记下来的全告诉他们了，没记到的也没办法，反正过几天就出排名。

他坐下来吃桌上齐辉宇带的午饭，齐辉宇却不知道去了哪里。

谭睿康回来了，留校午休的学生全在说分数，他听别人说了一会儿，惊诧道："分数出来了？"

"对啊，"他前排那女孩说，"我英语考砸了。"

谭睿康安慰道："小远有本习题选，最后几道阅读理解我们都做过，那本书很好，明天带来给你看，好多题目上面都有类似的。"

"真的吗？"教室最后几排座位登时响起惊叹声，遥远听到差点把饭给喷出来。

谭睿康有病吧！怎么能告诉别人！遥远几乎要疯了，谭睿康这么一说，别人就知道他英语的分数高，纯粹是靠运气，刚好做过那几篇阅读理解而已啊！

谭睿康还没意识到自己做了蠢事，又说："对，小远读书很刻苦的，每天回去学习到十一点。"

遥远差点就爆血管倒地而死了，多年来苦心营造的聪明形象被谭睿康毁得一干二净，他真想把盒饭扣到谭睿康脑袋上去。

遥远满肚子火，谭睿康过来坐在齐辉宇的位置上，问："小远你看到分数了吗？我多少分？"

遥远道:"不要叫我小远!"

遥远真是恨死他了,话也不跟他说。谭睿康忙笑道:"好,好,以后会注意……你看到分数了吗?"

遥远黑着脸,掏出手机看了一眼,说:"你英语一百三十八,化学一百四十二,数学……"

遥远耍了个心思,说:"数学一百一十五。"

谭睿康:"……"

遥远又说:"你语文作文还离题了,只得了三十分。"

谭睿康登时就惊愕了,说:"我数学才一百一十五?这怎么可能?"

遥远恶毒地说:"骗你干吗?你物理最后一题错了,不过分数也还可以,有一百二了,知足点吧。"

谭睿康叹了口气,点了点头,说:"你呢?考得很好吧。"

"还行吧。"遥远敷衍地收拾饭盒,去扔垃圾,不理他了。

午休前齐辉宇回来了,带着给遥远买的珍珠奶茶,说:"忘了给你买喝的,刚刚又出去跑了一趟,你考得怎么样?"

"还可以吧,估计能排进前十,"遥远说,"看看你的分数。"他掏出手机,心想还是齐辉宇好,喝了口珍珠奶茶,又尝了齐辉宇的布丁咖啡。

"你哥呢?"齐辉宇说,"我在食堂外面碰到林子波,说你哥考得很好啊。"

遥远不吭声了。

齐辉宇把椅子拼起来当床,躺在椅子上睡觉,遥远把自己校服外套给他盖着,开始自习。遥远时不时偷看谭睿康,谭睿康整整一个午休都没有说话,一脸郁闷,偶尔叹口气,对着笔记发呆。

前排女生安慰了他几句,教室里归于安静,唯有风扇开了小档,轻轻地转。

遥远开始猜谭睿康在想什么,应该是觉得对不起他爸?花那么多钱进来念书,第一次考试就砸了,压力一定不小。遥远有几次想过去告诉他其实他数学满分,但齐辉宇在睡觉,不能动。

谭睿康在教室里沉默地看了一会儿书,继而到走廊上去,趴在栏杆上看教学楼外的操场,站了快半个小时。

直到午休过后,学习委员林子波回来,才掀起了又一轮问分数的热潮。

"你数学满分。"林子波对谭睿康说,"我刚刚又去看了一眼,年级排名出来了,第一名是隔壁班的李娟,第二名是谭睿康,你是咱们班第一。"

顿时教室里炸了锅,谭睿康又傻了。

吵闹声太大,齐辉宇拖着口水醒了,起身道:"吵死人了。"

遥远黑着脸,妒忌心发作,没想到谭睿康居然拿了年级第二。不过仔细想也是理所当然的,他光是数学满分就甩开其他人几十分,再加上化学又是初三新开的科目,大部分人都不重视,包括遥远自己。

齐辉宇定了定神,朝林子波说:"四眼仔,我们呢?排第几?"

"你原始分排年级四十七,"林子波说,"牛奶仔排第七。"

遥远这下心里才好过点,比起初二期末考试掉了三名,从年级第四掉到第七,但也可以接受了,只要不掉出前十,上下波动是正常的。

谭睿康登时如同重获新生,抓着林子波问:"你没看错吧?是真的?小远怎么告诉我,说我语文作文离题了?真的假的啊!"

"不要叫我小远!"遥远不耐烦道。

谭睿康忙道歉,激动地问了林子波好一会儿,嘴唇都哆嗦了,想了想,又跑去老师办公室。

神经病，遥远心想。

下午放学后，老师们开会，晚自习暂时取消。

遥远收拾东西，谭睿康过来笑着给了遥远一拳，说："小远，差点被你吓死，你可真够狡猾的。"

遥远没说什么，懒懒道："回家吧。"

一大群男生闹哄哄出去，在学校门口的便利店买汽水，吃关东煮。当然，又是遥远掏腰包请客。男生女生们笑着喧哗，这次连谭睿康也加入了他们，有说有笑的。

众人在树下坐成一排，等车吃零食。秋天的夕阳照在南国的马路上，满地落叶，充满了青春的味道。

张震最先走，林子波的车来了也走了，其余几个男生各回各家，齐辉宇推着车，陪遥远他们走了一小段，送到中巴站，挥手告别。

剩下遥远和谭睿康两个。

谭睿康还在为他的年级第二兴奋，在朝遥远说政治题的不定项选择题，遥远却觉得他很烦人，相当烦人。

"牛奶仔。"有女孩的声音响起。

遥远："？"

那女孩是隔壁班的谢雨婷，在树下用力拉另外一个女生，好像是初二的，对方怎么也不出来，最后抱着树尖叫道："你去呀！我不要去！"

遥远："……"

谭睿康问："什么事？"

谭睿康跑过去几步，躲在树后的小女生跑了，遥远道："你别管！"

谢雨婷过来说："我妹想找你借英语课本去复印，可以吗？"

遥远说："可以啊。"

他拉过挎包翻出英语课本，谭睿康忙道："用我的吧。"

遥远不悦地蹙眉,谭睿康马上不吭声了。

遥远认识谢雨婷,虽然平时不怎么说话,但也是一个年级的,随口道:"你还有妹妹?"

"我契妹。"谢雨婷拿了书,又从包里掏出一个包装得很漂亮的小盒子,说,"她胆子小,这个是她送给你的,嗯。"

遥远接过盒子,谢雨婷说:"明天她就还你书,走喽,拜——"

遥远想起树后的那个小女孩了,是初二(2)班的班花,小小的,长得很可爱。之前开学的时候,有一次初二的几个女生在篮球场边上看他,好像那女孩子还给他买过水。当时齐辉宇开遥远玩笑,遥远就揍了他一顿,两人就走了。

遥远回家拆开包装纸,里面是个放牛奶糖的铁盒,还贴着张便笺纸,从便笺到包装,再到牛奶糖,都充满了女生的小心思,精致而浪漫。

于是遥远明白了,这玩意儿里装着名为仰慕的东西。

谭睿康还不知道发生了什么事,第二天那小女生来还书的时候告诉他,她叫池小君,谭睿康就大方地说:"我帮你给小远吧,他是我弟弟。"

"啊。"池小君站在教室后门处,走也不是留也不是,好不容易有说话的机会,怎么能让人帮她给?

最后还是张震帮了她的大忙,大声道:"牛奶仔,有女同学找你!"

那一下整个班哗然一片,遥远红着脸出来,接过英语书,池小君满脸通红,说:"还你书。"

"这个借给你看。"遥远递给她一本书,池小君接过书点了点头,两人又说了几句话,池小君就走了。

"牛奶妹!"

"是牛奶妹吗？"

马上就有人给池小君起外号了，齐辉宇玩味十足地说："什么时候认识的？"

"别听他们乱说！"遥远耳根子发红，回到位置上，说，"你也别乱说！"

傍晚放学时，又有个初二的女生来找遥远，帮忙递话说池小君找他，遥远便跟着她下去，送池小君回家。

遥远和池小君边走边聊，给她买了杯奶茶，把她送到车站，再回来找齐辉宇吃晚饭上晚自习。

初二年级放学后，遥远送池小君去坐车时也会碰到出来吃饭的同班同学。他一向大方，从不避人，碰上了就打个招呼。人少的时候他让池小君坐中巴回家，人多时两人就坐在路边花圃旁聊天，买点吃的。遥远怕齐辉宇等太久了，超过六点就会给池小君打车回家。

一周后，后知后觉的谭睿康终于发现了。

"小远，你和小君什么关系？"谭睿康问道。

遥远："……"

谭睿康道："他们叫小君牛奶妹……"

遥远道："没有，你别乱说！我们只是在一起聊天。"

谭睿康点头道："练习册借我看看，黄冈的那本。"

遥远把习题给谭睿康，谭睿康拿着回自己的小房间去，遥远塞上耳机听歌，发了会儿呆。

耳机被摘下来，遥远吓了一跳，说："先敲门好吗！"

谭睿康说："你习题都没做？作业呢？我看看。"

遥远道："关你什么事啊？你要做直接用圆珠笔在上面填就行了。"

谭睿康在床边坐下，说："小远，你最近上课老走神，回家也不学习，这样不行，还得中考呢。"

遥远被戳中软肋，说："学习效率才最重要啊！你懂不懂！死做题有什么用？"

谭睿康坚持道："认真学习，不然我要告诉姑丈了。"

遥远疯了，朝他大吼道："出去！你出去！跟你没关系！"

他把谭睿康又推又搡地拱出房间，摔上门，心想真是神经病一个，完全没有任何共同语言。

遥远真讨厌谭睿康，不是讨厌他管得太多，毕竟管得多也是为他好。但他有时候绞尽脑汁，就是没法和谭睿康沟通，他们根本不是一个世界的人。

第二天他对齐辉宇说了这事，齐辉宇说："是你自己重色轻友。"

遥远道："我平时又没和他一起玩……关键不在这里，唉。"

他无聊地看着窗外，梧桐树的叶子都掉光了，剩下光秃秃的树枝朝着天空，校运会快要开始了。他传了张纸条给谭睿康，写着："晚上我有事，自己回家。"

他不打算和谭睿康一起走了，先减少一起回家的频率，再逐渐各回各的，以免被他唠叨，反正齐辉宇会送他去中巴站坐车，两人也可以聊会儿天。

谭睿康写"知道了"，继而把纸条传回来，中间递纸条的张震又加了句话："你生日快到了，想怎么过？叫上牛奶妹，大家一起去海边烧烤？借我一吊钱吃饭。"

遥远还没想好，说要问问其他朋友。放学后他循例送池小君回家，突然发现最近钱花得有点快。

上次找赵国刚要钱，赵国刚就问了句这个月花钱怎么有点快。

遥远随便编了个班上交钱的理由糊弄了一下，但每周五百改成七百生活费，赵国刚肯定会奇怪。

不是怕他不给，只怕他起疑，万一问谭睿康问多了，又容易暴露……真麻烦。况且七百也不一定够，最好一周一千，花起来比较宽裕。

找谭睿康借点吗？遥远还是打消了这个念头，谭睿康的生活费和自己一样，每次赵国刚给他多少钱，就会给谭睿康多少。谭睿康怎么可能用得完？谭睿康从来不请客，抠得跟鬼一样，也不吃别人请的客，矿泉水买一块钱一瓶的，午饭吃食堂五块钱一顿的，每天两顿食堂外加两瓶水，只要十二块钱。

IC 卡是赵国刚充好给他们的，谭睿康一天十二块，一周六天七十二。

晚自习后，遥远一个人走在放学的路上，帮谭睿康算账。他爸一周给谭睿康五百，谭睿康能攒下四百多，四百多存着要干吗？娶老婆吗？简直是莫名其妙，用不了也不知道少拿点。

这条路人很少，前面站着几个人，似乎是有备而来，专门等他的。

遥远停下脚步，对方很高，站在路灯下像社会上的人。

三中附近治安一直很好，今天怎么这么倒霉，被他碰上了。

打劫的？遥远心想，不能给他们一分钱，否则以后就会被他们缠上。

"你叫赵遥远？"为首的那人说，"你和我妹关系很好？"

遥远眯起眼，下意识地说："没有啊，你妹是谁？"

"池小君，"那人道，"别装了，你很有钱？过来过来，聊几句。"

遥远道："池小君？她什么时候是你妹了？"

那人说："她当我妹两年了，教训他！"

几个人过来要动手，遥远挣开那人手臂，怒道："别动手！"

他一边退一边瞥旁边,不远处五十米外有个停车场,还有个保安亭,到那里就好办了。

"废物一个,"那人嘲讽道,"跑啊,就这本事。"

遥远呼吸急促,后面又有人大声道:"打他啦,跟他说什么!"

遥远退了几步,听到池小君的声音,说:"别!别打他!"

一瞬间遥远的肺都要气炸了,池小君也在,她长头发散着,没穿校服,像是临时被这群人叫出来的。

她的声音带着哭腔,说:"你们干吗啊……"

"别碰我!"遥远怒吼道,挡开上前抓了他手的人,书包却被人扯住踢了一脚,脑袋上被敲了一记。他狠命推搡,对方三个打他一个,拳脚交加,把他衬衣的扣子都扯掉了。

"你说清楚!池小君!什么意思!"遥远边抵挡那群混混的拳脚边怒吼道。

池小君没有回答,遥远破口大骂,被欺骗的怒火还在被围殴的愤怒之上。他狠命地反抗,不要命地和他们打,又被扇了一耳光,紧接着一个声音吼道:"你们干什么?"

谭睿康冲了过来,猛地推开围着遥远的人,那几人见来了帮手马上意识到麻烦,跑向为首的男人身边。

"干什么?"谭睿康要追,却被遥远拖住。

"走。"为首的男人道。

遥远激动又愤怒,情感无处发泄,把挎包朝地上狠狠一摔,坐在路边不说话。

谭睿康站着发了一会儿呆,他今天晚自习后去问了道题,出来坐车时晚了,恰好碰上这事。他没看见池小君,只知道遥远挨打了,小声道:"小远,怎么回事?他们要抢劫?"

遥远摆了摆手,眼睛发红,没有回答他。

刚好赵国刚在家,打开门看到遥远一副狼狈的样子,但见他两眼通红，便没有骂人。

遥远回家澡也不洗，穿着校服趴在床上就睡了，十一点时赵国刚进去给他脱鞋袜盖被子，出来和谭睿康说话。

遥远听见赵国刚断断续续地教训谭睿康。

"你要带弟弟学好，不能一天到晚就顺着他，宠着他……"

谭睿康在外面唯唯诺诺地点头，赵国刚又说："要监督他，明年就要中考了，最近怎么都无心学习……"

遥远只觉得说不出的疲惫。

第二天，张震和齐辉宇听到的是两个截然不同的故事版本。

张震道："有人抢你钱？！"

遥远道："没有，别听谭睿康胡说。"

齐辉宇给张震解释了，张震马上怒了，说："晚自习完了，哥几个陪你一起回家。"

齐辉宇道："让牛奶妹把那男的叫出来，咱们多叫几个人，把隔壁班的也叫上，揍他。"

遥远觉得都丢死人了，还要叫隔壁班的，他可不想丢脸丢到隔壁班去。他说："我自己解决，不行再找你们，没事，别操心了，就这样。"

张震回去和谭睿康商量，谭睿康这才听到了完整的版本。

第一节课下课后，遥远起身出去，谭睿康说："小远。"

遥远没说话，下了二楼，找了个初二的女孩，说："帮我叫池小君出来，我跟她说点事。"

池小君趴在课桌上，身边好几个女生在安慰她。

"她不肯出来，你回去吧。"那人说。

上课铃响，遥远只得回教室，连着几节课下来都没办法碰上池小君，中午和下午放学池小君又早早走了。

这算什么？遥远火了，一连几天都是这样，最后终于在初二体育课的时候成功截住了她。

遥远和齐辉宇在一起，池小君和另一个女生在一起。

"说清楚吧，"遥远说，"那个男的是谁？"

池小君一见遥远就开始哭，她身边的女生道："别欺负她了好吗！她也不想的！"

遥远简直无语了，他说："我才是被欺负的吧！你们都没错，我错了行了吧！"

池小君回了教室，遥远简直气不打一处来，齐辉宇一直不敢说话，搭着他也回了教室。

当天班主任找遥远谈话，说他这几天上课都在睡觉，没精打采的，问他到底怎么回事。

遥远更烦躁了，回来时张震凑过来，说："我去问了。"

"什么？"遥远没好气道。

张震说："那男的在念高中，是另外一个中学的，池小君说是她以前的朋友，她不想跟他一块玩了，没想到他还缠着。现在看你想怎么样，我打篮球的时候认识几个那个中学的人，帮你找人教训他一顿？"

"算了，"遥远正心烦，"她的事跟我没关系了。"

齐辉宇说："不行，总得教训回来。"

遥远道："我说算了！"

张震知道他心情不好，便点头离开。齐辉宇看了看遥远，两人坐着不说话。

遥远的青春期就这么结束了。

自那天起，谭睿康每天都跟遥远一起回家，挎包里还煞有介事地放了根棍子。

很久以后，赵国刚发现了谭睿康的棍子，教训了他一顿。

初三念完以后遥远留在高中部,高二时听说池小君初中毕业后回老家读书了,两人再没有碰过面。

许多年后遥远再见她时,她已经结婚了。谈起当年的事,池小君只是笑着说:"我都不太记得了,你现在过得怎么样?"

遥远只能说:"还好。"

那些往事早已逝去无痕,就像每年三中门口秋季的梧桐叶,年年变黄,年年落了满街,却年年都不再相同。

遥远今年的生日不想办,赵国刚给他三千块钱让他去请客的时候,他说:"不用了。"

不用了?赵国刚诧异地说:"不过了?"

"不过了,"遥远对着习题册说,"别打扰我学习。"

赵国刚说:"不过了这个钱也给你,奖励你期中考试考得好。"

遥远敷衍地说:"放着吧。"

"小远,你第六题错了。"谭睿康在对面房喊道。

"哦——"遥远百无聊赖地翻本子。

赵国刚发现谭睿康确实起到了很大的作用,虽然他不知道遥远与谭睿康有什么秘密,但两个孩子总保持着一种融洽的竞争心态,遥远难得没有妒忌谭睿康的好成绩,俨然已把他当成自己真正的哥哥了。

虽然谭睿康有时候的行为还是很土气,但已融入了遥远与他的朋友中间,成为一个新成员。

谭睿康也开始用纸巾了,不再从书包里掏出一卷皱巴巴的卷纸,知道跟女生们对答案后,输的请吃四洲牛奶糖。

遥远生日的时候收到很多东西,起码有半个班的人给他买了生日礼物。当天,遥远请所有送他礼物的人去吃了一顿元禄的回转寿司,二十多人几乎包了整个店。谭睿康第一次吃寿司,看生鱼片的目光十分惊讶。

"就……这么吃?"谭睿康说,"生的啊。"

齐辉宇伸着舌头,把生鱼片放进嘴里,谭睿康的脸都绿了。

众人一齐哄笑,张震把寿司上的生鱼片裹了厚厚一层芥末,放在谭睿康碗里,说:"尝尝。"

"哎!"遥远道,"别这样!"

话还没说完,谭睿康已经吃了下去,登时捂着嘴,遥远忙道:"吐出来!芥辣很冲的。"

谭睿康眼泪鼻涕狂飙,张震道:"哥们,你太勇敢了,真的吃下去了。"

众人都笑瘫了,谭睿康一句话不说连忙摆手,足足花了近十分钟,才一把眼泪一把鼻涕地喝茶。

大家又开始玩拍七,输的罚吃芥末卷,遥远中了一个,眼泪哗啦啦直流,被整得有苦说不出。

谭睿康指着他哈哈大笑,把他摁在怀里使劲揍。

当天回家后遥远点了点礼物,公仔、摆设、文具、CD、零食,满满地塞了一大包。礼物都不便宜,看过后却觉得没意思。遥远悻悻的,把大部分礼物都塞进了箱子里。

唯一喜欢的,是齐辉宇送他的一块 swatch 手表。

这款手表要一千二,当时他和齐辉宇逛街的时候看到过,有点动心想买,最后还是没买。齐辉宇还记得他想要这款手表,大方地买了下来。

齐辉宇家里不算有钱,每天生活费只有三十,大部分时间遥远都请他吃饭,他则给遥远买奶茶和饮料。

估计是从压岁钱里支的一千二,对一个初中生来说绝对不少了。

遥远收到这份礼物的时候确实非常感动,不枉和齐辉宇两年同桌,他才是最知道自己心意的那个。正因为齐辉宇没钱,这么昂贵的生日礼物才显出心意。

谭睿康呢?他没送什么礼物,遥远也不在乎这个,反正自己家的人,无所谓,送来送去还是他爸的钱。

"小远,"谭睿康洗好澡过来,说,"我送你一份生日礼物。"

遥远正在欣赏自己那块蓝色的牛奶仔手表,越看越喜欢,忙道:"不用了。"

谭睿康笑着说:"要的,一点心意。"

遥远嘴角微微抽搐,看他能拿出什么来。结果谭睿康递出一个信封,遥远料想里面是卡片什么的,他点了点头,说:"谢谢。"

他没有当着谭睿康的面拆,万一里面有什么"亲爱的弟弟,祝你……祝你……祝你……"之类的心里话,可就尴尬了。

谭睿康回房后,遥远把信封扔到一旁,两人各自开始学习。

十点后,谭睿康问道:"小远,你看了吗?"

遥远:"……"

"还没有,"遥远道,"我现在看。"

他酝酿了一下情绪,准备说点感动的话,打开信封,抽出一份报纸。

这是什么?遥远展开后发现是张发黄的旧报纸——特区报。

谭睿康道:"这是你出生的那天,这个城市里发生的事。"

遥远这才明白过来,谭睿康说:"我去特区报社请他们卖我一份,编辑是姑丈的朋友,找出来直接送我了。"

遥远说:"真有心,谢谢。"

谭睿康笑着说:"那天发生了好多事,口岸新楼正式投入使用,新通商文件签署、福利房条件提案通过。"

遥远赞叹着笑道:"对,我看看,还有广告……国际版,真是难得的礼物。"

遥远看了一晚上报纸,最后小心地把它收了起来,这是他十五年来收到的最有意义的一份礼物。

第四章　校运会

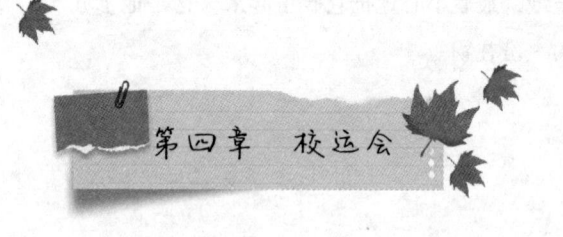

黄叶落尽，快入冬了，校运会也快来了。

初三的学生因为学习紧张一切从简，随便走走方阵就算了，太高的和太矮的都不让参加，免得破坏班级形象。

谭睿康因为太高被筛了出来，遥远不高也不矮，个头正标准，却半点也不想去走校运会的方阵。

想也知道，那种高喊口号在跑道上走来走去的行为实在太雷人，张震是遥远的好哥们，便大笔一钩把他的名字给去掉了，报个名参赛就行。

校运会期间不用上课，不亚于给初三的学生一个休闲假期，但仍有不少人留在教室里自习。

齐辉宇买了麦当劳的早餐给遥远吃，两人做了会儿作业，齐辉宇道："下去看比赛吧，要搬凳子了。你下午也有比赛？"

"有，"遥远看了眼手表，说，"我参加短跑和四百米接力赛。"

齐辉宇要跳高，两人搬着椅子下去，找到自己的班级所在，在跑道最后一排坐下。不少同学还带着习题册，自己班级的比赛没开始时就低头做题。

"马上要跑了，"张震过来通知，"去做热身活动，牛奶仔跑完一百米就准备接力，齐辉宇你跑第二棒，牛奶仔跑第三棒。"

"我给你们加油。"林子波笑道。

"谁跑第四棒？"遥远说，"过来练一下接棒吧。"

齐辉宇和遥远是老搭档了，从初一到初三每次都跑中间两棒，可惜没一次拿到名次。想也知道尖子班的体育水平，拿不到名次是很正常的，别垫底就行了。

"我接第四棒。"谭睿康有点紧张，穿着背心短裤，背后贴着张大纸，上面写着"初三（1）班"。

运动服比较暴露，那身短裤背心也不知道他是从哪儿翻出来的，多半是赵国刚的衣服。遥远险些被噎得吐血倒地，抓狂地说："不用这么认真吧！"

"我跨栏呢，"谭睿康笑了笑，朝他比个手势，说，"给我加油。"

遥远发现远处其他班的人都在看谭睿康，只觉颜面扫地，实在是太显眼了。

谭睿康的肌肤是健康的古铜色，显得健壮，个头又高，长得也帅，他一个人在跑道旁热身，一时间所有眼光都聚集在他身上。

"好了好了。"遥远接了几次棒，把谭睿康赶去跨栏，隔壁班的女孩笑道："你哥好出风头。"

遥远心里嗤了声，低头继续看书，女生问道："你不去给他加油吗？"

遥远收起书，想走又不想走，不少人跑去看跨栏，远处发令枪"砰"地响起，人声鼎沸。

"加油——加油——"

已经开始了，遥远更懒得去看，谭睿康能拿第几他一点也不关心，但是不去看好像不太好……好歹给他哥一点面子吧。

遥远内心思想激烈斗争，想去又不想去，最后起身懒懒地走向赛道，去看谭睿康比赛。

"加油——耶——"

跨栏跑道那里已经闹翻天了，谭睿康冲过初中组跨栏赛道的终点线,所有人一片哗然,张震冲过去拍他的头,整个班级的人把他围在中间。

"好样的!"张震喊道,"你甩开第二名快五米了!"

"康康你好牛啊!"有女生尖叫道。

谭睿康笑着四处看了看,不停地喘气,和上来祝贺的同学击掌,发现没有遥远,神色便有点黯然。

遥远走到一半,发现比赛结束了,一群人在朝谭睿康祝贺,谭睿康出了好大的风头,便又一脸无聊地回来。

谭睿康慢慢地走回班上,遥远戴着耳机低头看书。谭睿康站了一会儿,递给他一瓶水。

那是隔壁班的一个女孩买给谭睿康的,班里的人也有给运动员发水,谭睿康得了两瓶,给遥远一瓶。

遥远接过水拧开喝了一口,耳机没摘下来,谭睿康就在他身边沉默地坐着。

片刻后齐辉宇去跳高,遥远跟着去帮忙打气。齐辉宇连着几次碰竿,只得了第七,两人有说有笑地回来,遥远就准备跑百米了。

"小远!加油!"谭睿康大声道。

周围的人笑了起来,遥远躬身单膝跪地做准备。

真是够了,遥远心想,只打算随便跑跑,结果谭睿康一来他就没辙了,估计得卖力跑。正准备时,眼角忽然瞥见远处的一个人。

赵国刚正在和他的班主任聊天,还朝他挥了挥手。

他什么时候来的?遥远记得没告诉他校运会的事啊!

"砰"的一声发令枪响,遥远条件反射般冲了出去。

"加油!加油!"

遥远脑海中一片空白,赵国刚来看比赛?他的心狂跳,竭尽全力地狂跑。

"小远！加油！"谭睿康大吼道。

班上所有人都跟着谭睿康狂喊："小远——加油——小远——加油——"

遥远的心简直要从喉咙口跳出来，刹那间冲过了终点，一个踉跄，喘着气躺在地上。他现在的体力不如初一初二的时候，希望成绩不要太差。

"太好了！"谭睿康喊道，"好样的！"

谭睿康把他拉了起来，遥远道："第几？"

"第四！"张震过来拍他，笑道，"超常发挥！这次咱们班能拿上名次了！"

遥远松了口气，他们是最后一组，没有垫底已经很好了，何况还拿了第四名。

谭睿康心花怒放，简直比自己拿了第一还要高兴。两人走回班里，遥远脖颈通红，浑身大汗淋漓。

赵国刚说："表现不错，小远跑得这么快？从来没听你说过。"

遥远没好气地瞪他，周围的同学议论纷纷，都在说牛奶爸的事。

今天来了不少家长，大部分在另外一边的学校看台上。赵国刚昨夜得知谭睿康和遥远都要跑步，就特地过来看看。

"你爸好帅。"前面一个女孩转头道。

遥远"嗯"了声，他也觉得自己父亲很帅。赵国刚一米八出头的个子，下海前是钢厂的职工，还是工厂篮球队的，今年才三十九岁，平时虽常喝酒，身材却很不错。

赵国刚的西装很贵，穿上身自然衬人，皮鞋擦得锃亮，男模般的身材让他有种事业赢家，成熟男人的性感。

他戴着一副墨镜来看比赛，坐在最后一排和两个孩子说话，风度登时倾倒了两个班的一大半女生，她们都在回头看他，还有不少女孩拿相机偷偷拍照。

"喝水吗?"遥远拿了瓶水给赵国刚。

"姑丈什么时候来的?"谭睿康笑道。

赵国刚道:"在小飞人拿百米跨栏金牌的时候。"

谭睿康大笑起来,遥远心里有点不爽,这是他爸,又不是谭睿康的爸。

赵国刚道:"睿康跑得快我知道,小远怎么也跑得这么快,真小看你了。"

遥远懒懒道:"一向的。"

"叔叔好。"齐辉宇来给赵国刚打招呼,把帮遥远揣的手表还给他。

赵国刚笑着挨个与遥远的朋友见过,又说:"小远很喜欢你送他的表。我帮你们看衣服,要开始跑接力了?"

几人把东西交给赵国刚,压轴比赛准备开始,初三六个班各占一个跑道,遥远紧张得很。

所有初三生都离开座位,到田径场上看比赛。这是最紧张的时刻,每年最后的接力比赛是最出风头,也是最彰显班级精神的,每个班在这种时候最为团结,有种近乎热血的疯狂。

看台上的喇叭喊道:"现在是初三年级的四百米接力赛,从外到内,依次是一班,二班……"

遥远深吸一口气,赵国刚在跑道外侧比了个大拇指,霸气十足地说:"宝宝,加油,友谊第一,比赛第二。咱们不在乎那些虚名,尽力就行。"

不少人哄笑起来,跟着起哄道:"宝宝!宝宝!"

遥远满脸通红,恨不得找个地缝钻进去。他和谭睿康距离一百米,赵国刚没有管谭睿康,反而站在他身边给他打气,这让他心中平衡了点。

"砰"的一声，发令枪响。

"加油——加油——"整个田径场上的人都疯了。

第一棒开跑，所有人都跟着大叫，从起跑线处穿过田径场跑向另一头。

"现在领先的是初三（5）班……"

"一班齐辉宇接棒了！"林子波的声音在广播里响起，激动地喊道，"加油！"

学生大笑，林子波控制住麦，喊道："六班的表现也不错……"

齐辉宇飞速朝遥远冲来，遥远反手放到背后，齐辉宇把棒一拍，林子波喊道："接稳了接稳了！"

遥远接棒，化作一道箭疾飞而去，两人配合堪称完美，抢尽全场风头。

六个班的参赛选手跑得飞快，二棒接三棒全部顺利，遥远竭尽全力地狂奔，赵国刚喊道："加油！小远加油！"

齐辉宇传棒给遥远时整体速度就已经落后了，遥远尽了最大努力，交出最后一棒，同时一个趔趄，倾身消去冲力，左脚一扭，谭睿康接棒！

"现在领跑的是初三（3）班，谭睿康追上来了！他跑得太快了！"林子波有点激动过度，语无伦次。

"我的天哪！"遥远抬头看向跑道，谭睿康跑得实在太快了，整个一班发疯般地大叫。谭睿康连着追上两名，瞬间把落后的速度追回来，进入前三，紧接着又超一名！

"加油！加油！"遥远大喊，跟跄跑了几步，赵国刚也过来了，就在这短短的几秒内，谭睿康又追上一个！

"一班要拿第一了！"林子波在广播里大喊道，"谭睿康加油！"

说时迟那时快，谭睿康和另一个人同时冲过了终点线，所有人拥了过去。

"太过分了！太龌龊了！"有女生愤怒地叫道，"是一班的学习委员吗？怎么能抢解说麦！"

遥远道："拿了第几名？我们进前三了吗？"

遥远挤过去，到处都是闹哄哄的人，谭睿康笑着喘气，话也说不出来了。

遥远紧张地喊道："第几啊？张震！第几？"

张震在人群中比了个食指，所有人哗地一下尖叫，遥远激动地冲上去与谭睿康紧紧拥抱，大叫道："你太强了！"

谭睿康高兴得很，大叫道："你交棒交得好！大家都有功劳！"

人群散去，初中部的比赛结束，高中部比赛开始。

看到遥远一瘸一拐，谭睿康变了脸色，说："小远，你脚扭着了？"

"我们第一了！"齐辉宇冲过来大喊，把遥远抱着，又去抱谭睿康，初三（1）班的人全部大喊大叫。

遥远笑道："没关系，只是稍微扭了一下，我爸呢？"

赵国刚已经回公司去了，遥远戴上手表，坐在位置上喝水，其余人还在讨论这场比赛，初中三年，他们终于拿了次第一。

"晚上不上晚自习，去吃饭庆功！"张震过来笑道，"还有奖金的。"

遥远吁了口气，整个班都沉浸在热烈的气氛里。

夕阳西下，高中部三个年级的接力赛结束，田径场上开始放歌，开闭幕式。

遥远起身时一个趔趄，脚踝痛得要死，只好坐下，张震带人过来搬椅子回教室，谭睿康道："怎么了？"

遥远道："有点扭了，没事。"

刚刚跑接力赛的时候还不觉得,半小时后却痛得厉害。遥远脱下运动鞋,脚踝处肿了一个大包。

谭睿康单膝跪下检查,遥远忍不住鬼叫道:"别碰!痛!"

张震说:"起来活动看看,能站住不?"

遥远搭着谭睿康肩膀,只能单脚站,谭睿康说:"在这儿等一会儿,我把椅子搬好背你回去。"

遥远马上道:"别!我自己能走!"

太丢人了,闭幕式还没完,要是在众目睽睽下被谭睿康背着走过田径场,还不如直接杀了他来得痛快。

谭睿康和张震搬椅子上去,遥远试了试,能走,于是便走三步,停一停,沿着操场往教室挪,准备上楼收拾书包。

"你怎么不听话?"谭睿康下楼梯时急了,眉毛拧成个结。

遥远心想你谁啊你,比我老爸还老爸,嘴上说:"唉,别担心,没事的。"

谭睿康蹲下来看遥远的脚踝,索性把人一把背起,遥远叫道:"不要——"

张震在后面哈哈大笑,遥远被一路背回教室,谭睿康道:"别再走了,你扭得很严重。"

遥远只得在教室里听歌,取出练习册做题,一身汗干了点。比赛结束后身心舒畅,看不下去书,只觉舒服得很,若能和损友们聊聊天就更完美了。

闭幕式结束后同学们回来收拾东西,齐辉宇躬身看遥远的脚,说:"我骑车载你回家?得去抹药才行。"

"要去医院吗?"另一个同学担心地说。

张震常打篮球磕碰,说:"没事,这种伤很常见,回家用云南白药喷雾喷一下就好了。"

遥远的脚越来越痛,齐辉宇说:"我家有黄道益的活络油,待会儿给你拿，晚上让你哥给你揉，揉三天就能好，我妈扭伤后就是这样恢复的。"

遥远窘得无以复加，说："小事！别那么紧张！"

众人群策群力，献完计后，该走的都走了，剩下的准备出去吃饭开庆功宴，其他班的学生还在外面探头说："宝宝，你爸好帅。"

所有人笑得肚子疼，遥远愤怒地说："回去告诉你们班的人，别花痴我爸！"

这下旁的人笑得更惨，谭睿康换好一身校服回来，说："我带小远回去吧，你们去吃饭，我们不去了。"

数人商量片刻，张震说："这怎么行？"

遥远道："鸡鸡骑车搭我回去，你们去吃吧。"鸡鸡是齐辉宇的外号。

"我们一起，出去打个车就回家了。"谭睿康说，"你们吃。"

遥远面无表情道："你是大功臣呢，开庆功宴怎么能少了你？"

"哎，"谭睿康笑道，"说的什么话，你以为我为什么拼了命地拿第一。"

遥远："？"

他忽然觉得谭睿康的话有种莫名的意味在里头，那是和赵国刚如出一辙的温暖与包容，但他没能理解谭睿康话里的意思，也没有追问。

大家商量后决定张震带着七个人去吃晚饭。遥远拿了两百给张震，以备钱不够的话垫着请客，打发齐辉宇去吃。

都散了后，谭睿康左边一个挎包，右边一个挎包背着，在遥远身前躬下腰。

遥远扒了几下，趴在谭睿康背上，说："你行不行啊？要下楼梯。"

谭睿康笑道:"小意思。"

谭睿康背着遥远,把教室前后门关上,然后下楼。

人已经走得差不多了,教工在打扫学校,夕阳染红了篮球场,灿烂而美好。谭睿康的背脊就像遥远的外公那般,充满安全感,西装校服外套上有种好闻的少年味道。

"你刚说的那话什么意思?"遥远想起来了,问谭睿康,"为什么拼命拿第一?"

谭睿康背着他,走在学校外的小路上,道路两边满是干爽的落叶,此刻被落日染得火似的红。

谭睿康话中带着笑意,理所当然地说:"想让你高兴,等发了奖金,哥给你买东西。"

回家后遥远叫了外卖,谭睿康让他先吃,自己又下去买药。

买完药回来,谭睿康搬了张小板凳过来,准备给遥远擦药,遥远忙道:"让我爸来吧。"

谭睿康笑道:"没关系,坐着。"

"不!"遥远道,"让我爸来。"

"听话!"谭睿康道。

遥远抵死不从,觉得让谭睿康给自己的脚上药是件很丢人的事,然而谭睿康无比执拗,大声道:"再不抹药就严重了!你明天还走不走路?"

遥远只得乖乖就范,谭睿康坐在小板凳上,给沙发上的遥远用黄道益的活络油推拿。遥远浑身不自在,按了遥控器看电视。

"好了吧。"遥远说。

谭睿康不吭声,埋头轻按他的脚踝。遥远闻到刺鼻的药油味,脚踝处热了起来,谭睿康的动作很小心,说:"你看电视,别管。"

遥远关了电视,拿起一本书随手翻了翻,说:"好了吧。"

"好了吧。"

"好了……"

谭睿康起身的时候,遥远觉得怪不好意思的。

谭睿康低头研究遥远的脚,说:"可能还不行,药房推荐的,这油效果没有药酒好。"

谭睿康要再坐下,遥远忙道:"别!就这样吧。"

谭睿康道:"晚上再来一次,要一直揉,揉多了就好了。"

谭睿康去洗手,遥远想了想,说:"哥,谢谢。"

那声"哥"叫得十分生硬,"谢谢"也颇不自然。谭睿康在浴室里洗手,没有回答,估计是没听见。

遥远躺在沙发上睡着了,谭睿康自己去吃饭,没有打扰他,中途把画册从他怀里抽走,给他盖上空调被。

遥远迷迷糊糊地睡了很久,听见赵国刚回来了,谭睿康小声告诉他遥远的事。

赵国刚看了一眼,过来把睡到一半的遥远抱起来,抱进房间——就像小时候等父亲下班回家,在沙发上对着电视睡着时一样,遥远猫一样地下意识倚着赵国刚的臂弯。

翌日是周日,不用上课,遥远一脸怏怏,坐在沙发上打呵欠,赵国刚去找人拿了药酒回来,亲自给遥远上药。

赵国刚的药酒很够劲,手劲也很够,一抹下去,遥远登时鬼哭狼嚎地叫道:"啊——"

赵国刚蹙眉看着遥远。

遥远讪讪地笑了笑,赵国刚又一下抹下去,遥远鬼叫道:"我的妈啊——"

叫什么都没事,一叫"妈"赵国刚就受不了,怒道:"别叫!"

遥远道:"痛啊!昨天都没这么痛的!你比谭睿康粗鲁多了,

轻点！"

谭睿康过来和赵国刚一起研究遥远的脚，比昨天更严重了点，谭睿康道："我以为药油能用，药房里的人说这个管好的……"

"能用，"赵国刚说，"你昨天不给他上药油，今天会更肿。"

遥远道："没你的事，进去进去。"

赵国刚黑了脸，说："怎么能这么跟哥哥说话？"

谭睿康忙笑道没关系，进房间去学习。赵国刚继续给遥远抹药酒，他的手劲比谭睿康大了许多，遥远快痛死了。

"小远，你哥哥是真的对你很好，"赵国刚说，"你要尊敬他，别不知好歹。"

"哦。"遥远面无表情道。

赵国刚知道不管是在家里还是在外面，对遥远好的人实在太多，也知道这儿子一时半会听不下去，只能等他自己觉醒了。

"爸。"遥远说。

赵国刚道："怎么？"

"你有根白头发，"遥远说，"我帮你拔了。"

赵国刚头也不抬地"嗯"了声，遥远拔了那根白头发，嘀咕道："才三十五就有白头发了，叫你少喝点酒……"

"爸爸马上就三十九了，"赵国刚说，"奔四十的人了。"

遥远道："是吗？"

他对赵国刚的年龄还停留在小学的时候，总觉得他刚三十出头，没想到一眨眼就要四十了。

遥远心里有点难过，赵国刚抹好药酒，说："这几天不能打球，不能运动，洗澡的话……"

"我自己可以！"遥远生怕赵国刚要让谭睿康帮他，开什么玩笑！

赵国刚也没坚持，父子二人就在家里看电视。

天气渐冷,遥远的脚好得差不多了,期末也来了,谭睿康的运动会奖金拿了一百元,趁着元旦给遥远买了本画册。这次终于中了遥远的意,他很喜欢。

期末考试谭睿康考了年级第五,遥远年级第十,又往下掉了三名,还可以接受。

赵国刚非常高兴,谭睿康和遥远都没有辜负他的期望。

寒假生活除了学习就是学习,遥远只要这么保持下去,保送母校的高中部问题不大。赵国刚的生意没那么忙,春节便待在家里陪两个小孩看电视。

除夕当天赵国刚买回来一个大瓷瓶,插上桃花,在桃枝上贴满红包,年的味道就出来了。

今年比往年热闹,多了个谭睿康帮着忙上忙下,又是贴春联又是大扫除的,家里有模有样的。

赵国刚又带两个小孩出去吃了顿年夜饭,都是鱼翅、海参等大菜,谭睿康吃椰青翅吃得起劲,问:"你们这边的菜做得好,粉丝都放椰子里蒸的,还挺有味道。"

遥远笑得要抽过去,谭睿康十分茫然,赵国刚忍不住也笑了起来,说:"别听小远的,这是鱼翅。虽然味道差不多,营养却比粉丝好,小远刚吃那会儿也把它当作粉丝,吃完了还要再来一碗。"

遥远道:"一碗六百八十八呢,那次我爸请客我不知道,以为是粉丝,足足吃了五碗。"

谭睿康一口饮料险些喷了出来。

回家看春晚的时候,赵国刚时不时看手机,遥远觉得有点不对劲。

主持人在荧幕上声泪俱下地煽情,孩子们合唱了一首歌。

谭睿康很喜欢这首歌,竟然也会跟着哼哼。遥远听得浑身起鸡皮疙瘩,发现赵国刚又在看手机,终于忍不住了,问:"你有事?"

赵国刚说:"没有,怎么了?"

遥远的雷达比女人还厉害,怀疑地看老爸的手机,继而拿过来玩游戏。赵国刚也任由儿子用,谭睿康在一旁看遥远的画册。

十二点刚到,父子二人的手机短信马上就嘀嘀嘀响了起来,同时家里电话响个不停,遥远道:"我的!"

赵国刚接了电话,交给遥远。

遥远胜利了,那边是齐辉宇的声音,说:"新年快乐——"

遥远道:"新年快乐!"

齐辉宇道:"在干吗?初三拿了压岁钱去逛街吧。"

遥远自动忽略了谭睿康的存在,说:"跟我爸在看电视……"

说话间他忽然发现了一件事,赵国刚在客厅外的阳台上抽烟打电话!

遥远倾身张望,一边敷衍地说:"嗯,是啊,你明天来吗?叫上他们一起来拿压岁钱,我家桃花上挂着红包,来了自己抽一个,有一百的,也有五十的……"

赵国刚倚在阳台的栏杆前,弹了弹烟灰,低头打电话,带着成熟男人充满魅力的漫不经心的微笑。

遥远心里"咯噔"一响,小声道:"明天来了再说。"就把电话挂了。

电话刚挂掉又响起来,遥远接起来说:"新年快乐。"然后就把电话啪地挂了。

电话持续响,谭睿康过来接,笑着说:"你好。"

电话是班上同学打来问候遥远的,大家都知道他爸大方,年初一想过来拜年,顺便讨张一百或者五十的压岁钱,对方也认识谭睿康,便随口聊了起来。

遥远呼啦一下拉开阳台落地窗,冷气灌了进来。

赵国刚道:"好的就这样,再见,新年快乐。"

"谁?"遥远问道。

赵国刚道:"老同学,怎么了?"

遥远将信将疑,说:"电话借我打一下。"

赵国刚把手机给儿子,摸了摸遥远的头,说:"又长大一岁了,要成熟点,知道吗?"

春晚倒数完,赵国刚才进房间,遥远对着手机翻赵国刚的短信,看到许多认识的名字,其中夹杂着一个陌生的136开头的号码,内容是"国刚,想你了,新年快乐"。

遥远的脸色变得不太好看,几次想拨这个电话,拇指按在通话键上犹豫不决,这时谭睿康出来道:"小远,张震找你。"

遥远心不在焉地接电话,另一只耳朵听见赵国刚说:"期末考给你们的奖励,每人一个红包……"

谭睿康惊呼道:"姑丈!这太贵重了!不行……"

遥远看也不看赵国刚,随手接过装手机的盒子和红包,红包里是一千块钱,盒子打开后是一款漂亮的松下GD系列手机。他一边朝电话里说:"是啊,年初三去买鞋吧……"一边说着随手拆包装盒。

赵国刚则坚持让谭睿康收下,说:"拿着,也方便找你们,上课的时候记得不要开声音……"

遥远的心思完全不在手机上,随手把卡装进去,旧手机要给赵国刚,想了想,说:"旧的我留着可以吗?"

赵国刚点头,遥远便保留了退役的诺基亚,准备拿给齐辉宇用。

谭睿康喜欢得爱不释手,但他没有卡,只能开机看看。

赵国刚又递给他一张卡,说:"号给你买好了。"

遥远说到一半,抬头看了一眼,立马被吓着了。

谭睿康眼睛通红,不住抹脸,看着手机。

用不用这么夸张……遥远嘴角抽搐,方才那点小心思马上消散得一干二净。

赵国刚哈哈大笑道:"别激动,大过年的。姑丈告诉你,别因为有了手机就影响学习。小远就很聪明,不会受物质诱惑荒废学业,人要靠知识才能充实自己,金钱物质都是包装……"

谭睿康连连点头,遥远挂了电话,叹了口气回房间去了。

接下来谭睿康一直拿着手机晃来晃去,一会儿过来问遥远这个功能怎么用,一会儿过来找他要电话记入通信录,一会儿又过来坐坐。

遥远因为自己老爸那事心烦无比,奈何大过年的又不能吼,直到忍无可忍才关门上锁。过了一会儿他又走出去,在赵国刚门外偷听,听他有没有给女人打电话。

他忍不住试着打赵国刚的手机,外面茶几上的蓝灯一闪一闪的,手机没带进房里。

遥远过去看了一眼,来电号码"宝宝",他继续翻他爸的手机,并充分发挥了推理天赋——赵国刚已经把它调成震动,也就是说他在自己看完短信后动过手机,那么他有没有心虚呢?

遥远把短信朝下翻。

刚刚那条陌生号码的来信还在,赵国刚没有把它删了,说不定只是老同学换了号。

遥远查通话记录,确实拨打回去了。

过年的几天里,遥远一直在想这事,但直到开学,赵国刚都没有再在家里打过那个电话,每天遥远也会趁赵国刚洗澡的时候翻他的包,看他的手机和杂物。

没有任何异常,遥远渐渐放下心,某天还在翻赵国刚的东西时,却被谭睿康逮了个正着。

谭睿康道:"小远,你……"

遥远:"……"

谭睿康蹙眉道:"你在做什么?"

遥远心想不好,万一谭睿康以为自己在偷赵国刚的东西,会不会引起不必要的麻烦?这种事不能瞒他,得说清楚,说不定还能多个同盟军,旋即拉着谭睿康,说:"你听我说,来。"

遥远把谭睿康拉进房间,随便取了两本练习册,一本塞到谭睿康手里,自己拿着另一本,小声说了经过。

谭睿康更加迷茫了,不知道遥远把练习册塞给他做什么,接下来遥远所说的内容令他的表情更加复杂。

"所以我得查清楚,"遥远道,"万一那个女的想骗他的钱……"

"等等,"谭睿康焦急地说,"小远,你听我说,你不能这么对姑丈,知道吗?"

遥远道:"什么啊!就算有人喜欢他,也不可能是真心的,全是为了他的钱!"

房间门突然被推开,赵国刚道:"小远,你在这里?"

遥远蹙眉道:"你干吗?敲门好吗?"

谭睿康吓了一跳,正要说点什么的时候,遥远又低头对着准备好的练习册,朝谭睿康道:"第七题你选的什么?"

谭睿康看了一眼,条件反射道:"D。"同时暗道原来练习册是伪装!遥远真是个人精,太聪明了!

赵国刚根本没发现两人手上的练习册一本是语文一本是英语,点头带上门出去,不敢打扰他们。门一关上,遥远就把练习册扔开,朝谭睿康小声道:"你听懂了没有啊?"

"不,"谭睿康说,"小远,你听我说。"

遥远微微蹙眉,谭睿康想了很久,而后认真道:"小远,我以前和我爸一起过日子那会儿,我很想他再娶一个呢。"

"这叫什么话？"遥远完全不敢相信自己的耳朵。

谭睿康说："我爸一个人孤零零的，就是没人愿意嫁他，我常常想着给他找个伴，可惜我家里穷，又带着我这拖油瓶，还有爷爷奶奶要照顾，都不愿意来。你想，当爸的也是男人啊，小远，他也应该有自己的日子，不然他老了以后谁照顾他？"

遥远道："你……"

谭睿康说："过去的人已经过去了，我们要向前看。"

遥远起身，半天不知道该说什么，要回房间时忍不住又转身说："你怎么想我不知道，但那是我爸，我会照顾他！我妈跟我说好了，让我照顾他一辈子！就这样！"

谭睿康起身拉走小远，说："小远，你想清楚，别冲动……"

遥远推开谭睿康，他简直要气炸了，根本无法和谭睿康站在同一个角度上思考，气冲冲地回了房间，反锁上门。

"小远！"谭睿康追了出来，赵国刚出房问道："怎么？吵架了？"

谭睿康忙道"没事"，回了房间。

遥远满腔悲愤无法发泄，只想找点东西来摔，最后吁了口气，坐下来给朋友打电话。

齐辉宇在那边接了电话，懒洋洋道："晚上来我家睡吧？"

遥远刚好想找个人说话，听齐辉宇这么一说倒是有点想去他家，说："你来接我吧，叫上张震，咱们先去荔枝公园门口喝汽水聊天怎么样？"

再过几天就要开学了，两架单车靠在天桥下，张震刚打完球回来，齐辉宇、遥远、张震三人在夜色下上了天桥，坐在天桥一侧喝可乐聊天。

"有一块钱吗？给他一块钱。"遥远发现不远处有个乞丐。

齐辉宇弹出一个硬币,硬币闪着光落在远处草席上的乞丐碗里,"当啷"一响。

齐辉宇、张震、遥远的家庭状况有点像,齐爸爸下海做生意,有了点钱就与齐妈妈离婚了。从前他爸每个月给点赡养费打发母子俩,自己在外面花天酒地地玩。

遥远知道齐父开的那种叫皮包公司,属于注册个公司就能去贷款骗钱拉合伙人的那种,根本没什么实际生意。后来破产,再给不起赡养费,人也跑得没影儿了,剩下齐辉宇的妈妈在一家公司当会计,带着儿子过日子。

张震的父亲则喜欢打麻将赌钱,输钱了就吵架,继而动手打他母亲,更连着好几天不跟他说话。打麻将赢了,就给他几百,输钱的话连着半个月不给他一分钱,也是常有的事。

张震的钱时多时少,平时不敢找他妈要钱,大部分时候花光了就找遥远借,当然是有借无还。

等于是遥远一个人养活了一大帮兄弟。

齐辉宇听了遥远的话,说:"你哥脑子被门夹了吗?"

"我也觉得。"遥远无奈道。

张震道:"康康的话其实也有道理,不能完全这么说。"

齐辉宇安慰道:"可能只是你爸收到个短信,发现是陌生号码,打电话过去问问,听见是老朋友,聊了一会儿而已,你这么敏感做什么?"

遥远没吭声,埋头喝汽水,张震又说:"你爸要是再娶一个的话也……哎,这个不好说,天要下雨,娘要嫁人,世界上很多事情是没办法的……"

张震不敢多说,齐辉宇却道:"有什么不好说的,你愿意吗?换了我肯定不愿意,说得轻巧呢。我妈就说了,她和我爸离婚,绝对不能让我跟我爸。他要娶后妈,肯定要听那女的撺掇。儿子再亲也不比老婆，后妈每天晚上在枕头边说你点什么，就够你喝一壶了……"

张震连使眼色，让齐辉宇别说了，遥远却道："没关系，你说。"

齐辉宇说："遥远，你爸要是给你找后妈，你就到我家来住。我每天的生活费咱俩吃食堂也够了……"

遥远既好笑又感动，说："你说正经的行吗？"

张震道："遥远的爸不会听后妈的，你别这么说。"

齐辉宇道："说一次不一定听，说两次呢？再说几次呢？每天说呢？没的都变成有的。遥远家有钱，她肯定要说，说得他爸不喜欢他，以后钱才全归自己……说句不好听的，你爸要是生病死了，第一继承人也是再婚配偶，配偶分走一半，剩下的才是配偶和所有的儿子分。"

遥远点了点头。

齐辉宇想了想，说："而且现在你是他唯一的儿子，等后妈再生了一个呢？"

遥远"嗯"了声，想到赵国刚如果有两个儿子了，肯定会宠那小的，小的多可爱啊，软软的，乖乖的，还会每天张口叫爸爸，缠着他撒娇……遥远也知道自己脾气烂，赵国刚要是再有个乖小孩，他就显得无足轻重了，而且老爸结婚以后和后妈是一家人，他算什么？

张震叹了口气，说："小时候我妈和我爸打架的时候也说过，不让我跟我爸，离婚归离婚，钱得算清楚，让一个不认识的女人来住她的房子，花她的钱，睡她的床，打她的儿子……她想到这事就得疯掉。她不让我跟后妈，自己也不想去当别人的后妈，其实不是说心地善良就能和孩子好好相处，母亲的天性就是护自己犊儿，这事儿很难两全。"

这句话瞬间戳中遥远的软肋，遥远说："对。"

他的眼里已经有眼泪在滚了,看着天桥下川流不息的车辆,圆形的灯晕纵横交错,在泪水里化作无数的圈环。

华灯初上,霓虹闪烁,三个少年坐在街旁,谁也没有说话,齐辉宇一手搭在遥远肩上,电话来了。

齐辉宇拿着遥远送他的手机按了通话键,那头是谭睿康。

"你爸让你回家睡,"齐辉宇无奈道,"你哥要来接你。"

"那我回去了。"遥远深吸一口气,伸了个懒腰,把汽水罐捏成团,远远地扔了出去。

谭睿康来了,说:"小远,回家吧。"

遥远和朋友们道别,齐辉宇和张震推着自行车,把他们送去打车,遥远回家就洗澡睡觉,什么也没说。

关灯后,遥远还在被窝里和齐辉宇打电话,最后呵欠连天说不下去了,挂掉电话准备睡觉,看到手机闪烁,来了一条信息:小远,好好想想我说的,总有一天你要长大,要自己面对所有的问题。

来信人是谭睿康。

遥远心想神经病,他们根本不是一个世界的人。

第五章 脱胎换骨

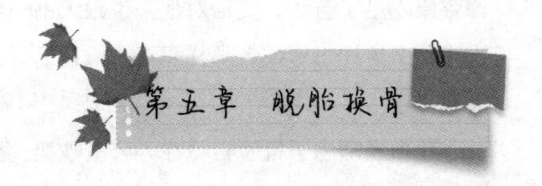

新学期伊始，初三的最后一个学期，所有人都紧张起来，班主任天天说"不见棺材不落泪"，现在级组长终于扛着个"大棺材"来了——保送名额。

"保送上母校的高中部是一种荣誉！"级组长堂而皇之地在开学后的周会上说，"是对你们实力的肯定，高中不是什么人都收的……"

级组长反复灌输，搞得所有人一下子都紧张起来了，如临大敌，连着好几天下课后谁也不离开座位，对着练习册看书自习，仿佛几分钟时间利用好了，中考就能考出好成绩一样。

遥远一直不怎么担心，保送母校高中部他肯定有机会，赵国刚那事也过去了，没有发现任何可疑的迹象，于是他放下心开始念书。

谭睿康的英语短板终于完全呈现出来了，他的语言天赋不行，上学期全靠题海战术撑上了一百二，偶尔沾到遥远买的习题选的光，还能考个高分。

遥远的学习习惯很好，每做完一道阅读题后会在原文批注，谭睿康等他做完以后蒙着答案再做一次便一清二楚。然而一开学，语数英物化政历一起压下来，卷子简直是铺天盖地，就连遥远都有点做不过来，更没时间去逐条认真分析了。

所有卷子都是流水一样过，一张接一张地填，他们跟机器人一样做完对过答案就算完了，大部分卷子老师甚至都没时间讲。这下谭睿康吃足了苦头，英语对他来说跟天书一样，完全无法理解外国人为什么这样思考或者那样思考，跟遥远对完答案后，错得只想仰天咆哮。

几个老师为了抢晚自习在办公室吵架，据说新来的政治老师私底下还哭了很久。

全区模拟考前的最后一次测试，谭睿康四篇阅读只对了三道，作文十五分，几乎要绝望了。

谭睿康问："小远，你英语到底是怎么学的，怎么我就这么差劲呢？"

遥远道："你要多看看英语节目，平时多说英语口语，尝试着用他们的语言来表达自己的观念，用英语来思考。"

谭睿康："？"

遥远问："你想问题的时候用的什么话？"

谭睿康一脸茫然。

遥远说："这么说吧，当你思考题目的时候，你是用普通话还是用白话？你的思维语言是什么？"

谭睿康说："家乡话。"

遥远："……"

遥远道："你要用英语思考，做题的时候不要先把英语翻译成中文……呃，我知道了，你是先把英语翻译成家乡话，再用家乡话解题，然后再把解出来的家……家乡话翻译成英语，再答题，我的老天，哈哈哈哈哈——"

遥远忍不住快要笑疯过去。

"想问题的时候不是'为什么'，而是'WHY'，接下来的一系列过程，都在脑海中用英语来表述。"遥远说。

谭睿康好像明白了一点什么，又没有完全明白。

遥远高深莫测地说:"这个是把英语学好的秘诀,别告诉其他人。"

全区模拟考开始,所有学生被打散座位,就像正式中考一样分了许多个班级,谭睿康又开始马不停蹄地跑厕所。

最崩溃的是他们那个考场的录音机很糟糕,播着播着还吃带了,听力开始后有足足五分钟的空白时间,当监考老师从录音机里扯出一大堆絮乱的带子,用2B铅笔卷磁带时,谭睿康死的心都有了。

偏偏最后还不让重新放一次磁带,只得自认倒霉。

这一次全区标准分,九百分满分,放榜出排名时所有人都紧张起来,毕竟这关系到保送名额,出排名的当天全班都震撼了。

模拟考英语没有作文,遥远的英语以满分的成绩拿下全区第一,包括外国语中学在内的九所初中里只有十二个满分,遥远就是其中一个。

而谭睿康则拿了数学满分,一文一理,模拟考两个头名都在这个班级里。最终排名出来后,遥远排进全年级前五,谭睿康则被英语拖了后腿,掉到十七名。

然而,两人都有十拿九稳的保送名额了,问题就变成要不要上母校的高中了。

一班有十七个保送生,林子波和齐辉宇也拿到了保送名额,张震则因为有体育特长被保送进高中,但不与他们同一个班。

以遥远和谭睿康的实力,只要中考不发挥失常,上个更好的高中也完全可以,两人各领到一张表,回家时齐辉宇撺掇道:"别念三中了,考一中吧。"

遥远道:"你不想直升?"

齐辉宇说:"我妈让我别待在三中,你知道吗,级组长要把咱们这些人留下来,以后冲清北的名额呢。听说高三生只要上一个北大，全年级所有教他的老师一人奖励一万，还能去欧洲旅游。"

遥远道："三中其实和一中差不多，一中条件也没好到哪儿去啊，还要住宿。"

齐辉宇说："他们去年就出了好几个北大，三中每年才出一个，有时候还没有呢。"

遥远说："但你觉得你会是那几个里的'一个'吗？"

齐辉宇耸了耸肩，又问谭睿康："你呢？"

谭睿康说："我要回去问问姑丈的意见。"

齐辉宇搭着遥远肩膀，说："考一中吧，我妈让我一定要念一中，好一点也是好。"

遥远没辙了，他不想去念一中。一中太远了，坐车要四十五分钟，环境也不熟悉，师资条件虽是全市最好，但也没比三中好多少。

一中里全是刻苦读书的学生，大部分是像谭睿康这样，全靠自己爬上去的，不像三中的学生普遍家庭条件好，又会学又会玩。

一中还是封闭式住宿学校，想走读都不行。去了一中，赵国刚肯定会让他和谭睿康一起住宿，半夜肚子饿了，要是想吃夜宵还得爬墙。

最重要的是，他不想离开赵国刚——虽然老爸每天回来很晚，但能见上一面，说几句话，上学的时候知道父亲在隔壁房睡觉，说声"爸，我们去上学了"也能令他安心很多。

综上所述，遥远不想去，但他又舍不得齐辉宇，说："留在三中吧，跑那么远干吗？"

齐辉宇道："没办法啊，我得听我妈的，她就我这一个儿子，都指望我了。"

遥远说："我再想想吧。"

齐辉宇说："一起吧，小远，你说过，咱们当一辈子的朋友啊。"

遥远道："好了知道了，你别催我。"

齐辉宇失望地看着路口的遥远，说："赵遥远！"

遥远没回答他，站在路边等车，谭睿康蹲着像个帅气的民工，仔细看又有种别样的英俊气质。他开始给遥远挣面子了，两兄弟在路上走，总能吸引不少欣赏的目光，说说笑笑间有种青春飞扬的干净美感。

谭睿康捋了把袖子，说："小远。"

"嗯？"遥远看了他一眼。

谭睿康说："听姑丈的，他说念哪间咱们就念哪间，他最有经验。"

这还用问吗？遥远知道赵国刚肯定会让他们上一中，很多事情遥远都心知肚明，只是不愿意去想。齐辉宇说得很对，好一点点也是好，去读一中才是最聪明的人。

然而晚上回家后，赵国刚只是看了眼表格便说知道了，让他们去学习。

遥远根本没什么心思学习，如果保送的话现在就可以放暑假，一直玩到九月份上高一。春天来了，他忍不住有点浮躁，用分机给林子波打电话，按开的时候听见那头赵国刚和一个教育局的朋友在说他保送的事。

男人的声音说："保送也可以，三中这几年也做得不错，三中师资力量足够了，今年还聘了两名特级教师，剩下的就是生源问题……"

赵国刚说："宝宝，把电话挂上。"

遥远无聊地把电话挂了，换了手机。

林子波的爷爷耳背，嚷嚷半天才把电话递过去。

"我……"林子波说，"应该是保送吧，我爸让我保送，能省点学费。鸡鸡想考一中是吗？你跟着他走？"

遥远心不在焉地"嗯"了一会儿，说还没想好，挂了电话，又问了几个平时一般要好的同学,基本都选保送。

"小远,睿康。"赵国刚放下电话,把两张保送表放在餐桌上并排摊开。

遥远知道赵国刚要做决定了,谭睿康出来,赵国刚道:"把房间的钢笔给姑丈拿来。"

遥远有点紧张,这算是他人生中首次参与决定的大事。

"你哥说他没关系,主要看你。"赵国刚沉吟片刻,而后接过谭睿康递来的笔,先在下面签了字,却不写是否直升的意见,朝儿子说,"先问你自己,想考一中还是保送母校高中部?"

遥远支支吾吾道:"我也都行。"

赵国刚道:"说真心话。"

遥远确实很难决定,眉头皱着。赵国刚说:"去一中的话,你哥哥跟着你,住校的时候你们可以互相照顾,不怕孤独。一中一直以来高考升学率都比三中略高点,读起来更保险。"

"相对的,"赵国刚若有所思,用手指轻轻叩击桌子,说,"你每周只能回一次家,提早离开爸爸,去体验集体生活……"

遥远说:"齐辉宇让我陪他考一中。"

赵国刚又说:"你同桌的成绩也不错,如果你保送三中高中部,也不是说就比一中差得太多。你们校长要冲升学率,评省重点,高中这块,会比往年都注重。"

"保送的好处是不需要再去适应环境,而且你俩每天都能回家,家里环境比宿舍好,不吵闹,不会被干扰。上了高中我给你们请个阿姨专门做饭,三顿回家吃,每天炖个汤,营养也能跟上,可以适当看看电视,调整心态,不用过封闭式学习生活。"

"你觉得呢?"遥远抬眼看谭睿康。

谭睿康无所谓地笑了笑,说:"我都可以,你上哪间我就陪你上哪间。"

遥远看着赵国刚,想到以后去念大学,每年只有寒暑假能回家陪陪老爸,有点心疼。

虽然说毕业以后进入社会,肯定还是和赵国刚一起过日子,和他一起住,给他养老。但如果现在去念寄宿高中,就要与他分开足足七年。

知子莫若父,赵国刚明白了遥远所想,说:"小远,你和你哥哥都是男人,总有离巢的一天,好男儿志在四方,你以后会有自己的妻子,儿女……"

遥远被这话给刺激了,当即就说:"不了,我念三中。"

赵国刚笑了笑,点头道:"那么就晚点离开爸爸,再在家里住三年?睿康呢,你想考一中也可以尽力放手去搏,不要受小远影响。"

谭睿康笑道:"不,我也不想离开姑丈,念三中还省学费呢。"

遥远朝谭睿康说:"你去考一中吧,别被我影响了。"

遥远只是随口这么一说,他知道谭睿康肯定会说不,他忽然发现谭睿康也蛮好的,才在家里过了大半年,俨然已经成为他不可割舍的伙伴,他不像先前那么排斥谭睿康了。

孰料谭睿康却答道:"好啊,那小远你自己保送吧。"

"啊?"遥远得到了意料之外的答案,不禁愣住了,接着谭睿康恶作剧得逞般哈哈大笑,到沙发上看电视去了。

遥远:"……"

赵国刚不禁莞尔,给两个少年填他们的保送表格,遥远在桌上趴了一会儿,觉得挺对不起齐辉宇的。

他又有点反悔了,说:"我和齐辉宇三年同桌呢,这就要分开了。"

赵国刚说:"有你哥呢。"

"嗯,"谭睿康在沙发上按遥控器,随口说,"不是有我陪着你吗,小远。"

遥远心想:你?你比得上齐辉宇吗?

遥远从手臂侧旁偷瞥谭睿康,发现他其实也挺有风度的,大半年时间犹如脱胎换骨一般,如果他打小与自己一同成长,一起读幼儿园,读小学初中……说不定会成为一个比齐辉宇更亲密的伙伴。

他善解人意,而且有自己的原则和立场,最重要的是很可靠。

遥远想起数学老师说过的他家乡人的特点。

那里是个人才辈出的地方,吃得苦,霸得蛮,舍得死,读书勤奋踏实,他们身上都有同样的优良品质,谭睿康的性格仿佛就是某一种人的缩影。

数天后遥远交了保送表,上课时就松懈下来了,保送的人都不怎么想读了,只有谭睿康每天还跟着班上其他学生一起做卷子。

开始几天齐辉宇没有问遥远,遥远也没告诉他。上课时遥远趴在桌上睡觉,齐辉宇则玩命地念书,很少说话,遥远越想越觉得对不起他,却始终无法开口。

齐辉宇表面上还是和平时一样,给遥远买水,两人一起出去吃饭,心里却仿佛隔了一层。

春天来了,南国的春天总是很短,玉兰树抖落一地芽壳的时候,大家心底的那种蠢蠢欲动的情愫也在萌动。半大的少年们不知道这代表着什么,更无从宣泄,同学之间只好通过发泄般的某些活动来纾解情绪。

有人上课时为了开窗关窗而吵,最后反目成仇。

"别抖腿啊!"

"烦死了!安静点!"

"不是这样解的,哎你自己都不会。"

"我怎么不会了!下次别来问我!"

所有人都很烦躁，男生们下课后总喜欢去开女生的小玩笑，害得被欺负的女孩趴在桌子上哭到上课，睁着通红的眼继续学习。

课间上完厕所后一群男生在走廊外挤墙角，有时挤得过火了，就推推搡搡地打起架来，臭着脸大骂一顿绝交，几天后又恢复关系。

午休时还有不少男生到外面的网吧上网，联网打红警，连遥远也加入了他们，最后还是被谭睿康领回来的。

遥远玩了一中午游戏后心情烦躁，与谭睿康大吵了一架，回家时赵国刚答应他们，中考拿到高分给遥远买个笔记本电脑，遥远才收了玩心，回归学习。

每天下午三四点，大家就会满心烦躁，发热出汗。中考临近，不少学生被逼得快得精神病了。有一个女生每天下午到了四点稍微被招惹一下，就趴在桌上哭。哭完又一切照旧，整个班级就像个大精神病院。

谭睿康吃完晚饭回来，发现半个教室空了，都是逃了晚自习去逛街的，当即蹙眉，摸出手机给赵国刚打电话，随后打了个车出去找人。

"在什么地方？"赵国刚马上就来了火气。

谭睿康站在街上，看见赵国刚的副驾驶位里坐着个女人，一下就不知道该说什么好。

赵国刚的脸色有点不自然，说："上车。"

谭睿康道："我……我去那边找找看……"

遥远和同学站在一家店前，冷不防耳朵被两根手指钳着，拉到一边。

"哎——"遥远大叫，发现是赵国刚，马上耗子见了猫般一个哆嗦，不再叫了。

其余人纷纷打招呼，一连串"叔叔好""叔叔好"。

赵国刚说："回去上晚自习，你们班主任都打电话来了！别让老师担心。"

数人马上道"好好好，这就走"。赵国刚看了一眼，见有十几个人，车上坐不下，便不再管他们。

学生们散了，遥远也回了教室，心里忐忑，见谭睿康还没回来，心想不会是他去告状的吧，否则老爸怎么会来？

今天恰好是班主任监晚自习，把遥远叫去批了一次，语重心长地说了些保送也要好好读书之类的话，又批评他带着同学瞎混，没带好头。

遥远回来后，整个人都蔫了，谭睿康才心神不定地回到教室上晚自习。

遥远发短消息：你上哪儿去了？

谭睿康回复：找你，下次别这样了，大家都担心得很。

遥远想了想，应该不是谭睿康打的小报告，便没再找他麻烦。

直到夏天正式到来时，毕业考与升学考试都结束了，最后一天走出考场的刹那，遥远才倏然意识到：初中结束了！

他的初中居然就这样过去了。

中考的最后一天下起了大雨，考完物理后篮球场上积满了水，所有学生涉水行走，谭睿康和遥远站在学校外面的小卖部等赵国刚来接。

遥远忽然就有种梦境感。

"牛奶仔！再见！"有人从考场出来打招呼，遥远朝他挥手，张震在小卖部里躲雨喝汽水，学生们把挎包甩到屁股后面，大声地聊天。

"来来！"遥远买了一大包零食，每人分一包，有种说不出的失落感。

大家都在说考试和答案的事，谭睿康在和一个女孩说笑话。齐辉宇出了考场,在小卖部里收了雨伞,学生们挤得他转身都转不开,隔着人群大声道:"遥远!请客请客!"

遥远给齐辉宇一包零食,又拿着瓶子喝汽水,忽然想做点什么来纪念他的初中生活,于是朝齐辉宇说:"跑?"

张震道:"什么?"

齐辉宇道:"跑!"

遥远和齐辉宇大步冲去了雨中。

"哎!"谭睿康吓了一跳忙追出去。

张震大步一跃,喊道:"哟呵——"

大雨倾盆,暴雷肆虐,十来名学生跑在雨中,天与地扯起了瀑布般的雨线,哗哗作响,马路上千万朵白色水花瞬间绽放。

遥远没有任何意义地发疯大嚷,所有人跟着他大喊大叫,在暴雨里冲出了母校的马路。这附近是住宅区,车很少,遥远冲过银杏树林,跑过他们平时等车的车站,在奶茶店门口一个转弯。

谭睿康忍不住也跟他们一起大喊,所有人疯子般跑过马路,以狂奔来宣泄着年轻的冲动。

"喝奶茶!"遥远道,"我请客!"

齐辉宇道:"不,我请你喝!从来都是我请你喝!"

数人在奶茶店门口人手一杯热奶茶,并肩站在屋檐下,林子波的眼镜上满是水,和他们拍来拍去,哈哈大笑。

齐辉宇过来和他们挨个拥抱,抱了张震,也抱了谭睿康,他们知道齐辉宇的意思——他要走了,将离开他们,独自去一中寄宿。

抱到遥远的时候,他把遥远紧紧搂着,眼里满是泪水,说:"再见。"

众人都没说话,遥远心里很难过,紧紧地抱着他,拍了拍他的背。

雨越下越大,奶茶店里播着歌曲。许多年后,遥远仍记得这一幕。

齐辉宇和他的伙伴们告别后,走进雨里打车,朝他们使劲挥手,说:"以后大家一起出来玩!"

齐辉宇走了,的士亮起黄灯,然后在暴雨中掉头,离开时仿佛带走了遥远的整个初中时代。

那些肆意欢笑的时光,牛奶仔与牛奶妹的回忆,夏天梧桐树被暴雨洗过后的翠绿,华灯初上时天桥下的车灯……

长大以后遥远常常会想,如果当年他和谭睿康也去念一中,或者考个别的学校,未来的人生会不会截然不同。

但人生终究不能再过一次,青涩的初中终于结束在中考后那个暴雨倾盆的傍晚,它逐渐消失于过往的岁月里,不再回来。

初三暑假是仅次于高三暑假的人生第二幸福长假,考完当天,赵国刚带两个少年去吃了顿好的,又看了场电影。遥远还记得当年和父亲去看电影,出电影院时父亲还红着眼圈。

现在多了个谭睿康,大家一起看觉得很傻,谭睿康一个影星也认不得,还要赵国刚给他讲解。

赵国刚喜欢看老演员的电影。

遥远则喜欢看喜剧片。

有时候他觉得自己和赵国刚也说不到一块去,但他对父亲的爱丝毫不少,谭睿康则与自己老爸比较有共同语言。

还好谭睿康不是他儿子。

看完电影回到家,遥远倒头就睡,谭睿康则把全部书籍整理好扎起来,准备拿去捐掉。

大雨下了一天一夜,第二天早上六点半的时候遥远睁开眼,到处摸闹钟准备去上学,之后才想起已经放暑假了,不用再起早摸黑地上初三,于是倒头又睡。

接下来的日子疯狂而放纵,遥远天天一起床就开电脑玩游戏,又去买了一堆游戏碟准备玩个够。谭睿康则把赵国刚房里的武侠小说抱到房间里,每天从早上起床看到晚上睡觉。

遥远还时不时把同学叫到家里来唱KTV,一群人在客厅唱歌看电影,把家里弄得狗窝一样。

中考的录取通知书寄到家里,遥远打电话查分,他和谭睿康都考了一个超常的高分,谭睿康的数学又是满分,遥远的英语则拿了全区第一。

齐辉宇则如愿考上了一中,同时林子波打电话来,通知遥远和谭睿康准备去参加保送生的班级旅游,旅游地是革命圣地。

"我的天啊——还要交四百块钱?"遥远道,"不去可以吗?"

林子波在电话那头说:"可以啊,旅游费用你出一半学校出一半,你不去的话学校出的钱也不退的。"

遥远听到就心烦,说:"谁要他的钱了,我不去。"

林子波无奈道:"我也不想去,我想去海边。"

遥远看着谭睿康那一脸期待的神色,把电话给他。

谭睿康还是第一次出去旅游,不免有点紧张,说:"要准备什么?坐飞机去吗?"

遥远面无表情,齐辉宇没保送,张震又不在尖子班,这两个玩得最好的都没参加,有什么意思。保送生是把整个初三年级学习最好的三十六个人集合到高中的一个班里,虽然大部分人都认识,但根本不好玩。

去了能干吗?遥远满肚子火,想说不去了,但看谭睿康的表情又很想去。

如果是从前的遥远,肯定会说:"我不去,你爱去自己去吧。"

但现在不能这么说,让谭睿康一个人去,不是明摆着扫他的兴吗？

赵国刚回来以后发现遥远心情不好,问了几句,遥远就发火了。

谭睿康也意识到了,简单提了一下这事,当然他心底还是很想出去玩的,不过他明确表示,遥远不去的话他也不去,在家里看小说也一样。

赵国刚问清楚什么事后便说:"不想去的话,那就这样吧。"

"去啊去啊,"遥远不耐烦道,"别再说了。"

赵国刚说:"给你们几个地方选,两兄弟自己去玩。"

谭睿康:"……"

遥远道:"我可以叫齐辉宇一起吗？"

赵国刚道:"随便你。"

遥远一声大叫,抱着他爸,继而马上转身去打电话。

谭睿康道:"姑丈,你给我的生活费我还存了不少,不如这样,我带小远去,用这个钱。"

赵国刚道:"那些你留着,开个账户存进去,给你自由支配。两兄弟中考都考得很不错,姑丈答应了小远,过几天给你们一人换一台电脑……"

谭睿康登时犹如遭了晴天霹雳,忙道:"不！姑丈！电脑我不能要。"

赵国刚斟了杯茶让他喝,说:"要给你买,你们一视同仁……睿康你是好孩子……"

谭睿康道:"姑丈,电脑我不要,真的不要,一来贵,二来影响学习。"

赵国刚还要再说点什么,但看谭睿康的意思,想了想,说:"要不你委屈点,小远的电脑换下来给你用？你们高中都有电脑课,这是一定要的。"

谭睿康想了想，笑道："可以，但别给我买新的。"

赵国刚"嗯"了声，说："你比小远懂事得多。"

正说话时，遥远黑着脸出来。

赵国刚问："决定去哪儿了没有？"

遥远抱着抱枕倒下，说："谭睿康你决定吧。"

谭睿康问："齐辉宇不去吗？"

遥远："他外婆生病了，要回家看她。一个暑假都得待在老家呢，明天就走了……要么咱们去……算了。"

遥远本来想说不如去齐辉宇的老家玩，但齐辉宇外婆家也是个山村，去了没地方玩。齐辉宇又要陪老人又要照顾自己，去了也只会给他添麻烦。

去哪儿呢？

谭睿康说："小远想去哪儿？你选吧，哥不懂。"

"你选吧，"遥远坚持道，"你想去哪儿就去哪儿，我无所谓。"

谭睿康坚持让遥远选，遥远有点动心，想去西部看风景，却又不好说，一直让谭睿康决定。

最后谭睿康说："去京市可以吗？"

果然选了个遥远最不想去的，遥远这人就是这德行，自己不想做决定，总让别人做决定，别人作了决定以后，逆了他意思他又不想去，自己给自己添堵，或者说跟谭睿康去旅游，本来就没什么值得期待的。

他淡淡地"嗯"了一声，说："可以。"继而没精打采地回去打游戏了。

赵国刚虽然信得过谭睿康，却也不敢让他们自由行，隔天给了谭睿康六千块钱，让他带着遥远去报旅行团，言明要报有牌照的大团，千万不能跟卖猪仔团。

遥远半点心情也没有，就连自己也觉得自己很难伺候。谭睿康在隔壁翻报纸，对着夏日版旅行团的广告对比几家大旅行社的价格，写写算算。

赵国刚还交给他们一个任务，玩完之后要回一趟老家，带着遥远看看外婆——太多年没回去了。

于是，谭睿康兴致勃勃地挨个给旅行社打电话，遥远只得打起精神，假装很期待地配合谭睿康。最后确定了一家旅行社，又改了回程机票，结束后飞星城，再在星城转车回老家。

交完团费谭睿康有点心疼，每人两千七，也算一大笔钱了，他在路上边走边说，朝遥远道："姑丈这回得花好多钱。"

遥远道："他做生意进进出出就几十万，这些小意思。"

谭睿康吓了一跳，说："这么多？"

遥远喝了一口奶茶，说："你不知道，我们刚来的时候住了个高档小区，我有一个小学同学的爸妈才是有钱人，熊市的时候，我同学他爸每天能在股市里赔掉一辆小汽车。"

谭睿康道："小远，你会炒股票吗？炒股票是不是很能赚钱？"

遥远道："会一点，我会看基本面，我爸以前教过我。"

谭睿康道："要不咱俩一起存钱吧，零花钱交给你炒股票怎么样？"

遥远仗着谭睿康不懂股票，开始吹牛皮不打草稿了，说："你那点钱不够的，准备个十万给我，可以帮你炒炒看，但盈亏自负。"

谭睿康笑道："本来就是，我能有什么钱，以后有了再交给你吧。"

遥远看了看谭睿康，想起前几天赵国刚交代过的，让他带谭睿康去买身衣服。谭睿康平时天天穿校服，周六日也不例外，放假时还穿着那身第一天来的时候赵国刚给他买的T恤牛仔裤，都一年了。

换身衣服带出去显得时尚点，回老家也不丢人，遥远说："走，我带你去买衣服。"

他把谭睿康带去一家英伦风格的时装店，这是从港城开过来的第一家分店。有一次赵国刚的朋友从港城带了一件这个品牌的衣服回来送给遥远，遥远就一直想买这个牌子的衣服，可惜本地没有，今年夏天终于开业，可以大买特买了。

谭睿康看了一眼价牌登时傻眼，一件普普通通的T恤就要四百八，这在谭睿康吃一顿盒饭只要五块钱的概念里，简直就是天价。

遥远不耐烦道："去试衣服裤子，快。"

今年松松垮垮的迷彩七分裤正流行，遥远给谭睿康买了几双船袜，自己挑了套喜欢的，又拿了副墨镜戴上，准备大张旗鼓地出去旅行。

谭睿康换上衣服出来，说："你喜欢这样的衣服？我来付吧，我有钱。"

遥远道："我来，你看看怎么样，把鞋子也换上。"

遥远给谭睿康选了两件短袖，一条迷彩的七分裤，一双蓝色低帮船鞋，一打低帮白袜，又把墨镜给他戴上。

全部穿好后，谭睿康抬头端详镜中的自己，他已经差不多有一米八了，肤色不像刚来时那样黝黑，皮肤呈现出健康的小麦色，手长腿长，穿上七分裤后极其衬人，船鞋又是低帮的，露出健美的脚踝。

两人心底浮现出同一个念头。

谭睿康：好酷，小远真会选衣服。

遥远：好酷！怎么会这样！

谭睿康简直是脱胎换骨，像杂志上的时尚男模一样，遥远觉得自己的世界观被颠覆了。

谭睿康怔了很久，遥远的神情有点不自在，略有点吃醋，心想早知道给他买条紫色反光大喇叭裤穿，给他打扮得这么帅做什么？

不行，自己不能被比下去，遥远心想。

于是遥远去给自己挑衣服了，蓝色的七分裤显得肤色太白，紫色的又太娘，选来选去没一件合适的，怎么穿都穿不出那种光芒万丈盖住谭睿康的效果来，最后勉勉强强也选了条军绿色的七分裤，和谭睿康打成平手。

遥远特意选了件浅色的T恤，衬得自己皮肤很白，换了双和谭睿康差不多的船鞋。谭睿康高，鞋子码数也大，没法和遥远换鞋穿，略有遗憾。

遥远边穿鞋子边说："其实不贵，比起老东门那些这里掉个扣子那里脱根线头的仿韩货好多了，穿上去也不容易皱。"

谭睿康说："太贵了，但是我很喜欢。我来买，贵的衣服果然不一样。"

他果断要了这套衣服，掏出包里的存折说："我去楼下取钱。"

遥远掏卡去刷卡，一副派头十足的模样，说："早就准备好了。"

两人一结算，谭睿康不禁咋舌，两人各买了两套衣服，足足花了四千多。谭睿康既喜欢又心痛，回家把衣服裤子折起来舍不得穿，过几天又拿出来烫，还帮遥远烫。

遥远也只得由他，知道他一时半会没法完全接受。

数天后的早上五点半，赵国刚还在睡觉，谭睿康穿得整整齐齐，一手提上旅行社送的两个行李袋，有模有样，潮男一般戴上眼镜，倚在门边笑着说："弟，出发。"

遥远忽然发现，这一年里，谭睿康俨然有了极大的改变，不再是当年自己家门外那个脏兮兮，把行李袋的提手勒在肩膀后的农村少年了。

他又高又帅，有风度，学习成绩好，聪明，最重要的一点是和自己很搭,完全有资格叫他一声弟弟。

有这么一个哥哥,赫然成了一件很有面子的事。

第六章　旅游

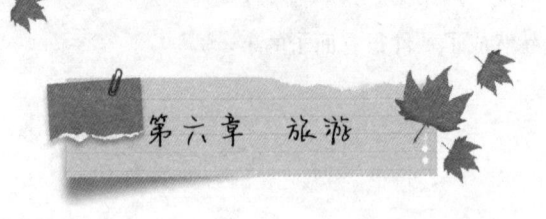

谭睿康第一次去机场，表面很酷，时不时跑洗手间的行为却暴露了他的紧张。

遥远觉得十分好笑，说："你跟着我。"

谭睿康道："我第一次坐飞机，要准备什么？"

遥远摆手道："不用准备……来。"

导游姐姐发下机票，带着他们去值机柜台排队，遥远去办了托运，在包上标好记号，以免被拿错。两人去过安检，排队时遥远发现不远处有人在看他们，便把手肘搭在谭睿康肩上，说："你看那个洋妞。"

谭睿康循着他的目光望去，一个金发碧眼的外国女孩跟着父亲母亲过了安检，回头朝他们笑了笑。

"嗯，"谭睿康说，"你欣赏这种类型的？"

遥远耸肩，没说话，只是觉得那女生蛮好看的。女孩子就像风景，不管她长得漂不漂亮，朝那里一站，某个时间某个场合，都有难以言说的美丽。

或是背着小包，或是抱着熊公仔，或是埋头发手机短信，不同的女孩都有各自的魅力。

他把这话朝谭睿康说了，谭睿康笑了起来，手指刮了刮遥远的脸，说："你总是有这么多新奇的想法，像电视剧里的少爷仔。"

遥远朝那女孩一扬下巴，说："这样的你不欣赏？"

谭睿康没看到遥远的动作，却误以为遥远是在说他自己，点头道："欣赏，你比我聪明，哥哥很欣赏你的这种性格。"

遥远嘴角微微抽搐，拍了下他的背，不说话了。

谭睿康说："你太小了，这个时候别谈恋爱，要以学习为重。"

遥远道："切，就聊聊而已嘛。你都十八了，也没见你对谁有过好感。"

谭睿康想了很久，说不出个所以然来，最后说："等以后念大学了，你给我找一个吧，你的眼光比我好。"

遥远哭笑不得，只得停止这个话题。

第一次坐飞机的谭睿康觉得什么都很新奇，却不敢乱说乱动，一直小心翼翼，生怕丢人挨骂。

遥远耐心地给他解释飞机上的东西怎么用，吃的都不用钱，可以放心。

清晨起得早，遥远呵欠连天，昨天晚上还玩游戏玩到两点多，飞机起飞后他便要了条毯子，倚在谭睿康身上睡了。

谭睿康仍看着飞机外的云海，眼中的兴奋一览无余。

七月底八月初的京市，对遥远来说简直是个噩梦，就连谭睿康都觉得，暑假来京市旅游是个错误。多亏出门前赵国刚提醒要报个大团，否则光是坐车就能把他们给热死。

遥远大部分时间只想待在车上不下去，奈何不能白来，逛完宫城，两个少年跟着旅行团到餐厅的时候，遥远连饭都不想吃。开始时他还是很有兴趣的——听听讲解，看看博物院，和谭睿康拍照，还买了不少纪念品，但时间一长就有点扛不住了。

"你们是两兄弟？"导游善意地笑道。

遥远被晒得鼻子上现出一条横着的红纹，疲惫地点头。

谭睿康买了水给遥远,说:"多喝点水,小心中暑。"

遥远有气无力地凑着喝水,餐桌对面一对港城夫妻用蹩脚的普通话笑道:"哥哥照顾弟弟。"

遥远脸上发红,十分尴尬。

谭睿康一直担心遥远中暑,搞得遥远很抓狂,他根本不想喝那么多水,要一直上厕所。晚上回来后,遥远第一次和谭睿康睡同一个房间,本来生怕对方的脚臭得要死或者有什么不好的习惯,幸亏一切都在正常范围内。

反而是遥远自己的T恤、鞋袜全湿了,湿答答的,洗完澡后谭睿康给他洗了衣服袜子,然后挂在空调出风口下面晾干。

遥远本想自己洗,后来实在没力气了,只得让谭睿康帮忙,心想以后对他好一点,当作报答就行。

这个团是豪华团,几乎没有学生,就谭睿康与遥远两个少年。他们跟一群阿公阿婆爬山,打击人的是,遥远发现自己居然还爬不过六十岁的老人家!

"呼——呼——"

遥远说:"我不行了,你跟着他们走吧,我在山下喝杯茶,待会儿就上车休息。"

谭睿康坚持道:"好不容易来一次,怎么能不走?"

"我走不动啊!"遥远惨叫道。

遥远贪图帅气时尚,穿着双新鞋出来旅游,走了两天,后脚跟磨出个血泡。谭睿康让他在这里等,东跑跑西看看,要了两块创可贴回来。

"这样就好点了。"谭睿康低头看。

遥远看到隔壁有个穿高跟鞋来爬山的女人也在鬼哭狼嚎,她老公在给她依样画葫芦地贴创可贴,当即快要窘死了。

他们戴着棒球帽,跟着大批游人在路上慢慢走,谭睿康道:"我背你吧。"

"不!"遥远炸毛了。

谭睿康笑道"好",搭着他的肩膀拍照。炎炎夏日,又撑了一天,遥远在摊子上吃了份刨冰,谭睿康嫌贵不想吃,遥远就自己吃了,结果回去后就拉肚子。第二天还要去逛园林,整个旅途带给他的只有惨痛的记忆。

遥远出来玩几乎就没有不生病的,每次都是肚子疼和牙龈发炎。在病痛的折腾下,他虽然汗流浃背,跟虚脱了一般,但对沿途的景色却记得一清二楚。

直到八天后他们坐上返程的飞机,遥远才真正松了口气,然而想到还要回老家,起码要待半个月,又觉得还要再过一次鬼门关。

谭睿康拿着一本武侠小说在候机室看,随手在遥远身上拍了拍,说:"回家就好了,回老家会舒服点,家里吃的比旅游团的好。"

他们下飞机然后转车,坐完汽车坐摩托。遥远坐中间,谭睿康挤在他后面,旅行袋和买的礼物绑在车后,一路突突突地开过那些土路。

遥远被前面的司机和后面的谭睿康挤得快成一张饼了,心里发誓这辈子再回老家的话,必须让赵国刚开着他的宝马车回来,再也不这么落魄了。

谭睿康还热情地介绍,告诉他这座山是什么地方,那边有条河,从村子里到隔壁村,再到后面的整座山,都是他的地盘。

"这里是我念书的地方。"谭睿康指了指远处。

摩托车路过县城外的一间破破烂烂的初中,大日头下,一群脏兮兮的少年在满是沙尘的空地上踢足球,每个初中生都像曾经的谭睿康,还有人在外面买五毛钱一支的吹塑包装土饮料,里面全是色素和香精。

遥远看着那景色,想象着谭睿康的初中时代,半天说不出一句话来。

摩托车司机用当地方言笑着说了几句,谭睿康翻译道:"司机大哥说咱们家那边有人承包了一块地,要开发果林了。"

遥远"嗯"了声,颠簸了足足八个小时,傍晚时终于抵达家门口——和他五岁印象中的地方差不多。

还是那个破破烂烂的大屋,紧锁着门的院子,贴着门神的木门。

遥远的脚麻得路都走不动,一屁股坐在旅行袋上。谭睿康去拍门,拍了很久,没人应,便从院墙外翻进去。

老妪颤巍巍拄着拐杖出来,遥远马上站直,喊道:"外婆!"

"小远啊——"遥远的外婆大叫起来,眯着眼道,"小远——"

遥远静了片刻,心底五味杂陈,想哭却哭不出来,一眨眼就是十一年了。

"别哭。"谭睿康在一旁紧张地做了个动作,示意遥远笑,生怕刺激到老人家。

遥远勉强笑了笑,外婆拉着他的手不愿意放,摸他的脸,摸他的眉毛。

外婆哽咽道:"苦了你了,那年我还想去看看你妈……"

遥远忙抱着外婆,小声安慰了几句,他母亲从发病到去世只过了短短八个月,外婆听到女儿去世的消息,丧女之痛想必比自己更甚。

外婆抱着遥远大哭,不住抹泪,谭睿康静静地站了一会儿,帮着遥远安慰外婆。

遥远道:"外婆你身体还好吧,怎么一个人住,也没人照顾?"

"不用照顾!"外婆说,"外婆身体好得很呢——"

外婆进房后,遥远四处看了看,松了口气。

小时候感觉这院子大得要命,长大后一回来,发现连身子都转不开。

院子边的地下水泵从前不是很大的吗？小时候遥远还坐在摇杆上嘻嘻哈哈地让谭睿康上下摇他，这下都想起来了。

院子里养着一窝鸡，"咕咕咕"地瞪着遥远。

"我以前还打过它呢。"遥远说。

谭睿康将旅行袋提到后院放好，出来笑道："你撑过的鸡都不知道进肚子多少年了，这窝是我去上学前养的。"

外婆又拿着个红包出来，说："小远，来。"

遥远一看就吓着了，怎么能拿外婆的钱，忙道："不不，外婆，我不能要。"

外婆道："这是你外公留给你的！拿着！"

她老泪纵横地把一个盒子和装着两百块钱的红包给遥远，谭睿康示意他收下，又搀扶着老人进去。

遥远红了眼眶，谭睿康搬了把竹椅在院子里放下让遥远坐，遥远张望道："外婆没事吧。"

谭睿康道："没事，先别跟她说话，年纪大了，情绪太激动不好，你先坐着。"

遥远叹了口气，他知道自己长得像去世的母亲，外婆一见他就想起女儿，先让她平复下情绪。

谭睿康卷起袖子，换了拖鞋，拿水出来给遥远洗脸。他忙前忙后，又进去打扫房间，俨然一副主人派头。

遥远在院里打开盒子，里面是外公的一枚勋章——东江纵队的，还有一个祖传的白玉镯，遥远拿出来对着夕阳看了看，晶莹剔透，估计是给他未来媳妇的。

"小远，"谭睿康说，"来。"

遥远进到另一间里屋，黑漆漆的不透光，谭睿康坐在床边，从衬衣的里袋里取出一个信封，说："这是你爸给外婆的钱，我昨天从银行取出来的，待会儿你亲手拿给外婆。"

遥远最怕这种事，说："你给她就行了呀。"

谭睿康坚持道："你去给。"

遥远道："咱俩分得这么清楚干吗啊。"

这话遥远是无心说的，谭睿康却先是一怔，继而笑了笑，说："也对，咱俩不用分得这么清楚。"

谭睿康去给钱，遥远又在院子里坐着发呆。从前来的时候，这个家很大很干净，现在却觉得又黑又狭隘，还散发着一种腐朽的味道。曾经那段短暂的童年他本已忘得一干二净，但当看到门口的路，对面的田野时，忽然又全部想起来了。

陌生得像另外一个人的记忆，却又实实在在地铭刻在遥远的脑子里，挥之不去。

谭睿康收拾好屋子，出来说："小远。"

遥远正在回忆差点淹死自己的那条小溪，被谭睿康打断了，觉得很不耐烦，说："干吗？"

谭睿康问："晚上想吃点什么？奶奶说给你弄点好吃的。"

遥远说："随便吧，我吃不下，别麻烦外婆了，那么老还要做饭。"

谭睿康笑了笑，打了桶水，出来就着搓衣板，放好木桶，坐在小板凳上洗蚊帐。他卷着袖子与裤腿，穿着人字拖，仿佛回到老家的一瞬间，又恢复了那个黝黑的乡村少年模样。

当天夜里谭睿康去挨家挨户敲门，借鸡蛋买腊肉。邻居早在他们回来时就知道了，这一下来了不少人，全是来看遥远的。

谭睿康去读了一年书，他的同龄伙伴们全去县城打工或者念职高了，余下一些半大的小孩过来看。

遥远穿得时尚，又是城里的孩子，登时光芒万丈，被一群人捧着。女人们挤了一院子，纷纷跟遥远说话，忍不住赞叹。

遥远挨个打招呼，心里十分不自在，却不得不一一赔笑，土话他听不懂，连听带猜大约明白了一点，听到了许多当年不知道的事。

他的妈妈就是这个小山村里的人，读书读得很好，外公又是个明白人，知道不能耽误女儿学业，放话说凡是自己家的人，能考得上，砸锅卖铁也得支持，让孩子们读到大学。

谭睿康的父亲不是读书的料，落榜后去当兵，遥远的妈则考上了。

大学里他妈妈与赵国刚认识，毕业后就结婚了，当年大学毕业还分配工作，两人几经艰辛才调到一起。后来赵国刚下海创业，母亲才跟着他到了南方。

邻居都是来看遥远的，遥远不敢表现出半点不耐烦，都笑着与他们说话。谭睿康则在院子里摆了张桌子，外婆去做饭招待今天来的客人。

谭睿康俨然一副一家之主的模样，和隔壁的几个男人聊天，斟酒喝酒。别人让遥远喝酒，谭睿康忙道："小远不能喝，我替他喝。"

待得月上中天，好不容易把客人们送走，谭睿康又去打水，然后烧水给遥远洗脚。他把两人的衣服洗了，让遥远进房里睡觉，说："家里条件不好，凑合着挤挤吧，热的话哥再打个地铺睡。"

遥远忙道："没关系，你千万别打地铺。"

村子里静了下来，偶尔能听见几声狗叫，隔壁房间里外婆叹了口气，关上门睡了。

遥远洗完脚很舒服，多日疲劳，终于得以放松。他躺在床上，安静地听着外面的虫鸣此起彼伏，还有青蛙在呱呱呱地叫。

这是只有农村才能听到的乐曲，遥远开始时觉得很新奇，听得久了就头疼了。

谭睿康进来,笑道:"嫌吵不?"

遥远拍了下蚊子,说:"简直吵死了。"

房中没有蚊帐,也没有电风扇,谭睿康拿着蒲扇朝遥远拍了拍。

遥远困得很,说:"好热。"

"我刚去大城市住的时候还不习惯呢,觉得外面好多车,晚上都那么亮。"谭睿康道,"你静下心来就不热了,要么找奶奶要个电风扇?"

遥远忙道不用了,家里就一个,绝对不敢拿老人的电风扇来用,将就着吧。

他趴在草席上,也不盖被子,穿着背心短裤就睡了,胳膊脖子晒得黑了些,背上腿上却还是白的。

"真羡慕你,总是晒不黑。"谭睿康说着就出去了,不知道去做什么。

遥远迷迷糊糊道:"我是牛奶仔啊。"

谭睿康笑了,不知睡了多久,遥远听到谭睿康在耳边说:"别趴着睡。"

遥远翻了个身,感觉到谭睿康也躺了上来睡在另一头。两兄弟睡在一张床上,谭睿康赤着上身,夏天的夜晚有点闷热,遥远迷迷糊糊地拍脖子拍脸,全身黏糊糊的,十分烦躁。

片刻后凉风吹来,遥远舒畅了点,出了口气,满意而幸福。

那凉风没过一会儿就停了,遥远又有点热了,抓狂地翻身。谭睿康喝了不少酒,全身灼热,被遥远一吵便醒了,他打了个呵欠,继续神志不清地给遥远打扇子。

遥远侧头看了一眼,见谭睿康半睡半醒,还在给他赶蚊子,便道:"我来。"

"你不会。"谭睿康打了个呵欠道,"喝水吗?"

遥远起来喝了点水,彻底醒了,开手机看了一眼,才三点。

他接过扇子,学着谭睿康那样慢慢地摇,摇了不到十下手就酸了。

老天,遥远心里叫苦不迭,周围全是蚊子,这日子要怎么过哟。

谭睿康睡了一会儿,咕哝道:"明天就好了,明天有蚊帐。"

遥远浑身都是蚊子咬的包,抓来抓去,耳边还嗡嗡嗡地响,简直要疯了。

半夜终于凉快了些,遥远迷糊中听到外面打雷,闷热的气息终于一扫而空,下雨了。

谭睿康触电般跳起来,出去收衣服收蚊帐,又取了张薄被盖在遥远身上。

遥远再醒来的时候已经是早上,听见谭睿康在外面和外婆说话,感觉到他进来挂蚊帐,噩梦终于结束,于是他翻了个身,趴在草席上继续睡。

外面天灰蒙蒙的,下着大雨,清晨这一觉睡得很好,半睡半醒间感觉碰到谭睿康,遥远打了个呵欠,总算醒了。

"几点了?"遥远脸上全是草席和枕头印出来的印子,脸上带着刚睡醒的红晕,精神不济地问道。

"十点了。"谭睿康放下手里的小说,"吃什么?我去做饭。"

遥远道:"随便。"

谭睿康起身去做饭,遥远坐在床边,看到桌上有水,顾不得是刷牙的还是喝的,先灌了下去。

遥远洗漱完,换了身干净衣服,白衣长裤,又是一副少爷仔模样,进厅里吃饭。

外婆戴着老花镜,在给遥远补他旅游时刮坏的衣服。

"小远啊。"外婆说。

"哎。"遥远吃了口面,昨天晚上就没吃多少,睡久了饿了,这面味道太香了。

外婆笑了笑，说："好吃吗？"

遥远点头道："好吃，和我爸做的味道差不多。"

外婆说："你妈妈做饭跟外公学的，你爸爸做饭又是跟你妈妈学的。"

难怪，遥远心想，这面有种家的味道。

"遥远长这么大了，长得也漂亮，有相好的女孩子吗？"外婆又问。

遥远险些一口面喷出来，忙道："没，没有。"

外婆又说："等娶媳妇了，爷爷给你的镯子，就给你媳妇。记得领回家来让外婆看看，让外婆抱抱重孙子……"

遥远有点难过，外婆已经很老了，又有点糊涂，两个老人没亲孙子，便把自己当内孙看待。他读完书到毕业结婚还有很长时间，也不知道她能不能活那么久。

"一定。"遥远说。

外婆笑道："别看外婆老，能活的时候还长着呢，保证抱上重孙子，以后娶媳妇了带回来，外婆给你把关。"

"奶奶，"谭睿康搬着个小凳子进来，说，"小远太小了，要认真学习。"

外婆道："当年我跟你们大爷爷走的时候，才只有十六岁呢！"

谭睿康笑着坐在小板凳上看遥远吃饭，外婆开始回忆她的爱情生活，说到许多年前外公跟着部队下乡，两兄弟到星城，外婆本来是个纺织女工，不顾家里人的反对，跟着外公走了。

"私奔啊。"遥远傻眼了，没想到老太太观念这么开放。

外婆的老脸上浮现起会心的笑意。

遥远问道："你喜欢外公啥？"

外婆说："你外公长得好看。"

遥远："……"

谭睿康笑道："小远要考大学的，不一样。"

"考大学好，"外婆点头说，"考大学好呀，你爸爸和妈妈都是大学生，不像你舅那个不争气的，你外公送他去念书，不愿意，自己要去当兵……"

遥远吃着面，听到外婆不住口地称赞他父母，却不提谭睿康，仿佛把他当陪衬。

谭睿康倒是笑呵呵的，一副无所谓的样子。遥远看了一眼，谭睿康心有灵犀，动了动眉头，摆手示意无妨。

外婆似乎不太喜欢谭睿康的父亲，连带着也不太喜欢谭睿康，外婆和外公就宠着遥远，心肝儿似的。吃过饭，外婆又拿出酒心巧克力让遥远吃，遥远已经不喜欢吃这个了，咬了一口便随手递给谭睿康，谭睿康接过吃了，两人就像童年时相处。

外婆去睡午觉后，两兄弟便并肩坐在屋檐下看雨，遥远问谭睿康："咱们住到什么时候？"

谭睿康答道："你说呢？听你的。等明后天不下雨了，我去给我爸上个坟，就可以回去了。"

遥远道："再到处去走走看看吧，还没怎么玩呢。"

谭睿康把短袖衫的袖子捋得很上，现出小麦色的胳膊，揭起T恤下摆露出腹肌，笑道："你住得惯吗？"

遥远说："当然，我挺喜欢家里的，很轻松很自在。"

谭睿康点了点头，说："雨停了带你去玩。"

谭睿康低头看小说，遥远给父亲发了条短信，山村里信号时有时无，赵国刚没回短信。

遥远玩了会儿手机游戏，一时间想到了很多事情，有种难言的感慨。他有什么值得骄傲的，还不是占了父母的便宜。

他命好，生在父母都是大学生的家庭里，谭睿康做错了什么？他比自己更刻苦，更上进，脾气也好，有孝心，只是因为没投对胎，在乡下白白熬了十七年，差点连高中都没得上。想起谭睿康第一天来家里时，自己对他的态度，遥远真是恨不得找个地缝钻进去。

遥远说："哥。"

谭睿康头也不抬地笑道："嗯。"

如果谭睿康没记错，这应该是遥远第一次开口叫他哥。

遥远忽然想表达点什么，用一个简单的动作来表示他接受谭睿康了，例如抱一抱，或是顺手给他一拳，表达兄弟之间的亲密，但他从小就是独生子，不知道要如何把这种肢体语言表达得恰到好处又不显肉麻。

像以前他和齐辉宇说一件事，彼此心有灵犀哈哈大笑时，齐辉宇按着他的脸狠狠地揉搓，说："牛奶仔，咱们当一辈子的好朋友吧。"

遥远当然不可能去那样对谭睿康，真要这样谭睿康估计会被吓坏。

他想了很久，把手搭在谭睿康肩上。

谭睿康从书里抬起头，看了一眼，遥远说："外婆说的那些话，你别朝心里去。"

"哎，"谭睿康继续看书，笑着说，"老人家总有点偏心的，就是嘴上说说，她疼你不也等于疼我吗，没关系。"

"哥！"从院子外来了个女孩，女孩收了雨伞，笑起来时露出一口整齐洁白的牙。

"哎，妹子，"谭睿康笑着回答，"怎么来了？"

"来看看你。"那女孩道。

遥远静静注视女孩，她皮肤黝黑，五官十分漂亮，那是一种扑面而来的青春与淳朴的气息。她脸上浮现出害羞的绯红，不敢看遥远，只和谭睿康说话，揭开盖在篮子上的碎花布让他看，里面是洁白的鸡蛋。鸡蛋忒小了，比遥远见过的蛋都小，篮子里还有点可能是她自己做的切糕和糖。

"我妈让我拿来给婆婆的，"少女小声说，"听说你们两兄弟回来了。"

遥远无聊地吹了声口哨，少女红了脸，遥远面无表情道："你好。"

少女道："你……你好。"

谭睿康说了几句什么，就进房去翻东西，说："你等等。"

少女"嗯"了声，好奇地看遥远，遥远则怀疑地打量她，眉目间充满少年的锐气与不信任。

谭睿康拿出一堆小挂饰小摆设，连着买的两大包特产给她，嘱咐她回去分给朋友。

少女走后，遥远像只张牙舞爪的刺猬，说："她是谁？你还管我，你自己在干吗？"

谭睿康说："哎，别瞎猜，那是我初中同学。"

遥远道："明显对你有意思，什么时候开始的？"

谭睿康哈哈大笑，把书一拍，饶有趣味地看着遥远，说："你没看出来？"

遥远："？"

谭睿康笑了，温和如同阳光，说："她喜欢你，刚刚第一眼看见你就喜欢上你了。"

遥远说："怎么可能？！"

谭睿康道："不相信算了。"继而又低头看书。

遥远道："你别想敷衍过去，快说！"

说着时不时给谭睿康肋下一拳，谭睿康被他折腾得没法看书，只得认真道："她刚刚不敢看你，一直在跟我说话，平时不是这样的，进来看了你一眼,脸就红了。"

"神经病。"遥远没好气道。

"不相信算了,"谭睿康笑道,"你最出风头,大家都喜欢你。"

遥远听到这话,心里又有点嘚瑟。以前赵国刚也说过他讨人喜欢,奈何空有一副好皮囊,里头却全装着火药。

下午雨停了,谭睿康带了纸钱和香,还有一瓶二锅头去给父亲上坟。遥远跟着一起去,下过雨路不好走,谭睿康本不想让遥远去,但遥远待在家里也没事做,坚持要跟着,两人便一起朝田边走。

下过一夜雨,路上泥土湿答答的,空气清新得很,田野和大地,全是一片水洗过的新绿。小溪哗啦啦地淌着水,谭睿康道:"我背你吧,路不好走。"

遥远道:"不用。"

他在田埂边跳来跳去,谭睿康道:"小心滑!"

遥远果然滑倒,摔了一身泥,谭睿康忍不住大笑。

遥远哭丧着脸,跟着他到小山坡上去上坟,看到谭睿康跪在坟前,喃喃道:"爸,我回来了,小远也在呢。"

遥远站了一会儿,烧了点纸钱,便走开去看风景听歌,听了一会儿随身听没电了,只得摘下耳机,慢慢走过去。

他站在一棵松树后,听到谭睿康一边给坟头的杯子斟酒,一边用家乡话说:

"……对我很好,姑丈把我当儿子,小远把我当亲哥哥,供我念书,给我吃饭,这份大恩大德,以后也不知道怎么报答……"

"爸,妈,你们保佑我考个好大学,我想出人头地,上清北,不辜负你们的期望……"

遥远勉强能听懂一些,雨过天晴,太阳出来了,夕阳像个蛋黄,染得天地间一片红。

香燃尽,谭睿康带着遥远下山回家。

乡下老家太热，数天里遥远把该逛的都逛了。长大后便对小时候的玩物提不起兴趣，摸鱼捉虾，下溪游泳，掏鸟蛋，钻防空洞等，都失去了儿时的诱惑。遥远与谭睿康一人衔着一根草，在树林里慢慢地走。

"以前觉得好玩的，现在都不好玩了。"遥远说。

谭睿康也有点感慨，说："是啊，长大了。"

他们把附近的景色看过一遍，又到谭睿康家里收拾了点东西，便坐上了回家的车。临走时遥远和外婆说好，高考结束后一定来看她。

他想回家和赵国刚商量，把外婆接到家里住，谭睿康说她不习惯大城市，车多，没朋友，不自在，不如待在乡下好。最后，遥远也只得作罢。

他们回家后，谭睿康还是看书，遥远没有每天出去玩闹，他把书架上看过的书都做了读书笔记，有的简短两三行，有的则写了满满一页，介绍那些书，推荐给谭睿康。

谭睿康吃了一惊，说："这些你都看过？"

遥远道："嗯，里面有我的读书笔记，看不懂的话可以参照，慢慢看。"

谭睿康有点受宠若惊，数日后，遥远和林子波去买电脑。遥远配了个七千块钱的台式电脑，旧电脑搬到谭睿康房里给他用，遥远又拿了很多游戏碟给他，说："这些都很好玩，我还在网上打印了攻略，你玩不过就问我吧。"

谭睿康的待遇忽然变好了，有点受宠若惊，忙照单全收。整个暑假里他没有玩游戏，却循着遥远的读书笔记读了许多书。

遥远没书看了，偶尔会和谭睿康一起去书城走走。要是不算两人消费观与价值观的差别的话，谭睿康确实是非常好的玩伴。

找谭睿康出去不用特地约时间，叫一声就跟着走。去什么地方不用商量，遥远想去的地方谭睿康几乎都愿意去。

关于美术、书籍，他们也逐渐有话题了。

去书城的时候遥远随便拿本书翻几页，感兴趣的话直接就朝购物车上扔，谭睿康则可以捧着一本书一动不动，在书架前站一下午。

暑假慢慢过去，遥远家里的书被谭睿康看了一大半，游戏碟却始终没动。遥远知道他这个死脑筋基本不可能完全融入自己的世界，只得把碟都收了回来。

当书城再次挤满买参考书的学生时，初三的暑假终于结束了，遥远一想到此后三年便要踏入水深火热的高中生涯，便说不出的失落。

开学第一天便是八号风球预警，遥远正在被窝里哀号，想着可以不上课时，却被收拾得十分精神的谭睿康拉了起来。

"可以不去的——"遥远道。

"林子波打电话来了，"谭睿康说，"今天一定要去。"

遥远只得苦闷地跟谭睿康出门去上学，谭睿康打着伞，自己被淋湿了半个身子，却把遥远照顾得很好。两人熟门熟路走进母校，高一一班全是他们认识的保送生，和大家打过招呼，两人坐在最后一排。

教室里都是嗡嗡嗡的聊天声，大部分人都在说话，级组长过来点名，班级安静下来。

"谭睿康。"级组长点完名，班主任过来，让谭睿康出去说话。

谭睿康一脸茫然，半湿的袖子挽在手肘上，几句话后笑了起来，连连点头。遥远倚在窗边看他，心里酸溜溜的，不知道那厮又要出什么风头。

"小远，老师让我当班长，咱们一起坐，"片刻后谭睿康过来，笑着问道，"好吗？"

遥远："……"

班长？班长是什么能吃的吗？遥远马上就不舒服了，说："我不想坐最后一排，看不见啊。"

这话倒是真的，遥远平时老对着电脑，本来就有一百多度的轻微近视，谭睿康意识到了，说："那你和林子波坐？"

遥远推他，说："随便吧，民主公正懂不懂？刚当上班长就滥用职权……"

谭睿康不好意思地笑了笑，去给大家调位置，记名册，另一人当副班长，前去领书。

遥远被调到中间一排，位置每周一换。

六门课代表也定了下来，遥远不想当班干，领了个英语课代表的位置。

中考后，大部分学生暑假没玩够，很松懈，总进不了状态。高一的数学难度很大，所有科目呈现出承前启后的新阶段。遥远也无心向学，一上课就聊天发呆，把书翻来翻去，或者和新同桌闲聊。

新同桌是个瘦瘦小小，说话很风趣的男孩，叫秦曜，十分有趣。他初中时在二班，和遥远互借过课本，一坐下来两人就有话题聊，每天热火朝天地聊得不亦乐乎。

于是，不到一天，遥远就被文艺女生们起了个新外号叫宝玉，秦曜则被叫作秦弟弟。

遥远对此表现得十分愤怒，但谭睿康没看过《红楼梦》，不知道她们在说什么。遥远势单力孤，只得被"宝玉宝玉"地叫，叫多了无力反抗，乖乖就范。

所幸张震来借书的时候叫了声牛奶仔，遥远的旧外号才得以保全。

秦曜很有趣，思维经常和普通人不在一个次元里，既喜欢在历史书上给关汉卿、诸葛亮等历史人物描胡子画变形金刚手臂，又爱开自己玩笑，陪女孩子们打打闹闹，八面玲珑，人缘很好。

遥远也挺喜欢他，两人上课时经常说笑话，笑个不停。但秦曜终究和齐辉宇不一样，他们只会在上学的时候聊天，放学后就不再联系了，不像遥远和齐辉宇之间，总有说不完的话。

高一不用晚自习，放学的时候谭睿康总喜欢说遥远。

"你上课别跟秦曜聊天，"谭睿康说，"怎么有这么多话说？老师都有意见了。"

"知道了知道了。"遥远不耐烦地答道，承诺是这么承诺的，但第二天上课一切照旧。

时间过得飞快，班里的同学都混熟了，但遥远总觉得高中和初中还是有很大的不同的。

这个班里的学生全是原本三中的尖子，但怎么朋友之间就没有以前初中时热络呢？班上不再有蹭着遥远让他请吃饭的人了，大家中午放学后回家的回家，看书的看书。

下午放学后也是各自赶着回家，虽是一个班，却终究松松散散的，没什么特别的凝聚力。

但两兄弟依旧是以前那样，区别只在于每天中午，遥远在外面和秦曜吃过午饭回来，会给谭睿康带一杯奶茶。

每天回去后遥远便把作业草草做完，钻进房间里玩电脑游戏，有时候不想做了，还会拿谭睿康的作业来抄。

某天数学老师问道："怎么咱们班上有两个谭睿康？还有一本谭睿康的作业是谁的？"

遥远才忽然想起这事，昨天晚上用了个新本子抄作业，抄得顺手，内页抄完后翻到封面，把谭睿康的名字也抄上去了。

于是全班哄笑，遥远面红耳赤，在众目睽睽之下上讲台领了本子。

谭睿康道："小远只是拿错了我的新本子，写了名字里面空白的那种。"

这事儿才算揭过了，回家时谭睿康却道："你昨天不是对答案，是抄作业？这怎么行？"

"哎呀，烦死了！"遥远抓狂道，"知道了，别再说了！"

谭睿康说："作业明明能做完，量不多啊。你不是在房间学习？"

遥远说："我昨天有点头疼，不想做。"

谭睿康蹙眉道："你没告诉姑丈？哪里疼？"

遥远真是服气了，好说歹说把谭睿康送回房间。在那之后，每次遥远找谭睿康拿作业，谭睿康都要过来看他写完了没有，是对答案还是直接往上抄。

遥远这人逆反心理相当严重，虽然心里早就承认谭睿康的读书本事比他好出一大截，但从和谭睿康一起上初三开始，遥远就非常抗拒共享谭睿康的荣誉，特别是学习。

谭睿康做练习只要有不懂的，一定会拿来问遥远，尤其是英语。遥远会很耐心地给他分析，享受为人师表的优越感。但遥远的数学不会的时候，却从来不问谭睿康。他宁愿硬解半天，解得有点烦躁时才找谭睿康借试卷，名义上是对答案，实际上则是看他的解法。

不知道为什么，遥远就是无法虚心向谭睿康请教。

谭睿康监督他做作业的行为也触动了他的逆反心态，你有张良计，我有过墙梯。遥远实在不想做的时候就把作业扔着，第二天去学校找秦曜或者林子波的来抄，免得惹到谭睿康。

高一的前半个学期平平淡淡地过去，期中考的卷子有一半是遥远不会的，出了成绩后意料之中——完蛋。

遥远对着二十七分的数学卷子，有点难以置信。

秦曜则考了十八分，和他成为一对难兄难弟，却仍然乐观地在遥远的二十七前加了个竖，变成一百二十七。

秦曜本来的成绩也不算很好，初中有点小聪明，挤进了保送名额的倒数几名，上了高中以后就没怎么学，遥远还有英语撑着，秦曜直接全班倒数了。

遥远一点也笑不出来，这是他有史以来考过的最低分。从小学开始，一路到初中，跌下八十分基本是天方夜谭，遥远完全没料到自己居然会考到这样的分数，跟做梦一样。

"满分一百？你拿了二十七？！"谭睿康也有点难以置信。

遥远不知道该怎么回答了，示意谭睿康别提这事，想了想，说："你别告诉我爸。"

谭睿康旁若无人地站在车站大吼道："你先告诉我，这是怎么回事！"

遥远这次彻底心虚，竟不敢反驳谭睿康。他脑子里只有一个念头，糟了……

期中考放榜后，遥远的语文和英语还不算跌得太惨，数学最惨，其次则是物理，他连公式都没怎么背。

英语吃老本，靠初中的积累考了个班级第三，谭睿康则凭借自身刻苦，考了年级第一，成功攻克了他唯一的短板。

"你数集和虚数都不会？"谭睿康道，"不可能啊，知识点只有这几个……"

遥远道："别说了！我知道了！"

两人回了家，遥远一坐下就打开电脑，想先逃避一会儿现实。

谭睿康伸手过来，把插头拔了。

"会烧主板的！"遥远抓狂地吼道。

谭睿康丝毫不为所动，冷冷地看着他。遥远忽然就怂了，这是谭睿康第一次对他生气。

"出来，我给你讲卷子，"谭睿康说，"分析看看是什么问题。"

遥远只得乖乖地把卷子拿出来，跟着谭睿康到餐桌前坐下。谭睿康校服衣袖挽着，认真地看遥远那惨不忍睹的分数，吁了口气，明白了。

谭睿康说:"你上半个学期根本就没学,难怪退步了。"

遥远"嗯"了声,一副死猪不怕开水烫的模样,谭睿康给他拿了盒牛奶让他喝着,又看他另外几门卷子,说:"你先休息一会儿,去洗个澡吧。"

"我进去学习了。"遥远懒懒道。

"不行,"谭睿康说,"又想进去玩?"

遥远没辙了,他也很讨厌现在的自己,怎么才半个学期就变成这样了?

谭睿康分析了好一会儿卷子,把知识点列出来,又给遥远讲题,遥远心里很感动,不敢再违拗他。

"家长会怎么办……"遥远说,"要么学秦曜,请学校外面小卖部的阿姨去坐最后一排?"

谭睿康说:"别开玩笑,姑丈问的话包在我身上,先做题吧。"

谭睿康的眼神充满温暖,遥远松了口气,有种就算天塌下来也有人撑着的感觉,晚上也睡得着了。

第七章　过年

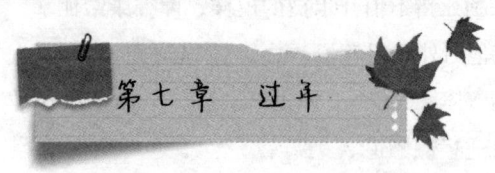

如果没有谭睿康在，遥远的责任就要自己承担，自我否定的过程是人生中最痛苦的经历，尤其是十六岁这个阶段。

但幸亏有谭睿康，遥远就心安理得地瞒着赵国刚自己的成绩了。

放榜后的第二天，谭睿康找了老师给遥远调换位置，把林子波和另一个成绩好的女孩拆开，遥远和林子波一起坐，那女孩则负责搞定秦曜的学习。

谭睿康六科排名年级第一，遥远则掉到一百多名，彻底服气，收拾心情老老实实学习。

中学生的心理往往很脆弱，谭睿康这种人是非常少的，大部分学生都像遥远这样，一松懈下来就掉名次，掉完之后被级组长训话，被班主任骂，苦口婆心地说大学，说工作，说社会与竞争，没有枣，只有木棍。于是班级里人心惶惶，如同面临末日。

然而成绩这玩意儿，不是想提高就能提高的，爬个悬崖要一天，从悬崖上跳下去却只要几秒。

遥远开始还觉得自己聪明，落下的功课要捡起来只是分分钟的事，但当他真正着手复习，再次小测时却发现分数高不到哪儿去，勉勉强强，十道题目只对了五道。

怎么会这样？不可能啊。遥远连着又在接下来的小测里不及格了好几次，开始怀疑凭自己的智商能不能把落下的知识学好。

而谭睿康总是不厌其烦地说"没有问题的""你很聪明""相信我"一类的话。

遥远在测试中被打击得"体无完肤"，便生出自暴自弃的心态。家长会开完后，纸里包不住火，赵国刚还是知道了。

赵国刚回家先把遥远臭骂了一顿，再训谭睿康，接下来的几天里他亲自开车去接他们放学，早早回家监督两个孩子学习。

遥远只觉得压力大得快疯了。

一颗粉笔头飞来，打在遥远脑袋上。

"赵遥远，"物理老师说，"到教室后面去站一会儿。"

遥远很困，昨天晚上不知道为什么没睡好，在床上翻来翻去，就是睡不着。所以今天到了下午连眼睛都睁不开，索性他就像初中那样趴在桌上睡觉。

遥远抬起头，迷迷糊糊地听课。

"我说，"物理老师道，"到教室后面去站着，赵遥远，听见了吗？"

遥远坐着不动，物理老师道："站到教室后面去！"

遥远把书一摔，起身走到教室后站着，感觉自己成了差生，觉得十分耻辱。

谭睿康坐在最后一排，专心听课。

遥远被罚站，心里难过得要死，脸皮又薄，精神又差，忍不住就想哭。

谭睿康侧过身，朝他手里塞了张纸条——别生气，待会儿给你买牛奶糖吃。哥念初中的时候经常被罚站，站累了换只脚歇歇。

遥远忍不住笑了起来，谭睿康要是说什么"老师没恶意"之类的话，遥远说不定只会更气，然而这么一说，遥远就想到谭睿康呆呆被罚站的样子，一腔怒火顿时烟消云散。

放学后，两人吃完晚饭依旧在餐桌上学习，遥远烦得要死，说："我休息一会儿，好困。"

谭睿康看了遥远一眼，说："进去睡会儿，半个小时够吗？待会儿喊你起来。"

遥远说："我不行了，我真的不行了，要垮了……让我自己调节一下，睡到明天起床吧。"

谭睿康说："四十分钟？"

遥远说："三个小时。"

谭睿康说："一个小时。"

遥远说："两个小时。"

谭睿康看钟："两个小时都十点了，一个半小时？"

遥远面无表情道："成交。"继而郁闷地进了房间，只觉得人生下来就是为了受苦的，昨天晚上失眠一整夜，今天还不能睡觉。

遥远面对烦恼的方法是睡觉，天大的事情，睡一觉就好了。

他进了房间，开灯时发现电脑桌旁有个大纸盒子。

遥远："？"

什么时候有这纸盒的？是谭睿康给他的？

他打开纸盒，刹那间怔住了，里面是一堆乱七八糟的小玩意儿，有铁盒装的牛奶糖、CD、书、笔、零食、洗面奶，从上朝下翻，最下面是一盒屋型的光明牛奶。

牛奶上贴着张便签，写着：

祝牛奶仔生日快乐。

——哥

遥远："！！！"

遥远这才想起，今天是自己的生日！谭睿康送这么一大堆玩意儿是什么意思？遥远只觉得既感动又好笑。

他拿起光明牛奶,发现盒子上的生产日期上用记号笔画了个圈——19××年11月20日。

牛奶糖的铁盒上画了个圈,圈出生产日期——上一年的11月20日。

遥远:"……"

他把刚才的东西一件件翻出来,CD的出版时间是四年前的11月20日。

全是他生日那天的!

十六件礼物,最后一件是一本旧书,再版时间是他出生的那天。

遥远把这些礼物看了很久,直到外面谭睿康说:"小远,起床学习了。"

遥远把牛奶拿出去,谭睿康还在看着练习册转笔。他头也不抬地笑了笑,很温柔,就像朝遥远灰暗的世界里注入了一道美好的光。

一年的最后一天,放学后,所有学生都迅速回家,准备参加这场狂欢——迎接新的一年,对所有注重仪式感的学生来说,意义非凡。

遥远回到家便开始洗澡换衣服,今天约了初中的朋友们出去玩,包括齐辉宇与张震。他对着镜子吹头发,拨额发,用买回来的喷发染色剂狂喷一气,这种染色剂是临时的,既可以装酷又不怕被赵国刚骂。

"你染了头发真好看。"谭睿康站在他身后莞尔道。

"给你也喷点。"遥远说。

谭睿康忙道:"不不不,我不染……"

遥远道:"来一点嘛——"

遥远用发胶把谭睿康的头发立起来,将他额前的头发揪得像只公鸡。谭睿康脸庞瘦削英俊,本就酷味十足,配上恰到好处的乱发,又抢了遥远的风头。

这一次遥远觉得无所谓了,他给谭睿康喷上金色的染发剂,自己也喷了些,说:"好,走吧。"

赵国刚回来了,一回来就训道:"什么玩意儿!去洗掉!你们还染头发了?!"

遥远道:"回家就洗掉啊!这又不是永久的!"

赵国刚又道:"像什么样子!洗掉!"

遥远黑着脸,坐到沙发上。

赵国刚马上就头疼了,遥远又开始非暴力不合作,赵国刚几乎可以预见接下来的一系列反应——遥远回房间锁上门不说话,计划取消,父子冷战至少一个月。

谭睿康道:"姑丈……"

电话响了,赵国刚忙过去接,遥远躺在沙发上发呆,赵国刚说了几句话,最后道:"元旦快乐。"便把电话挂了。

"走吧。"赵国刚进去穿衣服。

谭睿康:"小远……起来。"

遥远脸色好看了些,被谭睿康拉起来,赵国刚接了个电话后不再提让他们洗头的事,带着两个少年去停车场,遥远问:"你去倒数吗?"

赵国刚拧钥匙,发动小车,说:"不了,和你们年轻人玩不到一块去。"

遥远又道:"那你怎么过?"

赵国刚说:"送你们过去,再回来洗澡,睡觉。"

谭睿康在后座笑道:"姑丈和我们一起玩吧。"

赵国刚笑道:"只有你们小孩子才喜欢玩这些倒数的事情,姑丈已经过了那个年纪了,一年又一年的……没什么稀奇。"

赵国刚把他们送到城市中央大道上,晚上九点,路上到处都是人，沿街店铺灯火辉煌，车堵成长龙，不少年轻人正在朝大剧院方向走。

车过不去，遥远打了几个电话，和朋友约好去麦当劳会合，便和赵国刚告别，下车。

下车时赵国刚还在打电话，朝他们道："注意安全。"

没多久，齐辉宇来了，大叫道："遥远！"

他从人群中冲出来，遥远笑着与他拥抱，这是他们初三分开后的第一次见面。

一中管得很严，不让带手机，齐辉宇的妈妈又回老家照顾外婆，于是齐辉宇大部分时间都待在学校，两人基本断了联系。

初中的同学都来了，按照惯例还是遥远请客。大家买了麦当劳的可乐边走边喝，随着人潮走，齐辉宇道："高中念得怎么样？"

遥远道："别提了，掉到年级一百多名了。"

齐辉宇惊讶道："怎么会？"

谭睿康笑道："期末就好了，小远只是玩得太厉害。"

遥远道："你呢？"

齐辉宇道："我还是前二十。"

在一中能排进前二十很了不起，遥远心里有点小妒忌，但也为他高兴，笑道："你真厉害，我也得努力了。"

齐辉宇一来，谭睿康只能靠边站跟在后头。

齐辉宇搭着遥远肩膀，两人说说笑笑，齐辉宇又道："你也没长高。"

遥远长到一米七五就不怎么长了，齐辉宇还长了点，两人都没有谭睿康高，遥远很介意这个问题，说："你买增高药吃了吗？"

齐辉宇一米七八，说："没有，别吃那个，对身体不好……"

人越来越多，开始有人挤来挤去，临近十一点半的时候，大剧院中央在放歌,整个广场上人挤人。

张震大声道:"搭着前面人的肩膀!别走散了啊!"

许多高中生搭着同伴的肩膀开火车,举着充气锤挤来挤去,互相揍个不停,有人喊道:"赵遥远!赵遥远!"

人群又开始挤,远处有人在打闹,齐辉宇在喊"千年虫千年虫"。遥远被挤得和齐辉宇他们走散了,打电话时没信号,短信也发不出去。谭睿康跌跌撞撞地护着他,拖着他的手腕,朝人少的地方挤。

遥远静了一会儿,喊道:"张震!"

张震他们不知道去了哪儿,人来人往,潮水般的人群中只有遥远和谭睿康两个人。

远处传来倒数声:"十——九——八——"

谭睿康说:"倒数了,小远,新年快乐。"

"新年快乐。"遥远笑道。

谭睿康搂着遥远的肩膀,遥远仰头望向天空,最后一秒,分针与时针重合,广场上近十万人大声欢呼,气球从手里松开飞向夜空——预言没有应验,没有恐怖大王从天而降,也没有天崩地裂,取而代之的是无数声"新年快乐!"

新年如期到来。

所有人还陷在狂欢的情绪中,遥远喊道:"张震!鸡鸡!"

没有人回应,谭睿康道:"边走边找他们,朝深南大道上走吧。"

水泄不通的人流缓慢行动,到处都是搭着肩膀开火车挤来挤去的少年,谭睿康紧抓着遥远的手,以免在人群中走散。

凌晨一点,电话终于恢复信号。

"你现在在哪里?"齐辉宇问。

遥远在麦当劳里等谭睿康排队买夜宵,说:"上步麦当劳,你们呢?"

齐辉宇那边实在太吵，大声道："去莲花山看日出吧！张震说在人像那里等。我们走三中那条路！打不到车了！自己走过去！"

外面所有车都在路上堵着，不停地鸣喇叭，狂欢的队伍散进大街小巷，麦当劳与必胜客里挤满了人。

谭睿康买了热饮出来，与遥远在街上慢慢地走。遥远想起赵国刚，不知道他的车是不是还堵在路上。

往回走时，他在第二个十字路口的红绿灯处愣住了。赵国刚的宝马果然堵在路上，他在和副驾驶位上的人笑着聊天。遥远微微躬身走过去，在路边朝车里看，只见副驾驶位上坐着一个很漂亮的女人。

"小远，"谭睿康道，"别过去，听哥的话。"

遥远："……"

他拿着饮料的手不住发抖，想到赵国刚的车旁去说点什么，但能做什么，拉开车门让那个女人下来？不可能。

谭睿康说："你别多想，应该只是姑丈的普通朋友。"

遥远杯里的热巧克力洒了些出来，站在路边不住地喘气，谭睿康有点不知所措，最后走到他面前躬身，抬头看他的脸。

遥远在街上站了一会儿，继而离开了那个十字路口。

"小远！"谭睿康大步追了上去。

"小远，你有什么想说的就说，别憋在心里。"谭睿康走在他身边，时不时侧身看他脸色。

遥远深吸一口气，他的心里翻江倒海，只想大喊几声，或是找点什么发泄一通。谭睿康却很焦急，他生怕遥远做出什么异常的举动来。走着走着，谭睿康转过身，在遥远面前倒退着走，说："小远，不一定是你想的那样……"

遥远说难过倒也没有太难过，这种事情早在他心里翻来覆去地想了无数次，虽然一时无法接受，却也早已有了心理准备。看到那一幕的瞬间，比起伤心，他更多的是震惊。

赵国刚什么也没对他提过，这么说来，手机号码肯定也是那女人的了。

遥远现在的情绪只有震惊与愤怒，将无法改变现状产生的烦恼转移到对父亲的仇恨上。赵国刚一定是每天瞒着他和那个女人在一起，回家也不能通电话，两人躲躲闪闪的，生怕他发火，连儿子都瞒着，这算什么？

这算什么！

"我就这么让人讨厌吗？"遥远说。

"小远……"谭睿康正想找个理由让他安心，听到这话不由得一怔。

遥远道："我是不是让人觉得很烦？很不讲道理？"

"怎么会？"谭睿康说，"怎么突然这么说？"

遥远摇了摇头，谭睿康道："你很好，小远。别胡思乱想，说不定完全不是你想的那样。"

"他背叛了我妈！"遥远眼里全是泪水，朝着谭睿康大叫道，"他对不起我妈！我妈把她所有的钱拿出来给他创业！和他一起来这里拼搏！他的公司！他的钱！他的家！没有我妈的支持！他就什么都不是！"

谭睿康静了，叹了口气道："小远，你不懂，别管了，这不是你能管的。"

"你才不懂！"遥远失去理智般地吼道，"你懂不懂什么叫一辈子？你懂不懂什么叫从一而终？你才是不懂的那个！"

十年生死两茫茫，不思量，自难忘。

遥远擦了把眼泪，神情恍惚地在街上走。他曾经很喜欢这首《江城子》，初中读到时为之惊叹，既感叹天人永隔的无奈，又为苏轼的情感所深深打动。他一直觉得赵国刚对自己母亲的情感就像苏轼悼念亡妻一样，也相信赵国刚曾经沧海难为水，除却巫山不是云，这个世界上不会有谁比他去世的母亲更好。

张震的朋友和另外一个女生在莲花山公园门口等，给来等日出的朋友指路："张震他们在山坡上喝酒，你进去直走，在卖风筝的小店后面拐弯，沿着小路上去就找到他们了。"

谭睿康点了点头，张震的朋友看遥远的神色有点不对，问："牛奶仔怎么了？"

遥远摆手示意无妨，他们到聚会地点时，半夜三点，大家都很兴奋，有的盖着外套小声聊天，有的凑作一堆吃花生。

"怎么了？"

"牛奶仔，不开心吗？"

"被欺负了？"

有人问道。

遥远摆手在一旁坐了下来，齐辉宇过来搭他的肩膀，小声道："什么事？"

齐辉宇、谭睿康、张震与遥远四人坐在一个小铁桶旁，铁桶里烧着从风筝店里买来的木炭，火光映在他们脸上。

遥远说了个开头，齐辉宇就猜到了，大家都没有说话，静静地看着火桶。

"什么从一而终，"齐辉宇随口道，"都是假的，别往心里去了，苏轼还娶了小姨子呢，前几天上课我们老师刚说过。"

众人都笑了起来，遥远也笑了笑。

谭睿康没有说话，摇了摇头。

张震说："我们小区对面，我念初一那会儿，就有个女的得了癌症不敢说，怕家里没钱治，想把钱留给孩子，但她脾气不好，后来和她老公吵架，跳楼死了。"

遥远道："吵什么？"

张震道:"一件鸡毛蒜皮的小事,她老公到她死了才知道这事,觉得挺对不起她的,哭了很久。后来那男的该吃吃该睡睡,国庆的时候又结婚了。这才两年多点,小孩子都有了。原来的小孩跟外公外婆。还好那男的把钱都给了小孩的外公外婆,不然娘家还不知道得怎么闹呢。"

齐辉宇说:"早让你来一中又不来,来了多好,咱们住一个宿舍,眼不见为净。"

遥远道:"现在还能转校吗?"

谭睿康道:"小远,别这样。"

遥远叹了口气,才过了半个学期自己的成绩就烂成这样,想转校也考不进去。他平生第一次有这么多烦恼,睡觉吧,睡一觉就好了。

他躺在草地上,谭睿康把外套脱下来给他盖上。片刻后保安过来,让他们不要生火,张震就把火浇灭,起身与朋友去玩焰火了。

仙女棒的火花璀璨四射,在夜空中划出一道道亮光。

这里几乎成了三中的大本营,高中部和初中部的学生都来了。秦曜还和一个女生嘻嘻哈哈地追打,跑得飞快。

遥远醒了,齐辉宇不知道去了哪儿,谭睿康还在身边,东边露出一抹鱼肚白,旭日的曙光洒向山腰,新年的第一抹阳光到来了。

当天,遥远请玩得好的朋友吃了顿早茶,大家在公园外道别,约好寒假去海边玩,便各自回家。

遥远心里还想着那事,回家时见赵国刚的房门关着,应该已经回来睡了。

元旦当天他睡了一整天,下午四点才起来,看见赵国刚和谭睿康在餐桌旁说话。

赵国刚见到儿子起来了,说:"宝宝起来了?去刷牙洗脸,把头发上的颜料洗干净,晚上带你们去小梅沙吃海鲜和乳鸽。"

遥远道:"还有谁去?"

赵国刚说:"公司的叔叔阿姨,都是你认识的。"

遥远没提昨天那事,也没和老爸闹,换了衣服洗好澡后,赵国刚下去开车。遥远收拾了一瓶喷雾消毒水,跟在他爸身后去停车场。

打开车门后,遥远开始朝副驾驶位上喷消毒水。赵国刚静静站着,谭睿康不敢说话。

遥远先把副驾驶位上能看见的地方全喷了一次,又拿干布擦拭,蹲在车边擦完座椅擦前板,赵国刚的脸色变得很难看。

"你干什么?"赵国刚说。

"有别的人坐过我妈的位置,"遥远认真地说,"消个毒而已,走吧。"

空气里弥漫着消毒水味与赵国刚父子的低气压,谭睿康坐在后座不敢乱动,也不敢说半句话。

赵国刚时不时地出口气,仿佛十分烦闷,遥远则面无表情地倚在车窗边看外面的风景。

当天赵国刚请生意伙伴和老朋友们吃了顿饭,遥远扫了一眼,没有发现昨天坐在车上的那个女人,当着父亲朋友的面,他又恢复了好学生的模样。

大部分人遥远都认识,跟着父亲不止见过一次,彼此熟络有话可说。

赵国刚又介绍自己的外甥,谭睿康是第一次参加这种场合,说了几句话,因为无足轻重,便不怎么被提起了。毕竟亲疏有别,就算跟着遥远他妈那边,谭睿康也只是个外甥,他们也不认识谭睿康的父亲,自然无人特别在意他。

大人们喝得满脸通红,一名大叔是赵国刚下乡时期同农场的知青,豪放地笑道:"小远,我跟你爸说好了,等你大学毕业,就来当我的秘书,你可得好好学习!"

那大叔可是一家上市公司的总经理,说出这话时,赵国刚便笑了笑,说:"小远,还不谢谢伯伯。"

遥远对自己的前途与工作没有多少感觉,虽然知道这话一出口等于敲定了无数人羡慕的未来,却也不甚在意,笑着说:"还有我哥呢,我俩一起的,也顺便帮他找个工作吧。"

谭睿康:"……"

赵国刚忍不住哈哈大笑。

那人喝醉了,笑道:"没问题!你和睿康的工作都包在伯伯身上!"

谭睿康忙道"谢谢""谢谢",这么一来就沾了遥远的光。

席间数人在谈下乡的事,又说到这几年的建设开发,某某地方有商机……

遥远吃完饭便告辞了,出去看海捡贝壳。

"小远,"谭睿康说,"谢谢。"

"什么话,"遥远坐在沙滩上,说,"对他们来说,安排个工作是很简单的事。况且你学习这么好,以后谁仰仗谁还不一定呢,你要是上了清北,去他们的公司上班简直是便宜他们了。"

谭睿康叹了口气,说:"不,小远,这很重要,我明白的,这年头学习再刻苦,都是为了以后有份好工作。"

"怎么能这么说?"遥远身子往后靠了靠,两人并肩坐在沙滩上,海浪翻涌。

遥远出神地说:"知识是心灵的眼睛。虽然咱们学的有限,但学习也不完全只是为了以后的一张文凭。"

谭睿康有点意外,没料到遥远会说出这样的话来,有关德雷克斯的书他也看过,家里书架上就有,但遥远这么说,忽然就令他心里生出钦佩之情。

"你总是有这么多新奇念头。"谭睿康自叹不如。

遥远还在想赵国刚的那件事,他忽然有点自暴自弃,不想念书了,离开家去打工,到处流浪。

"你以后想做什么?"遥远问谭睿康。

谭睿康想了想,说:"像姑丈那样开个公司,赚钱,过好日子。"

遥远心道真是庸俗的理想,谭睿康却笑了笑,注视着遥远,说:"小远,你呢?"

遥远还在想,谭睿康说:"你以后一定是个很了不起的人。"

遥远嘴角抽搐,说:"你别这么捧我,鸡皮疙瘩都起来了。"

谭睿康忙道:"不,我是说认真的,以后你的前途一定比我广阔,因为你的理想比我广,你接触的东西发展空间更大。"

遥远想起有次赵国刚问他想不想出国留学,他完全没兴趣,不想离开家。

"我以后想当个画家,"遥远说,"或者卖唱的歌手,到处去流浪。"

"画家不错,"谭睿康笑道,"歌手就算了,太苦,我支持你,以后我赚钱给你出旅费。"

遥远:"……"

遥远只觉得很好笑,谭睿康果然还是不能理解流浪情结,不能理解夕阳与大海。

虽然这些遥远也没亲眼见过,就算现在给他一张机票,他也绝对没胆子上飞机就走。

但他总得寻求点什么来改变自己的想法,尤其是在对父亲产生了这种近乎绝望的情绪后。昨天晚上他翻来覆去,想做点什么,却没有一个好的念头,最终只能从看过的书里简单模仿——自然不是真的做,许多事情都只是说说而已。

但是为什么旅行家都是女的？

这个问题困扰了遥远相当长一段时间，直到他某天买到一本改编作品，当然这是后话。

那天谭睿康谈完理想，遥远没多提这些事，因为可实现性太低了，况且他还很懒。

赵国刚喝完酒，叫公司司机过来开车载他们回去，遥远和父亲都没再提那个女人的事。元旦的第二天赵国刚也放假了，遥远做完习题去买了张碟回来，躺在沙发上和谭睿康看碟，赵国刚则买了菜下厨，做饭给两个孩子吃。

电影开场时的一声哭喊把赵国刚吸引了过来，主角被剁掉多余的那个手指头，看得谭睿康呆住了。

"你不是看过这部片子？"赵国刚随口问道。

"想再看一次，"遥远说，"我哥也没看过。"

谭睿康说："我没关系，姑丈看吧，我去洗菜。"

赵国刚示意不妨，说："姑丈好几年前就看过了。"

赵国刚喝了两杯茶，进厨房里做饭，客厅里的声音不断传来，看到描眉毛的那一幕，遥远不禁红了眼眶。

终场后出字幕，遥远叹了口气。

谭睿康也叹了口气，说："确实挺感人的，哎，不过他俩不合适……只能落得这么个下场。"

遥远道："这跟合不合适根本没关系好吗，重要的是那种相伴的情感。"

这时，赵国刚道："吃饭了。"

饭桌上遥远还在说："这只是……把阻力矛盾表象化，作为一个表现手法而已。唉，算了，你不懂的。"

赵国刚说："我书架上有一本《中国电影四十年》，睿康可以拿来看看。"

谭睿康点头，赵国刚把两个鸡腿分给他们，一人一个，又夹着鱼划出鱼腩肉给遥远，另外一边的鱼腩肉夹出来给谭睿康。

"快期末考了，有信心追上来吗？"赵国刚说。

遥远说："有。"

谭睿康说："小远一定能行。"

赵国刚说："小远聪明像他妈妈，你们谭家读书都很厉害，睿康的爸爸是可惜了，为了照顾两位老人去当兵，否则可以考个好大学的。"

谭睿康笑道："大奶奶还说他不是读书的料。"

赵国刚"哎"了声，说："别听她说，你们家那边的都聪明。"

赵国刚每次都能恰到好处地把一碗水端平，就连表扬也是，片刻后又漫不经心地说："小远，爸如果哪天再给你找个妈妈，你愿意接受吗？"

饭桌上静了，谭睿康不敢说话，起身去添饭，遥远想了想，说："可以。"

赵国刚沉默地注视着自己的儿子。

遥远又道："这是你的自由，我反对也没有用，前提是她不能和我一起住，不能进我的家一步，因为这个房子是妈妈留给我的……"

遥远说着说着眼泪就下来了："我尊重你的选择，你可以结婚，但我不会和她说一句话，你也别带她上门……"

遥远的眼泪在眼眶里滚来滚去："你别在我面前提到她，我就当不知道。"

赵国刚说："你不答应，告诉爸爸你不答应就可以了，说这些做什么？"

遥远擦了把眼泪，赵国刚也有点忍不住，叹了口气，眼眶通红，说:"知道了,宝宝说了算吧。"

遥远放下筷子,拳头抵在鼻前,难受地吁了口长气,眼泪止不住地朝下流,最后趴在桌上,拼命喘气,大哭起来。

谭睿康过来,摸了摸遥远的头。

吃过饭后遥远回房间,谭睿康收拾桌子洗碗,他从厨房的阳台听见赵国刚在房间里打电话。

赵国刚说:"对,小远太小,没办法接受,他很爱他的妈妈……"

谭睿康静静站着听。

"别再等我了,不,我不值得你这么等下去……再过几年也不一定行,高考完也……不行,我想通了……不能耽误你。"

赵国刚说了很久,非常为难。

"好吧,再等等,以后再说。"赵国刚结束了电话,最后一句说的是"我也爱你"。

烟味飘了起来,一星红点在夜里消散,窗外星空灿烂,冬夜在繁华的灯火中逐渐苏醒,又是新的一年。

期末考来了,这次遥远说不出的紧张,生怕自己进不了年级前十,那将彻底完蛋,说不定他的成绩再也不能回到从前了。

越是在乎就考得越砸,考试前几天,他简直有点精神分裂了。

幸亏有谭睿康陪着他,不停地跟他说没事的,尽力就行。最后谭睿康连作弊的保证都拿出来了,答应如果试题太难的话就递纸条,遥远才松了口气。

双重保险,有备无患。

两人的学习场地从以前各自的房间转移到餐桌上,每天晚上人手一杯牛奶,凑在餐桌前学习,累了就起来吃点零食或者聊会儿天。

遥远边转笔边做题,忽然心头一动,抬头时发现谭睿康背单词背到一半,呆呆地看他,看得有点恍神。

"干吗？"遥远摘下耳机，疑惑地问。

谭睿康摇头笑了笑，继续背他的英语单词。

期末考如约而至，遥远没有找谭睿康要纸条，他的自尊不允许他做这种事，只是埋头做试卷。

许多知识点都是习题上做过的，理科终于追上去了。让人意外的是，遥远的英语考砸了，但没关系，他终于感觉到努力没有白费。

谭睿康这次考了年级第九，遥远考了年级二十八。

高中的前十名竟然这么难进，遥远意识到接下来的三年里，无论如何都不能放松。

当南国的春天再次来临时，两人走在放学的路上，谭睿康忽然说："小远。"

"什么？"遥远说。

谭睿康说："以后咱们工作了，结婚了，生了小孩，两家人还住一起吧，可以彼此照顾。"

遥远笑了笑，从来就只有谭睿康照顾他，自己好像没怎么照顾过谭睿康，正想这事时，谭睿康把手里的奶茶杯朝他晃了晃——那是中午遥远给他买的奶茶。

谭睿康笑道："以后一起下班，出来买奶茶喝。"

"好啊，"遥远说，"还有我爸，咱们就住现在的这间房子吧。哦，可能住不下……要买个大点的，银湖区那种别墅，让他再给咱们买辆车。"

谭睿康想了想，还是没说什么，点了点头。

春天转瞬即逝，玉兰花的花瓣在风里飘零，遥远的成绩始终没有排进前十，高中的高手实在太多了，个个都拼了命般地在学。

遥远真不知道这些人哪来这么多时间，他们都不用睡觉的吗？而且怎么一个两个成绩都这么好？

遥远的心态不知不觉发生了转变，他也觉得谭睿康的数学成绩很不可思议，他怎么能把数学全做对？

遥远做习题是做一遍，谭睿康也是做一遍，然而当再碰上差不多的卷子时，一百分的卷子遥远只能考八十到九十，谭睿康却能拿满分！

最后遥远只能把这个差别归结到天赋问题上来，承认现状令他相当沮丧——他的理科不行。

承认自己身为一个男生没有什么理科天赋，对遥远来说是很无奈的事。

谭睿康则不厌其烦地跟遥远重复他很聪明，他有什么小心思自己都知道。遥远也不瞒他了，笨就笨吧，反正世界上笨的人这么多，自己也不是垫底的那个，换句话说，就算是最笨的，也很有特点不是吗？

在日积月累的打击与谭睿康的光芒下，遥远开始习惯，知道自己不是天底下最聪明的人，也知道自己不是天底下最帅的。

这一年在作业和习题间悄然逝去，遥远的高一就这么结束了，回头望去，他自己都觉得有点不可思议。

高一结束的暑假，遥远送给谭睿康一本专门讲世界名画的书。

谭睿康则去给遥远和自己报了一期美术培训班，一起学画画。

遥远完全没料到谭睿康还记得当时在海边彼此说过的梦想。想当画家只是随口说说而已，他对画画本来就没太大兴趣，但既然谭睿康为他报了名，便不得不去了。

谭睿康经过认真对比，报了一个在本市很有名的老师的辅导班，于是他俩从七月份便去青少年宫，从零基础开始学画画。

这种辅导班的学生都是为了冲高考美术班和艺校才去学的。那个女老师本来就相当有名气，费用也很贵，她教出不少中美、广美与川美的学生。遥远自然不可能真的去读美术，一来功底不够，二来也不想当画家。但不用上晚自习，多学点东西总是好的，来日也多一门炫耀的技能。

老师教得很认真，关于素描、速写与色彩，遥远学到不少东西，而且觉得很有意思，还喜欢对照自己买回来的书自学印象派的点画法。谭睿康则天生绘画天赋欠缺，不管是素描还是水粉，都画得犹如野兽派般气吞山河。

老师很会激励学生的竞争，一周三次课都在晚上，每次学生画完，她都会把前十一名学生的习作拿出来，从左到右放好画板并依次评论优缺点，最左边的是她认为画得最好的，最右边的则是最糟糕的。

第一次去的时候谭睿康和遥远的习作理所当然地排在最后，接着一次又一次，遥远的画一点点朝前挤，谭睿康的野兽派画作还是最后一名，遥远的则挤进了前三。

晚上放学时，遥远边喝着奶茶边说："我觉得你画得很好啊！她今天都说的什么鬼东西！怎么老拿你来当反面教材呢？"

谭睿康刚被全班嘲笑完，悲愤道："其实我也觉得我画得很好！你看！明明就是大画家的风格啊！"

遥远说："你的画有种狂野的张力，像塞尚的画，我最喜欢这种，你千万别灰心。"

谭睿康谦虚地说："哪里，小远，你的水粉画才好看，像凡·高的。"

两人上车刷卡，到最后一排坐下，遥远兀自道："别提了，凡·高生前只卖出过一幅画，还是他哥买的呢。"

谭睿康莞尔道："创作都是这样的，知音难求，以后你的画我都包了。"

为期四个月的美术班结束，虽然学得不是很深入，但遥远觉得足够了，他的生性还是好动，自认为不可能坐在画架前一画就是一天。

赵国刚看过两人的画，言明以后可以当兴趣，高考就不要考虑了，乖乖学文化课吧，高二很重要，是整个高中的转折点，得认真学习。

那年深秋，遥远已经过了生日喜欢请吃请喝，叫上一群人庆祝的年纪了。当天他和谭睿康早早回家，他知道谭睿康肯定不会忘了他的生日。

"弟，送给你的礼物，祝你生日快乐。"谭睿康笑着从挎包里取出一个速写本。

遥远心道，当着面送礼物真是太肉麻了，但不知道为什么，谭睿康的笑容总是有把肉麻化亲切的神奇功力。

遥远努力控制自己不要笑得太明显，摸了摸鼻尖，说："嗯，谢谢。"

他翻开速写本，上面是小时候的他。谭睿康的笔法一如既往的狂野不修边幅，前几页遥远的面容不太明显。

速写本上有狗，有院子，有树，有花，那是他们曾经在乡村过的夏天。

一张又一张，彼此的记忆已经模糊了，中间遥远长大的样子谭睿康不知道，只能凭自己的想象。

但随着后翻，十五岁的遥远栩栩如生，谭睿康还加上了沙发、鱼缸的背景——那是他到遥远家的第一天。

十六岁的那页是用透视技法画出的道路，树叶在空中飘扬，遥远背着书包，独自走在放学路上。

十七岁那页画的是中巴车站，陈旧的铅笔技法描绘出光影变幻，遥远与谭睿康站在车站等车。

最后一张是彩色的，谭睿康不知道从哪儿找出遥远小时候用过的彩色铅笔，上色上得非常小心，面容栩栩如生。

上面是遥远一手撑着脑袋，耳朵里塞着耳机，在餐桌边做作业的场景，旁边是谭睿康的漂亮签名以及"生日快乐"四个字。

遥远又收到一份意义非凡的生日礼物，他将它视若珍宝，小心地收藏起来，把它和报纸、纸箱放在一起。

第八章　离别

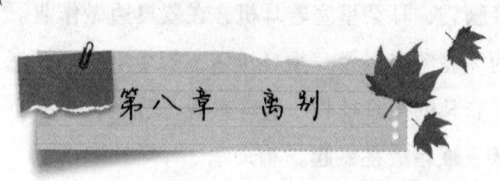

高二的生活不温不火,下半学期,又一条人生岔路摆在了遥远面前——分科。本市作为高考扩招、改革的试行点,开始废除文理分科,改而推行3+2X科目,即语数英外加一门学生自择科以及所有科目加在一起的大综合。

春夏交接时人总有点说不清楚的烦躁,遥远和谭睿康领到表,谭睿康的理科很好,物理化学几乎都是年级前十,生物也不错,肯定会在这几门里选一门。

遥远就倒霉了——理科和文科差不多,硬要说的话历史、政治学得还好点,但遥远完全不想念文科,背书太痛苦了。

文科有什么不好啊?遥远自己都想骂自己,但他就是放不下,心里梗着什么似的。

这一年对他来说,是人生中最重要的一年,在这一年里发生了太多的事。

谭睿康问:"小远,你X科想学什么?"

遥远也很头疼,按照分数最优的话,应该学政治,政治是文科里高考前景最好的,可以报法律、金融、管理等专业,但他一看到政治就烦,不想背。

谭睿康学物理,早就想好的,遥远想了想,说:"我也学物理吧,物理或者化学。"

"关键是你自己想学什么，"赵国刚在帮遥远做决定的时候说，"你的英语不错，大学读英语专业，毕业以后可以进入外企，或者做文秘工作。你谢伯伯不是让你毕业以后去当他秘书吗？"

遥远道："哦。"

赵国刚看着遥远，遥远道："那我也学物理吧。"

赵国刚："……"

遥远道："我跟谭睿康一起。"

这次确实是遥远在拿谭睿康当挡箭牌，他想和谭睿康一起，赵国刚只得作罢，随他去了。

"喂！中国加入世贸了啊！"班上同学开始传，"中国加入WTO了！"

遥远一听就抓狂，从此综合科和政治论述题上又要多一道大题了！

七月份的某一天，晚上放学后，电视机里传来声音——申奥成功。

刹那间整个城市同时响起欢呼声，遥远第一次见到这种阵仗，那时候他正在热牛奶，仿佛大街小巷都大声欢呼起来。

"怎么了？"遥远以为有什么事发生了，忙跑出客厅。

"申奥通过了！"谭睿康拿着遥控器，兴奋地大叫道，"我们要办奥运会了！"

遥远登时惨叫道："饶了我吧！综合科还考不考了啊！"

果不其然，高二的期末考，几乎所有卷子都加上了奥运会专题，语文是奥运阅读题，数学是应用题，物理是计算奥林匹克中心的建筑物力学，地理是举办奥运会的优势，政治是分析中国国力……诸如此类，连化学和历史也来凑热闹。

"加入世贸会有什么影响？"遥远拿着政治考卷问，"爸，不要把你的脚放在茶几上。"

赵国刚边按遥控器边说:"关税降低,产业有更大的发展;工业成本降低,到处都是商机,人民币升值,经济与全球接轨……"

遥远说:"是好事吗?"

赵国刚沉吟片刻,而后说:"是。"

"短期内你看不到改变,但或许在八到十年,影响就会逐步展现,让你的生活发生天翻地覆的变化。房市、股市、物价、民生、价值观、消费观,这些都会慢慢改变。传统儒家文化与全球经济文化体系发生碰撞,就像改革开放初期那样。"

"南国的发展过程就是全国的一个缩影。"赵国刚说,"不知道下一波股市狂潮什么时候来,估计也快了。"

谭睿康也不清楚这预示着什么,问:"姑丈,生活会变得更好吗?"

赵国刚又说:"说不准,看各自的命。谁能预测以后会怎么样呢?物质和经济会再次腾飞是一定的。"

赵国刚在两人的表格上签了字,谭睿康交了表,准备分班期末考。

遥远的成绩排得进年级前三十,谭睿康则徘徊在七八名。照这么下去,就算考不上清北,念个重点本科是绝无问题的。

期末考完了以后英语老师点了几个同学的名字,让他们到办公室去。

"啊?"遥远道,"我不去了,把名额让给其他人吧。"

英语老师说:"课代表,你说的什么话?你是代表我们学校参赛,怎么能不去?"

遥远想到暑假还要复习、比赛就烦,况且如果通过了还要去参加英语夏令营,足足要一个月,他说:"谭睿康英语也很好,为什么不叫他去？他去我就去，他不去的话，我暑假还要和他回老家，没办法参赛啊。"

先前遥远确实和谭睿康说好，今年暑假回一趟老家看外婆，不回去的话，外婆一年老过一年，也不知道还能见几次面。

英语老师说："回老家什么时候不能回去？一定要今年去吗？"

遥远说："可我外婆已经八十七岁了。"

英语老师在遥远的逻辑前已经有点抓狂了，黑着脸把名单一摔，说："不去算了，把名额让给别人。"

遥远从初中开始就天不怕地不怕，软硬不吃，听到后蹦出一个字："哦。"

英语老师："……"

遥远礼貌地告退，回到教室收拾书包，然后打了会儿篮球，等谭睿康放学一起回家。

"小远！"谭睿康进篮球场找遥远，遥远大汗淋漓，说："又干吗？"

"英语比赛你怎么不去？"谭睿康说，"高考能加分的！"

遥远道："比赛前三名还要去参加夏令营啊，哪有这么多时间。"

遥远在小卖部买汽水，谭睿康跟在后面，说："老师快被你气死了。"

遥远把一罐醒目递给谭睿康，走出校门，说："她让你去了？"

谭睿康接过汽水打开喝了一口："她让我来劝你，表在我这里，咱俩至少要去一个。"

遥远道："那你去吧。"

谭睿康道："好，我去了啊。"

遥远黑着脸，不搭理谭睿康。

两人穿过校门外的小路，谭睿康问："你为什么不愿意去？"

遥远一脸不耐烦地看过来,谭睿康忽然释然了,笑道:"你想跟我一起过暑假?"

"谁想跟你过暑假?"遥远真是服气了,说,"我是想回家看外婆!比赛外加夏令营,要折腾到八月底,哪有时间去?"

谭睿康道:"去比赛是好事,大奶奶一定也支持你的。"

遥远道:"不去,我说不去就不去。"

遥远把书包背带顶在额头上在前面走,谭睿康在后面跟着。两名青葱少年走过夏日的黄昏,谭睿康说:"要么这样,小远,八月二十五号我在星城等你,接你回去?咱们在家里待六天,再一起回来上学。"

遥远站在公车站前注视谭睿康,谭睿康说:"就这么定了。"

"你定了有用吗?"遥远炸毛道,"别胡乱替我做决定,不去就是不去!要去你自己去!"

谭睿康没有发火,却笑了起来,两人面对面站着。

"我说定了就是定了。"谭睿康道。

谭睿康的变声期已结束,嗓音带着迷人的磁性,说话间隐约有股不容置疑的意味,皮肤还有点黑,嘴唇上带着毛茸茸的胡子,高了遥远半个头。此刻,把手臂搭在遥远肩膀上,并肩站在公车站前等车。

当天英语老师打了个电话过来,竟奇迹般地又争取到了一个名额。

谭睿康傻眼了,遥远趴在桌子上看习题,漫不经心道:"跟我爸说了下,懂了吗?"

谭睿康又一次见识到遥远的小聪明,翌日两人去复印了表格,一起报名参加英语竞赛。

遥远本以为谭睿康也能拿到名次,没想到经过一个暑假的复习，却连全区前三十都没进。

"怎么可能？"听着英语老师的电话，遥远说，"你英语也很好的啊！"

谭睿康抱歉地笑了笑，说："我不行，我都是死记硬背的，只知道做题，不像你平时都看那些英文小说，比赛就看出真实水平了。"

一二三等奖的获奖者要去参加海岛青少年英语论坛，顺便进行为期二十天的英语培训。谭睿康没得到名次，遥远当场就傻了，这意味着他要一个人去夏令营！

这将是遥远从小到大真正自己去经历的第一次，没有父亲，也没有谭睿康，离开家庭去过集体生活……不对，谭睿康什么时候变得这么重要了？

"那我不去了，"遥远朝电话里说，"我要回老家。"

"别开玩笑了！"谭睿康马上紧张地抢过电话，朝那头的英语老师说，"遥远去，您帮他报名吧。"

"你才别开玩笑了！"遥远抓狂地喊道，抢过电话。

"怎么能不去？"谭睿康又抢过电话，说，"去！一定去！谢谢老师！老师再见！"旋即迅速把电话挂了。

遥远终于说了实话："去你的吧！你不去谁给我洗衣服？"

谭睿康："……"

组合音响里放着歌，略带磁性的声音在客厅里回荡。

"我的小时候，吵闹任性的时候，我的外婆总会唱歌哄我……"

遥远忽然想起从前在老家待过的那个暑假，阴天的时候，外婆确实唱过歌，似乎是民谣。外公有风湿，下雨前脾气很糟，拿着拐杖打谭睿康。

偶尔谭睿康还会像个猴子蹲在屋檐下，抱着小小的遥远看雨水从屋檐上连成一条线，滴落下来。

"就这么刷，"谭睿康拿着刷子，两人挤在洗手间里，教遥远洗衣服，说，"来回刷几次就干净了……喂，你在想什么？"

"哦。"遥远面无表情地说。

客厅里一连串钢琴声，叮叮咚咚地带走了遥远的思绪。

"哥。"遥远说。

谭睿康："嗯？"

遥远看着洗漱台上大镜子里的谭睿康，问："我在老家住的时候，你知道我妈妈生重病的消息吗？"

谭睿康说："哎，都过去了，你怎么老记得这些事。"

遥远笑了笑，说："当时你就知道了对吧。"

谭睿康点了点头，表情有点愧疚，他确实从父亲与外公的交谈里听到了，却不敢对遥远说。那时候他们都太小了，他觉得遥远很可怜，便总是忍不住想抱他，给一点温暖。

小时候的遥远什么都不懂，一直到现在，有关他父亲的事，他也不知道。

谭睿康看着遥远的目光带着难以言喻的意味，想了许久后，说："你知道在哪个酒店吗？要不我和你一起去？住一个酒店，给你洗衣服？"

遥远满脸通红，炸毛道："你想我丢人丢到外校去吗？"

谭睿康哈哈大笑，赵国刚回来了，一看就知道发生了什么事，说："小远过了，睿康没过？"

谭睿康擦干手出来，遗憾地说："没有。"

赵国刚一锤定音："别管他，衣服不洗穿脏的就行了。睿康不去也行，可以在家考个驾照。"

遥远生平第一次出远门，全家都忍不住紧张起来。

当天，谭睿康给遥远收拾了包，吃的用的、中暑的药、治拉肚子的、万金油……全收拾进去了。

赵国刚又叮嘱了一番，第二天两人把遥远送到一中门口，谭睿康提着包，跟着遥远过去。

全是独生子女，父母挤在校门口比学生还多，彼此交流育儿经验。

赵国刚在和遥远的英语老师聊天，谭睿康则坐在台阶上，看遥远玩他的奖励——一部从港城买回来的掌中游戏机。

遥远穿戴亮眼，装备也一样，整个夏令营里他长得最帅气，电子产品最高级，手机最漂亮，旁边还跟着个戴墨镜的型男表哥，简直出尽风头，光耀全场。

遥远虽然已经不怎么在乎这些了，但能出点风头还是出点风头的好。

学生们陆续登上大巴前往机场，谭睿康给遥远放好行李，在车窗外朝他挥手。

遥远大声道："爸！我走了！"

正在与英语老师说话的赵国刚朝他摆手，示意再见。

这么一叫，车上不少学生的目光被赵国刚吸引过去，遥远又出了次风头。

大巴起行，兜里手机震动，谭睿康发来短消息。

【弟，玩得开心，你是我的骄傲。】

遥远嘴角略翘，把手机收好，继续玩他的PSP。

整个夏令营里采取英语交流，遥远英语学得好不是吹的，赵国刚深知外语的重要性，想好好培养这个宝贝儿子，便对他的英语抓得最紧，八岁时就让他听英语九百句。

遥远十二岁自学完四本《新概念》，外加一套《走遍M国》。

赵国刚还买回莎士比亚原著和《双城记》英文版让他读，上初三后他虽然松懈下来，高中没怎么碰，但那口流利的英式发音也足够令带团的外教刮目相看。

封闭式夏令营没有想象中那么辛苦，每天外教在咖啡馆里上课，喝点咖啡，用沙龙式的教学做做交流，下午学生们还可以去游泳。

遥远把玩法全摸熟了，心想以后可以带谭睿康来潜水。

导游带着他们去吃刚开的第一家肯德基，买椰青和西瓜，西瓜只要三块钱一个，可以当饭吃了。

唯一头疼的还是衣服，溅了西瓜汁完全没办法洗掉，只得塞进旅行袋回家再处理。

遥远给谭睿康发了几次短信，各自一切安好，谭睿康在考驾照。他已经满十八岁，赵国刚忙的时候他可以暂时充当遥远的司机。

来这里的第八天，遥远被同伴们扔下海一次，揣在兜里的手机湿了，没法开机，不知道是不是彻底报废了。

遥远当场就想骂人，转念一想，大家只是在开玩笑，手机坏了别人也赔不起，更找不到赔的对象，等拿回去以后修修看吧。

夏令营的第十一天了，遥远的衣服已经穿得皱巴巴的，刚知道酒店能帮忙洗衣烘衣，正在大呼上当时，忽听人道："赵遥远，有人找。"

遥远莫名其妙，怎么有人找到这里来了？他换上刚买的一套沙滩裤与花衬衣跑下楼，便看到满身大汗，背着包的谭睿康。

"你怎么跑这儿来了？"遥远大喜道。

谭睿康脸色不太好看，似乎十分疲惫，说："小远，你手机怎么不开机？姑丈让我过来接你。"

遥远道："怎么了？"

谭睿康道："大奶奶去世了。"

遥远对外婆的印象只有两次，一是小时候她给自己擦脸，力度大得令他脸疼；二是上次回去时，外婆笑眯眯地给他补衣服，说："遥远啊，有女朋友了带回家来看看。"

他站在外婆的遗像前，感觉十分陌生，死亡距离他太远了，不是发生在他没有那么亲近的人身上，便是发生在他还不懂事的时候。

身旁有人朝他说话，他只是无意识地点头，知道了外婆走得很安详。

那天谭睿康父亲的几个朋友来看她，还给她带了东西，她坐在屋檐下摘豆子，准备炒豆子招待客人。外婆聊着谭睿康爸爸的事，说着说着头越来越低，靠在门框边，没有答话，便带着微笑，安详地去世了。

无病无痛，还是八十七岁的高龄，称得上喜丧。

棺材送到县城的殡仪馆冷藏了，大热天总不能把棺材放在家里。谭睿康父亲的几个朋友在帮忙，外婆去世的当天就是他们请人来盖棺的。

寿衣棺材、丧葬费和坟地，全是外婆生前就准备好的，从前请人做寿衣的时候，外婆还笑呵呵地试穿，半点不忌讳，对着镜子端详，又朝送寿衣的女人说："再加条腰带吧，以后我就能穿得漂漂亮亮地去见谭老头儿喽。"

当时，村子里不少人笑着说老太太想得开，乐观。遥远听了也忍不住笑了起来。

谭睿康眼睛发红，忙前忙后，请人来搭灵棚，租了几个电风扇，在灵棚前请人喝茶，招待来吊唁的乡亲们。外婆和外公生前帮过不少人，一时间来了很多四邻八里来的人。

没人的时候，谭睿康就坐在灵棚里，红着眼睛发呆。

遥远知道谭睿康心里难受,又不知道该做点什么,许久遥远到谭睿康身边去,说:"喂。"

谭睿康:"嗯?"

遥远按开 PSONE 掌机,说:"给你看这个。"

谭睿康凑过去看,遥远按了几下,上面的超音鼠抱成个团,冲过悬崖,"嚯"的一声喷火,把怪碾成一张纸。

遥远说:"可以让它跳舞,你看。"

屏幕上的超音鼠吃了个苹果,跳来跳去,遥远蹙眉道:"但是这里我过不去,玩了一周都过不去,烦死了。"

谭睿康接过 PSONE,遥远过不了的地方他也过不了,两人凑在一起"哔哔哔"地按。片刻后客人来了,遥远便主动起身去接待,谭睿康还坐在角落里玩超音鼠大战。

足足一个小时后,谭睿康吁了口气,笑道:"过了!"

过了就好,遥远接过游戏机,心花怒放,示意他去招待。谭睿康洗了把脸,过来坐下斟茶。

第二天人更多,遥远送走了一拨,又来一拨,说:"人怎么这么多?"

谭睿康说:"大爷爷去世的时候人才叫多。"

遥远道:"当时怎么不叫我回来?"

谭睿康又去摆花圈,说:"那时你在小升初,不能让你分心。"

遥远看谭睿康忙碌着,自己却什么忙也帮不上,一直说:"我来吧,要做什么?"

"我来。"遥远说。

谭睿康道:"你别中暑,我就谢天谢地了。"

遥远:"……"

谭睿康笑了笑,让他坐下收奠仪,说:"你来记奠仪。"

遥远不会说本地话,便对着本子,收别人送的奠仪。谭睿康又去扯黑布，准备孝带，做麻圈，给他戴在手臂上，认真地说："小远，大爷爷大奶奶没亲孙子，我是二房，你是外孙，咱俩都隔了一层，也不分谁是谁了，都当亲孙子，一起戴孝吧。"

遥远"嗯"了声，把钱都收好，侧过身让谭睿康给戴麻。谭睿康又教他奠仪要写清楚，以后都要还回去的，都是人情。

两人忙活到半夜，外头熄了灯，漫天繁星现出来。谭睿康收拾起方桌条凳，在灵棚角落里支起钢丝床，铺上草席，和遥远脑袋碰脑袋地凑着数奠仪，记好账，彼此都松了口气，这一天才算完了。

安静的灵棚里，两人各自点了香，遥远倚在谭睿康的肩上，看正中间外婆的遗像，喃喃道："你怎么会做这些的？"

谭睿康专注地看着手里的香，问："哪些？"

遥远说："请人办丧事啊，联系搭灵棚啊，收奠仪什么的。"

谭睿康笑了起来，侧头看他，小声道："很了不起？你将来也会的。"

遥远道："我……"

遥远想了想，说不定某天他也会面对这样的问题，以后赵国刚不在了，他就要来联系这些，而他什么都不知道，连殡仪馆的电话都不知道。

谭睿康出神地说："我爸去世的那年，我也像你这么想来着，该怎么办呢？我得送他走啊，给他办丧礼，但是以前没人教过我，从来没有。我只好到处打听该怎么办，问大奶奶，问邻居，然后渐渐就懂了些，就会了。"

遥远明白了，谭睿康并不是为外婆的离世而伤感，毕竟她走得很安详很满足，去另一个世界找外公了。她留下这么两个"子欲养而亲不待"的小孙子，依偎在空空荡荡的灵棚前，心里填满了惆怅。

谭睿康心里难过，应该是想起了父亲。

遥远伸出手臂,搂着谭睿康,两人透过灵棚顶上的一个破洞,看见群星璀璨的夜空。

"亲人,父母,"谭睿康低声说,"他们总有一天会离开的,小远,剩下的路,我们都要独自走完。"

遥远道:"嗯。"

在那一刻,他的心底仿佛有什么被触动了。

"你也是吗?"遥远低声道,"你不会走的,对吧。"

谭睿康说:"我应该不会,嗯,我答应你,我不会。"

夏末的夜晚很凉爽,他们彼此靠着,遥远搂着谭睿康,谭睿康一脚踩在条凳上,两人沉沉入睡。

翌日,一只手摸了摸遥远的头,赵国刚的声音响起,说:"到里屋去睡。"

遥远睡眼惺忪地爬起来,进了里屋,一头栽在床上就睡。谭睿康则去刷牙洗脸,摆桌子椅子,准备招待今天来吊唁的客人。

晨起,村里热闹起来,赵国刚一到,遥远便感觉真正的一家之主来了,不用他和谭睿康撑着,毕竟办一场丧礼是很累的事。

赵国刚认识许多远房亲戚,也知道怎么应酬交际,他陪客人们喝酒,掏钱置流水席,联系回礼。

"奠仪一律只收两块钱。"赵国刚道,"多的退回去,咱们不缺丧葬费,不能要乡亲们的钱。"

外婆娘家那边也来了人,赵国刚尽心招待,又送了他们一人一份从城市带来的高档四件套。

吃头六时,整个村庄里一片喧闹,在灵棚里斗酒、猜拳,以豪迈的笑声送老人离世。

头七,青山皑皑,年轻人扛着棺材上山,赵国刚带着两个孩子在坟前磕头、点香,下来后开始散饼。他们回去收拾灵棚,就像一场必须上的戏,终于顺利开演,完满落幕。

遥远站在院子外把鸡抱着送邻居,笑着和他们说谢谢帮忙。把能送的都送了后,遥远站在家门口的马路上,意识到一件事——这是一段记忆的结束,老家已经没有亲人了,他们不用再在每个夏天回来了。

谭睿康曾经的家也伴随着最后一名亲人的离世,而彻底关上了大门。谭睿康母舅家人丁寥落,离得也非常远。从今以后,就只有他俩身体里流淌着真正意义上的一个家族的血。

就连赵国刚也算不上谭睿康的亲人,这个世界上与谭睿康有血缘关系的,只剩下遥远一个。

村主任拿着文件给谭睿康签,他和遥远都是继承人,外婆去世前就留下了遗嘱,谭睿康父母住过的老房子和田地归他,外公外婆的大屋,两间给谭睿康,两间给遥远。

除了些琐碎物事,还有二十克金饰,是当年外公买给外婆的,十克给遥远的媳妇,十克给谭睿康的媳妇。

老人嫌弃了谭睿康的父亲一辈子,总算在最后一碗水端平。

赵国刚朝遥远说:"你妈妈生前也说,老了以后想回老家种种田,养养鸡,来日等你们都工作了,把你妈妈的骨灰盒也迁回来,爸爸以后也葬在这里,你俩每年清明节回家扫墓方便。"

"这里不错,"遥远说,"哥,屋和地都给你吧,我不能要。"
他不能分谭睿康这点遗产,他已经拥有太多,谭睿康只有这点。
谭睿康笑道:"老人家的心意,怎么能不要?"
遥远道:"咱们谁要不是一样的吗?"
"是啊。"谭睿康点头,他抿着嘴角,拇指抹了红泥,以大拇指轻轻摩挲遥远的拇指,手指头挨着手指头,朝地契上一按。

"你也知道,咱俩都一样。"谭睿康轻轻道。

两个手印并排按在纸张最下面,不分谁的屋,谁的田,四份文件的承包所有人处,都按上了谭睿康和遥远的指印。

"放心吧,"谭睿康坐下签名,笑着说,"咱们以后都能赚很多很多钱,这里只是一个念想,不忙的时候可以回来看看。"

临走时遥远与谭睿康在院子外磕了三个头,谭睿康上前亲手锁上大屋的门。门合拢时,遥远看着外公昔年当兵的相片——他的笑容与谭睿康如出一辙。

高三来了,痛苦的晚自习又开始了。学校单独分出一栋新教学楼给高三,门口挂着"距高考还有×××天××小时××分××秒"的液晶显示牌。

高三的学生重新分班洗牌,物理与政治是最多人学的,各一个重点班一个普通班,遥远与谭睿康都分到了重点班,依旧一个坐前排一个坐教室最后,每天晚自习到十点才放学回家。

一开始所有人都冲劲十足,然而不到一周就全部疲了,用级组长的话来说这是一场长期抗战。遥远在第一周就消耗掉了所有斗志,哭笑不得地看着高考倒计时牌。

这是高考扩招后的第三年,高考不再是千军万马挤独木桥,然而全民大学生的观念还未曾深入人心,只知道上大学比以前容易了些。至于以前上大学有多难,遥远完全没有概念,只知道赵国刚非常紧张他和谭睿康的工作。

三中的学生分成两类,一类是读书读得浑身发热,一到午后三四点便脸上通红,心情烦躁的学生;另一类则是对酒当歌,醉生梦死,打篮球泡网吧,该吃吃该睡睡的学生。

后者全部找好了出路——出国留学。

只要花个六七十万,便能出去读预科班,归国后还能镀上一层海归的金。

遥远英语虽好,却一点也不想出国,一是不想去适应新环境,二是觉得高考拼一拼只要短痛一年,独自出国就要孤苦伶仃地长痛四年。

至于谭睿康,他肯定会读国内的大学,区别只在于上什么学校而已。

谭睿康和遥远不再分开吃饭,他们从初三开始,直到高三的这一年,才终于每天一起吃饭,一起打球,真正地把两人的学生生涯并成了一个圈。

"我挺喜欢吃这个,"餐厅里,遥远期待地拌着面前那份窝蛋牛肉快餐饭,"食堂的菜太难吃了。"

"中意你就食多。"谭睿康用蹩脚的粤语说道,又翻了翻手里的一本书,遥远被他逗得喷饭。

高三开学后的第一次测试成绩出来了,根据这次测试成绩,所有人都定下了目标,谭睿康桌前贴着的小纸条是"清华",而遥远桌前贴的小纸条则是"北大"。

难度相当大,遥远觉得谭睿康可能会考上,自己则不可能。

他有时想起这事就觉得挺悲哀的,两人的差距在不知不觉间越拉越大了。但谭睿康一如既往地给他讲题,督促他读书,从未有半点松懈。

"小远,你不高兴?"谭睿康从书里抬起头。

遥远摇了摇头,说:"我可能考不上北大了。"

谭睿康先是一怔,继而笑了起来,乐了一会儿,遥远蹙眉道:"很好笑吗?"

谭睿康忙摆手,说:"吃吧。"

遥远眉毛拧成一个结,黑着脸把饭吃完。谭睿康喝了口饮料,说:"要不咱们去羊城读书吧,去羊城也一样的。"

遥远道:"开什么玩笑。"

谭睿康说:"我也觉得我考不上清华,太难了,每年全市才两三个人考上,全省也就几十个,黑马又多。就算过了录取分数线,也不一定能选到自己喜欢的专业。"

谭睿康虽然念书很刻苦，但学习这玩意儿永远是天外有天，人上有人。成为优秀学生固然是靠实力，但当状元确实不可避免地需要实力与天赋。

遥远对自己的认识还是很清醒的，有些事情无论怎么努力都不可能达到。

"先读完这个学期再说吧，"遥远说，"看看一模成绩怎么样。"

两人吃过饭回去上晚自习，入夜时教室里只有几个人，遥远道："怎么了？今天不上晚自习吗？"

"都去食堂看新闻了！"一个男生道，"M国大楼被飞机撞了啊！你们不知道？"

谭睿康道："怎么回事？"

好几个男生在那里绘声绘色地描述："就这么撞过去，大楼'哗'一下全垮了下来——"

遥远像在听天方夜谭，两人跟着跑去食堂，只见食堂里挤满了人，全在兴奋地大叫，电视上重复播放电视台的新闻，某组织劫持客机撞向M国大楼。

灾难片一般的场景，所有人啧啧惊叹。

遥远心想还好没选政治，万幸万幸，这一年发生的事情实在太多了，比他从小到大经历的还多。

"都去上晚自习！"级组长过来了，训斥道，"回去！马上就要高考了！"

学生们纷纷回教室，整个晚自习大家都在兴奋地讨论。

遥远回家时，赵国刚在看电视。

"这个估计也要成为你们综合科的考点了，"赵国刚说，"准备点资料看看。"

"哦——"遥远无精打采地回房间去，每天回家后已经没时间学习了，洗洗就准备睡觉。

他在洗澡的时候听见赵国刚问谭睿康这段时间怎么样，谭睿康不知答了些什么，他洗完出来时赵国刚又道："宝宝。"

"干吗？"遥远道，"我已经高三了，别这么叫我。"

赵国刚莞尔道："你就算八十岁也是宝宝。"

谭睿康笑着去洗澡，遥远坐在桌前热牛奶喝，赵国刚说："考不上北大没关系，你哥也觉得目标定得太高了，大学在本省读，以后考清华北大的研究生也一样。"

"好吧。"遥远敷衍地说。

赵国刚过来摸了摸遥远的头，说："与其去挤十大名校的冷门专业，不如选一个热门专业。你们这一代是最不容易的一代，估计等你们毕业，大学生就不值钱了，所以专业技能才最重要。"

"读完大学，再读个硕士，读完硕士后出国深造。"赵国刚说，"这才是最符合你们的发展路子。你哥英语不行，以后还得督促他多用点功。"

遥远不明白赵国刚说的话，开什么玩笑？！这么读下去要读到什么时候？岂不是一辈子都在念书了？遥远实在不想再读下去了，学生生涯不知道哪天才是个头。

高三的生活疯狂而沉闷，核电子跃迁层级、平面解析几何……连篮球场都没人去了，全在教室里疯狂地学，他们时而觉得信心满满能考个好学校，时而又觉得前途一片黯淡，一张小测卷就足够让人哭得崩溃，也足够让人笑一晚上。

遥远的新同桌有点神经质，总喜欢喝完饮料后把塑料瓶塞在课桌里，一上课就喃喃念着什么，搞得遥远完全无法集中注意力，两人大吵一架，遥远甚至想去政治班叫张震带一群朋友来揍他。

最后遥远满肚子火地把桌子拉开，搬到墙边去坐了。

晚上，遥远对着一杯牛奶，只觉得犯恶心，悲惨地大叫道："我还是出国算了！"

谭睿康笑了起来，说："出国有什么好，还是要回来的，姑丈又不会和你一起出国。"

遥远一想也是，简直快绝望了。

两人刚洗完澡，肩膀上搭着毛巾，头发湿漉漉的，坐在餐桌前聊天，排遣一天的压力。

要是没有谭睿康，遥远自己一个人肯定撑不下去的。回顾这些年里，如果失去谭睿康，他还不知道要堕落到哪儿去，估计从高一开始成绩就越来越差，最后和张震他们去念普通班，等赵国刚送他出国。

"哎。"遥远疲惫地说。

电话响了，遥远去接电话，那边是齐辉宇的声音。

"牛奶仔，"齐辉宇笑道，"生日快乐。"

"啊！"遥远这才想起今天是自己的生日。

三年前齐辉宇送的 swatch 还戴着，遥远说："谢谢。"

齐辉宇道："我要去港城读书了。"

遥远道："去港城？"

齐辉宇说："我妈打听到消息，让我去参加港大在内地的招生考试，我通过了。"

遥远笑道："那很好啊，恭喜你，不用高考了吧？"

齐辉宇说："要，还得参加高考。只要能过分数线，我就去那边读书。"

遥远问："学费和生活费很贵吧。"

齐辉宇说："免费的，大学出学费，还有奖学金补助。"

遥远"嗯"了声，忽然觉得有点惆怅，他们仿佛从中考结束，那个暴雨倾盆的下午开始，便朝着各自的人生路越走越远了。

　　电话那边有人喊齐辉宇的名字，让他关灯别说话，老师来查房了，大家要睡觉。

　　遥远想了很久，不知道怎么说，最后道："鸡鸡，加油，我为你高兴。"

　　齐辉宇的声音仿佛一瞬间充满了阳光，他的声音压得很低，说："谢谢，牛奶仔，我不敢跟这里的朋友说，怕刺激到他们……但我实在憋不住，想来想去只能找你说了。牛奶仔，以后你也到港城来工作，咱们一起去玩，或者等我去上大学了，我帮你问问研究生怎么考。"

　　遥远的心情也一刹那阳光了起来，他说："会的，到时候我去港城看你。"

　　齐辉宇那边挂了电话，谭睿康进了房间，遥远便趴在餐桌前看牛奶，心里既酸涩又高兴，酸涩的是这种事怎么轮不到自己，开心的是齐辉宇最后的那句话——他在一中似乎也没有真正的朋友。

　　赵国刚回来了，见儿子又有点伤春悲秋、无病呻吟的模样，问："怎么了？"

　　"鸡鸡要去上港大了，"遥远说，"为什么我不知道有这个考试？我英语这么好，你不是有朋友在教育局的吗？"

　　赵国刚先是一怔，遥远说："很好的机会哦。"

　　赵国刚坐了一会儿，说："我去问问。"

　　遥远无精打采道："算了，已经考完了。"

　　赵国刚开始给朋友打电话，遥远在旁边听着，才知道赵国刚在教育局的朋友已经调到别的市了。

　　赵国刚很是无奈，聊了一会儿挂了电话，说："这次是爸爸没注意，原来在教育局的那个叔叔调走了。对不起，宝宝，错过这个机会真的很可惜,你朋友去参加考试之前怎么也没告诉你一声?"

遥远听了这句话就静了。

赵国刚一见遥远的脸色,便知道自己说错了话,安慰道:"港城已经要开放自由行了,接下来几年里,教育和经济都会逐渐与内地接轨,内地的大学也不比港城差。"

遥远"嗯"了声,赵国刚叹了口气,摇了摇头。

"我可以靠自己的,"遥远说,"没关系,就是随口说说。"

赵国刚点头进了房间,遥远对着牛奶发呆,他已经有点麻木了。

谭睿康快步跑出来,打开他的英语复读机,把一边耳机塞进遥远的耳朵里,另一边塞进自己耳朵里,一手拿着手机按在自己耳朵边,揽着遥远的肩膀,打开录音键。

遥远:"?"

磁带缓缓转动,谭睿康笑着拧收音机频道按钮,里面沙沙地响,声音清晰了起来。

"请问接下来的这位听众有什么要说的……"电台里女主持人的声音问。

收音机里与耳畔谭睿康的声音同时响起,他慢慢地用粤语说:"窝(我)想点一首歌,比(给)我细佬(弟弟)小远,今日系(是)佢(他)生辰,祝佢(他)生辰快乐,高考 number one……"

遥远:"!!!"

遥远听到谭睿康既在耳边,又在录音机里说他那蹩脚的方言,笑得登时收不住,趴在桌上直抽。谭睿康面红耳赤地"嘘嘘嘘"示意他别笑,按稳他的耳机。

赵国刚听到动静出来,遥远和谭睿康一起朝他做了个"嘘"的手势,示意他别吵。

钢琴前奏震撼登场,歌声响起。

谭睿康搭着遥远的肩膀,跟着音乐轻轻地哼唱,遥远笑得阳光灿烂,心里满满的都是幸福的味道。

音量渐渐小下去,女主持温柔地用普通话说:"这是谭先生送给他弟弟小远的一首歌,祝他十八岁的每一天都快乐,高考加油拿第一,不知道这位叫小远的听众有没有在收音机前面。啊,我想他应该已经听到了,你开心吗?姐姐祝你生日快乐,十八岁是最美的年华。"

歌声又响了起来。

"……我唱出心里话时眼泪会流……"

谭睿康认真地唱完尾声,两人静静坐着,都没有说话。

"生日快乐,小远。"谭睿康小心翼翼地关上录音键,抽出磁带给他。

遥远把这份十八岁的生日礼物小心地收好,这是他得到的第四份了。

第九章　结婚

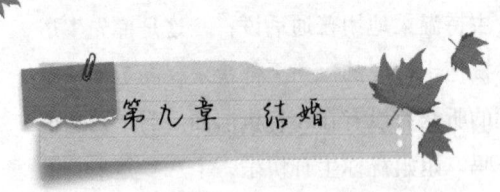

高考临近,高三生春节大部分时间都在补课,只有除夕夜到大年初三放假。

所有人都快疯了,老师们也察觉到了学生的情绪变化,在开春的第一次周会上语重心长地告诉学生要自我调节。

保尔·柯察金毕竟是例外,大部分学生只会像《发条橙》里的阿历克斯,满腔烦躁无处排解。

然而当春天到来的时候,整个高三竟意外地安静下来。还有三个多月就高考了,一如狄更斯所言,这是希望之春,也是失望之冬,再怎么拼命也无济于事,成绩无法再大幅度提高了,现在的学习只是巩固自己在高考中的一席之地。

一模成绩出来,谭睿康全区排名四十三,遥远全区排七十九。

两人都进了去年划分的重本线,进十大名校则要赌运气了——赌自己发挥的运气以及其他人的运气,还有填志愿的运气。

今年的第一次台风来得出乎意料地早,一模放榜的当天学生们各自回家,遥远在车站站了一会儿,说:"我不想回去,哥。"

谭睿康:"嗯?"

遥远站在车站前发呆。

谭睿康说:"你想去哪儿?"

遥远说:"坐那辆车吧。"

他们上了开往海边的大巴，下了车，两人并肩坐在堤坝上。狂风卷着怒海扑面而来，天地间漆黑一片，近五米高的浪墙惊天动地，仿佛整个世界都在黑暗中咆哮。

赵国刚开车来接他们，谭睿康说："回去吧，小远，想看海以后随时可以看。"

他不懂遥远在想什么，事实上遥远也不知道自己在想什么，他只是想单纯地宣告什么，脑海中浮现出小时候看的卡通片，世界末日的时候，一群机器人在奔腾的大海上决战。他仿佛成了光与雷电中的一员，在告别过去，投向充满迷茫的、混沌的未来。

赵国刚认真地看了志愿表，三天后，他们下了晚自习回家，赵国刚说："都过来吧，问问你们的想法。"

遥远道："我该学什么？"

赵国刚道："关键在于你们自己想学什么，以后想做什么，一个感兴趣的学科价值远远大于你未来能赚多少钱。"

遥远和谭睿康坐在桌子边，都说不出个所以然来。

遥远说："其实我想去……呃，学人类学什么的。"

赵国刚脸色变了，怒道："你当初怎么不选历史地理？！"

遥远道："我……开玩笑的，开玩笑而已！"

谭睿康说："我也不知道想读什么，姑丈帮我决定吧，姑丈说得准没错。"

赵国刚也有点头疼，说："真的没有想学的？你们再去商量一晚上吧。睿康的话，上清华计算机系有点难度，气象学还可以搏一搏，进去以后试试能不能转专业。小远呢，北大的话……要么理工大学怎么样？这个也是211。"

遥远有点麻木，说："我不去了，就在羊城读吧。"

赵国刚说："第一志愿填完，你们还是要服从分配的。"

谭睿康说:"不去京市呢?"

赵国刚笑了笑,说:"不去的话,你们的选择就多了,可以上本省最好的大学,中大也是名校。热门专业难度不大,小远读理工科可以选个信息工程,商科可以学工商管理,以后读个MBA。睿康呢,计算机、自动化、工业设计,这些都是未来的热门学科。这样吧,第一志愿都报清华北大,凭个人兴趣与爱好填,第二志愿在中大、华南理工里选,我帮你们决定,如何?"

赵国刚又说了几个学校的名字:"这些都是好学校。"

这些地方在遥远的印象里通通被划分为一个地区:"北方"。

遥远听到魔都或者鄂省来的同学,便会问:"你们北方冷吗,是不是经常下雪?"

被这么问的人总是一脸无奈。

"我不去北方,就留在羊城吧。"遥远乏味地说,只觉得没劲透了,他进去房间里躺着发呆,看天花板。

赵国刚还在研究志愿卡,谭睿康却很期待,朝遥远说:"小远,自动化是什么,你知道吗?"

遥远不知道,想了想,脑海中浮现出流水车间一类的地方,说:"应该是工程师吧。我不想学商科,我爸想我经商。爸,你不投个硬币,问问我妈想让我学什么吗?"

赵国刚在外面笑了起来。

遥远在上高一时就想过,不知道填报志愿时会不会有电视剧一样的狗血剧情,比如说赵国刚要让他继承家业接手公司,而他愤怒地与赵国刚大吵一架,说:"我要去追求自己的未来和人生!"于是父子俩一拍两散。

然而事到临头,他对着志愿表时,完全不知道自己要读什么。他的人生没什么特别的追求可言,最终只好还是全部打包,交给赵国刚决定。

"土木工程怎么样?"赵国刚在外面问道,"睿康,想搞建筑吗?"

谭睿康笑着应了,说:"我都可以。"

"又土又木,"遥远嘲笑他说,"土木工程。"

谭睿康与遥远并肩躺在床上,等待赵国刚决定他们的人生道路。

最后结果出来了,赵国刚参考了前教育局朋友的意见,把两个人的志愿调配到最优,遥远报中大的环境工程、通信工程、电气工程,然后软件工程保底。

谭睿康则报了华南理工大学,分别是计算机、土木工程、自动化、工业设计,然后食品科学保底。

"这是最安全的志愿表了。"赵国刚说,"无论你们怎么考,只要过了一本线就不会落榜,也不用进去再接受分配,出来以后也一定能找到工作。"

谭睿康道:"我……我和小远读同一个学校吧。"

遥远道:"我自己会洗衣服了!"

赵国刚道:"没关系,虽然你俩不在同一个大学,但再过两年,你们就能一起进大学城里上学,离得很近。总不能让你们报同一个学院同一个专业,就算同专业,难道还安排你们住同一个宿舍吗?"

"而且小远也要适当地脱离你的保护,学习适应集体生活。睿康学的专业华工好,小远的专业则是中大更优,出来以后能彼此互补。"

"小远的专业呢,我已经避开了珠市校区,如果后面有迁学院的情况,就给睿康买辆车,正好周六周日可以到珠市去玩玩。"

遥远完全不明白里面的玄机与赵国刚为他们设置的蓝图,只是单纯点头。

赵国刚道:"就这样,第一志愿你们去乱填吧。"

遥远填了个北大的商务英语，谭睿康填了个清华的自动化，两人的志愿便这么定了下来。赵国刚搞定了志愿表后，遥远忽然就轻松了很多，觉得压力没那么大了。

高考的最后一个月，所有练习册都被抛开，回归书本。

准备出国的学生领到高中毕业证后全走了，教室里空了点，还有一些学生回家复习，也走了。老师每天来教室里坐着，大家自由复习，有不懂的上去问。

遥远和谭睿康也准备回家了，遥远本以为高中毕业的时候会有点什么告别仪式，就像他们初三时那样，然而什么也没有发生，拍毕业照的时候连人都没来全。

两人回到家，在家里复习，准备高考。

七月骄阳似火，数天后他们戴着英语听力用的无线耳机，在校园里晃来晃去试着接受信号，看考场。

一切平平淡淡地过去，遥远在后来的日子里，只记得语文的作文题目，物理题目很简单，数学稍微有点难。

最后一科综合考完，所有考生都疯狂了。

"啊——"

"啊啊啊——"

他们疯狂大吼，把桌子摔来摔去，遥远跟着人大叫，全部学生都在朝高三教学楼跑。

"小远！"谭睿康笑着大喊道。

两人一路穿过高三教学楼，天上、地面，全是飞来飞去的卷子和参考书，扔得到处都是，桌子摔得"乒乒乒乒"乱响。

"桌子椅子别朝下扔！"级组长变了脸色大吼道。

"小心！"谭睿康吓坏了，一个飞扑，把遥远扑开，三楼一个装满书的巨大的塑料箱扔了下来。

遥远也被吓着了，两人呆了一会儿，继而放声大笑。

"再见！"

"再见！"遥远热泪盈眶地大吼道。

他和高三的同学们挨个拥抱，不管是认识的还是不认识的，然后回到教室里把所有教辅材料从书桌里拖出来，一股脑儿地从三楼"哗啦啦"地倒了下去。

天空中的纸飞机飞来飞去，级组长在五楼走廊里朝下大吼道："不许点火！绝对不许点火！说清楚了！我就站在这里看着！谁敢点火！谁就别想拿到他的录取通知书！"

学生们跟一群精神病一样上蹿下跳，地上铺满了书，谭睿康穿来穿去，在楼下找有什么好看的书。

"哟呵——"遥远快乐地从楼上冲下来，把谭睿康扑倒在地。这个举动引起了其他人效仿，一群男生冲过来，人挤着人，全部叠在一起，疯子般地在楼下大吵大闹。

谭睿康被挤得衣衫凌乱，哈哈大笑，最后把遥远从人群里拖出来，两人整理了衣服。

"走吧。"遥远道。

他们走出学校，不知道谁先开始大吼："三中——再见！"

登时一传十十传百，声音犹如海浪般此起彼伏，所有人都疯狂地大吼："母校！再见！"

校园广播里放起了歌，遥远在奶茶店门口买了两杯奶茶，两人静静地躺在一块草地上，看着下午的碧蓝天空。

手机响了，谭睿康接了电话，那头是林子波在问答案，谭睿康认真地说："我都错完了！我最后三道大题没做呢！选择题全错了！"

遥远一口奶茶喷了出来，继而哈哈大笑，谭睿康又说："牛奶仔也是！他作文离题了呢！英语阅读都没做完！"

遥远把书包朝他身上猛拍，笑得东倒西歪，大喊道："你别乌鸦嘴！"

谭睿康摇头晃脑的样子像只猴儿，不停地逗林子波玩，两人说了一会儿，才各自收拾好书包回家去。

距离放榜还有二十天，这一辈子最幸福的暑假终于来了。

遥远对着满屋子的教辅资料，吁了口气，忽然不知道要做什么了。

赵国刚出差了，回来后的第一天是七月十日，他带遥远和谭睿康去吃了顿饭。又过了数天，晚上遥远洗好澡后，赵国刚说："儿子，爸爸有事想和你谈谈。"

遥远在桌旁坐了下来，说："爸，今年咱们一起去旅游吧？"

赵国刚笑道："你不是不喜欢和爸爸出去玩的吗？嫌喝酒，嫌应酬。"

遥远说："我是不喜欢和你的朋友出去玩，说的话听不懂，又喜欢去喝酒洗脚，咱们和谭睿康一起，三个人去啊。"

赵国刚看了遥远一会儿，仿佛在通过他看着他的母亲，遥远说："爸。"

遥远能明白父亲的目光，小时候赵国刚每次这么看着他，他就知道父亲想起了亡母。

"等放榜了，你要去公墓看看你的妈妈。"赵国刚说，"明天爸爸休息，介绍个爸爸的好朋友给你认识，带你们一起去欢乐谷吧。"

遥远点了点头，说："好啊，放榜以后谭睿康也要回老家去上坟呢。"

赵国刚说："嗯，言归正传，谈点正事，第一件事，小远，你对你的大学生活有什么打算？"

遥远有点迷茫，说："有什么打算？就上学啊，毕业，工作。"

赵国刚道："爸爸是问，你准备一年回家几次？上大学以后也可以交女朋友了，爸爸支持你找个好女孩子，但不要被爱情冲昏了头脑。到时候你回家的次数可能会比较少，这个时间由你自己支配……当年我读完大学就和你妈妈结婚了……"

遥远哭笑不得，八字还没一撇呢，赵国刚就在帮他想这事了。

"爸。"遥远嘴角抽搐。

赵国刚道："虽然国家提倡晚婚晚育，但爸爸认为早点结婚是有必要的，事业上有许多难题，需要夫妻二人共同面对，彼此扶持，才有力量……"

"爸，爸！"遥远截住了赵国刚的话头，说，"你想得太远了吧，这个你就别管了，大学我打算每周六周日回家，反正从羊城到这边，坐快速列车只要一个小时五十分钟。"

"我跟谭睿康说好了，以后谈恋爱了，大家也住在一起。有钱的话，在银湖别墅区买个大房子，两家人和你一起住。"

赵国刚沉吟片刻，而后道："你想以后和爸爸一起住？"

遥远抓狂道："这不是废话吗？！不然谁照顾你？"

赵国刚出了口长气，点了点头，说："第二件事，今天有几份东西给你签，都是你妈妈留给你的。"

赵国刚取出几份文件，遥远疑惑道："这是什么？"

"公司的所有权。"赵国刚道，"咱们家公司虽然是小本生意，在爸爸有生之年也不一定能发展到上市，但这是我和你妈妈一起做起来的，里面有一半本来就属于你，另外一半呢，则要等到你独当一面，有能力管理公司以后，一起给你。但是现在，还是由爸爸帮你经营，至于什么时候让你接手，时机由我来定。"

"反正爸爸所有的东西都是你的，这样一来，你就不用再担心以后的事，可以去认真念大学，相信你也不会把爸爸赶出家门的。"

遥远翻了翻，说："我又不懂这些，不用给我啊。"

赵国刚说:"以后你可以接手公司,把它发展壮大。"

遥远看到就头疼,赵国刚莞尔道:"你只要都签上名字,委托书这里也签一个,剩下的我交给律师去办。还有这套房子的所有权证明,明天爸爸联系中介去办个过户,这套房子以后就是你的了。"

遥远根本没法想象自己接手赵国刚公司的情况,怎么可能?公司交给自己还不得折腾成个烂摊子?!

他把文件全部推了回去,说:"我不会开公司,都给你打理吧,你是我爸啊,这财产谁跟谁的有关系吗?房子也是。"

赵国刚手指轻轻叩击桌子,注视着文件,沉吟不语。

漫长的沉默后,遥远意识到一件事,这一刻他和赵国刚仿佛产生了奇妙的心灵感应。赵国刚也知道遥远猜到了,他抬起头,看看遥远的双眼,说:"宝宝,爸爸下个月要结婚了。"

"听我说,"赵国刚起身道,"宝宝,赵遥远!"

遥远喘着气推开,难以置信道:"你……"

赵国刚道:"宝宝,你舒妍阿姨等了我五年,她不能再等了。"

遥远静了片刻后,朝他爸旁若无人地大吼道:"等谁?这关我什么事?让她从哪儿来回哪儿去吧!"

赵国刚道:"你听我说。"

赵国刚知道会招致这样的结果,谭睿康从房间里出来,赵国刚道:"睿康,你先回房间去。"

谭睿康点头进去,遥远喘着气道:"你说,你说清楚,今天都说清楚。"

赵国刚道:"你坐下。"

"我坐什么?"遥远失控地吼道,"你要说就说!你上次答应我什么?现在又反悔了?你讲不讲信用?"

赵国刚深吸一口气,说:"没有告诉你是爸爸的错,我们认识已经五年了,舒妍是个好女人,你别盲目抗拒,你会喜欢她的,她一直都很喜欢你,想和你聊聊天。你们一定会有很多共同话题,她也喜欢画册,喜欢音乐,你知道吗?有许多爸爸带回来给你看的书,其实就是她推荐的。你的游戏掌机,也是她从港城带回来给你的。"

"这跟我没有关系,"遥远只觉得说不出的恶心,失笑道,"世界上好女人多了去了,你看上谁跟她过一个晚上,我还得挨个去叫声妈?"

"没有人让你叫她妈!"赵国刚也怒了,声音犹若雷霆,"她已经三十三岁了,你已经高中毕业了,爸爸以为你会成熟点!"

父子二人静得可怕,赵国刚想了想,竭力把情绪平复下来,说:"宝宝,你要去念大学了,见不到她几次,她也是个很好的人,过来照顾爸爸不是很好吗?如果你不想和她一起住也行,等你放寒假的时候,爸爸每周回来两天,陪你过周末?这样行不行?"

遥远梗着脖子,轻轻地喘气,他看着赵国刚,说:"你上次说什么?爸,说什么死了以后会和我妈葬在一起?你觉得你一个人够两个女人分的吗?!你是不是打算在我妈身边埋三天,然后再挪到那女人身边去埋三天?你是不是要让那女人睡在里面的房间?睡我妈以前睡的位置?"

遥远越说越无法控制自己,歇斯底里,朝赵国刚大吼,最后回房间摔上门,赵国刚起身道:"宝宝!"

赵国刚去敲门,他今天必须把这件事彻底解决,不能再拖下去了。

拧了几下门,把手拧不开,他正要去找钥匙时,听见遥远在里面说:"妈,有个女人要住你的房,睡你的床,花你的钱,打你的儿子……"

遥远对着亡母的照片自言自语,声音带着哭腔,赵国刚倚在门边喘了口气,简直拿这个儿子没办法。这已经完全超出了他的计划,儿子比他想象中的更难对付。

"赵遥远，开门。"赵国刚沉声说，"今天爸爸明确告诉你，我只能结婚，必须结婚！爸爸所有的东西都给你了，你还想怎么样？"

遥远在里面狠狠踹了一脚，房门发出巨响，赵国刚冰冷的声音响起："宝宝，你舒妍阿姨怀孕了，今天不是和你谈条件的，不管你能不能接受，八月份爸爸都会和她结婚。你理智点，爸爸要对她负责任，爸爸已经让她等了五年了……"

这句话登时彻底刺激了遥远，他狠狠把门拉开，看着赵国刚猛喘，说："什么财产？谁要你的财产？全给她，全给她……你觉得我要什么？我就要你这点钱？"

遥远越说越愤怒，把掌机一甩，赵国刚下意识避开。游戏机被砸得粉碎，遥远推了赵国刚一把，吼道："你自己想结婚就去啊！没人拦着你！滚啊！滚！去当别人的男人！去当别人的爸吧！恭喜你！我不要她的东西！"

紧接着，遥远迎来了意料之中的结果，挨了响亮一巴掌，半边脸登时肿了起来。

赵国刚也迎来了意料之中的结果，遥远打开家门，穿着拖鞋跑了出去。

"小远！"谭睿康慌忙出来。

赵国刚吼道："别拦着他！让他滚！平时就是太惯着他！养了这么个白眼狼儿子！"

遥远跑出去时听到这话，回身一拳狠狠打在防盗门上。

赵国刚烦躁得无法形容，重重地坐上沙发，静了片刻，狠狠一脚踹在茶几上，水晶茶几发出巨响，碎了满地。

谭睿康在客厅里站了一会儿，赵国刚的手机响了。

赵国刚道："对不起，我又把事情搞砸了。他脾气太暴，像我，遗传的。"

"不，不，这是我的责任，全在我，怎么就摊上这么个克星……不，不能再迁就他了，让他自己去冷静一段时间。"

"不，你别过来，太晚了，我过去吧，嗯。"

"姑丈。"谭睿康说。

赵国刚点了烟，说："睿康，我太宠着小远了，你让他清醒几天。"

谭睿康静了一会儿，说："我……姑丈……"

赵国刚沉默地抽着烟，眼眶通红，又重重出了口气，谭睿康道："我去找他回来。"

赵国刚道："别管他！"

谭睿康摇了摇头，穿上鞋子出去了。

遥远沿着家门口的路一路跑，打了个车进去，倚在车窗上直喘。

"去哪儿？"司机问。

遥远拉开车门又出去，走到路边坐下，这明明是最该哭的时候，他却一滴眼泪也流不出来。

这一切理所当然，甚至可以说是自然而然。他高三毕业了，要去念大学了，父亲需要有人陪伴，也应该有自己的生活。

这些道理他反复对自己说过，但他就是无法接受。刚刚有那么一瞬间，他在大吼的时候，忽然觉得赵国刚很陌生，没有什么值得哭值得闹的——因为他不再是自己认识的那个人了。从他说出要结婚的那一刻起，他身为父亲的责任就已彻底卸下，告别了他们父子俩相依为命的岁月，去成为另一个家庭的一家之主，成为其他人的依靠。

夜里小雨零零星星，风刮了起来，小区外面不知道何处被风吹得砰砰响，狂风里带着充沛的水汽，台风要来了。

他没有带钱包，身上只有个手机，沉吟片刻，给齐辉宇打了个电话。

"我来接你，"齐辉宇一听就说，"在什么地方？"

遥远道："别来，我打车去。"

雨渐渐大了起来，遥远的车到齐辉宇家楼下时，齐辉宇正等在路灯下，撑着把黑色的大雨伞。

路灯照在齐辉宇脸上，车窗倒映着遥远的面容，他忽然发现他们都长大了不少，齐辉宇、谭睿康以及他自己。

两年没和齐辉宇见面，感觉依稀有点陌生。

齐辉宇一句话不说，付了的士钱，揽着遥远的肩膀上电梯回家。

"小远。"齐辉宇的妈妈是个很温和的人，朝他笑了笑，给他倒了杯热牛奶，又拿出吹风机给他吹头发，打趣道，"宝宝多亏初中和你做了三年同桌，英语才学得这么好。"

遥远抱歉地说："谢谢阿姨，给您添麻烦了。"

齐辉宇道："妈，别叫我小名。"

遥远看着热气腾腾的牛奶，无奈地笑了笑，齐辉宇的小名也叫宝宝，他们以前同桌的时候就交流过这个。

齐辉宇的妈妈听了以后说："小远，你以后也会有自己的家庭，成为别人的依靠，等你再长大点就懂了。"

齐辉宇不悦道："妈。"

齐辉宇的妈妈点头，说："阿姨明天还要上班，先睡觉了，你们俩别聊太晚，两点半前必须关灯。"

她回了房间，剩下齐辉宇陪着遥远坐在餐桌前。

"牛奶仔。"齐辉宇的声音沉厚而稳重，不再是从前变声期的公鸭嗓了，遥远听到齐辉宇叫自己时，陌生得以为是从另一个人口中叫出来的。

齐辉宇伸手摸了摸遥远的头，说："你先去洗澡吧，穿我的衣服。"

遥远道："你妈妈想结婚的话，你会拦着吗？"

齐辉宇说:"她告诉我她不结婚,我以后成家了,就和她一起过。我妈说得对,咱们都长大了,我只是运气好,如果碰上那些不能改变的事情,也只能学习接受了。"

遥远叹了口气,说:"其实如果可以的话,我一辈子也不想长大。"

齐辉宇给他一把牙刷,遥远起身去洗澡,洗完澡进来趴在齐辉宇的床上。

齐辉宇还在啪啦啪啦地点鼠标玩游戏,遥远躬身看了一会儿,说:"这是什么?"

齐辉宇道:"《传奇》,你玩吗?我前几天正想介绍你玩这款游戏,以后我去港城上学,你在内地上线,咱们就可以在游戏里聊天杀怪了。"

"我试试。"遥远接过鼠标。

齐辉宇起身说:"我去洗澡。"

齐辉宇出去了。

遥远操纵齐辉宇的小人在画面上转来转去,没过一会儿就被怪群殴死了,接着画面变成灰色,等待复活。

他打开自己的QQ,瞥了右下角一眼,顺手加上齐辉宇的QQ,忽然觉得不对,齐辉宇换QQ号了?怎么没告诉过他?!

有个消息在闪烁,他打开对话窗,上面是个不认识的人,给了他一个网址。遥远怕中毒不敢点开便随手关了,片刻后那个消息嘀嘀嘀的又来了。

云中漫步:【看到了没?哥哥,你的照片呢?】

遥远:"?"

齐辉宇的新网友?遥远打开聊天记录,点了上面的网址,上面是一个交友论坛,网友给他的帖子是个照片交友帖!

【年龄××,身高××,体重××,找个真心对我好的老公。】

遥远："！！！"

遥远登时愣住了，心跳得砰砰响，忍不住又看齐辉宇和那个人的聊天记录。

齐辉宇的网名是"红茶仔"，消息记录只有寥寥几条。

云中漫步：哥哥好啊（企鹅表情）你在哪里读书？

红茶仔：（玫瑰花表情）你好啊，有照片吗？给哥哥看看。

云中漫步：网址。

云中漫步：？

云中漫步：哥哥还在吗？

遥远深吸一口气，把齐辉宇的QQ关了，看了一眼论坛，呼吸有点发抖，又点了几下，论坛板块分好几个，里面还有一堆聊天室，他马上把历史记录删了。他点开时又注意到齐辉宇其他的历史记录，其中也有那个论坛的帖子。

遥远点开帖子，自动登录，里面刷出一大堆图片，全是情侣照片。

那一下的冲击与震撼，对遥远来说是无法形容的。他脑海中一片茫然，看了一会儿，果断关掉网页。听到齐辉宇洗完澡出来的声音，他全身顿时僵了。

齐辉宇先在洗手间吹头发，遥远心道怎么办？我把他QQ关了他会知道吗？他不擅撒谎，心知自己的脸色肯定会被看出来，于是索性一不做二不休，按了reset，帮他重启。

齐辉宇在外面看了一眼，见屏幕在读开机数据，说："怎么了？"

"死……死机了，"遥远道，"你的游戏角色挂了，会影响吗？"

齐辉宇登时惨叫道："不会吧！我可是红名啊！这下装备全爆完了！"

遥远叫唤道："我又不知道！你怕死干吗给我玩啊！"

齐辉宇道："哎算了算了，谁叫你是我好兄弟……"

齐辉宇搬了张椅子过来坐在遥远身边，遥远朝旁边挪了点，齐辉宇哭丧着脸打开《传奇》，一个小角色被爆得清光，死在路边。

齐辉宇打开插件，读取刚刚的游戏记录，说："是被人杀了，不关你的事。"

遥远道："那就好……"

他知道此刻自己的脸色一定非常紧张，多亏有游戏作掩护，他坐到床上去说："你玩吧，我看你玩。"

齐辉宇打开QQ登录，这次登录了另外一个QQ。遥远明白了，齐辉宇在交友论坛里用的是另外一个号"红茶仔"，而加同学，加朋友的号则是主号"姜汁小人"。

齐辉宇得意地说："我有两个太阳了，你的QQ几个太阳？"

遥远倒在齐辉宇的床上，说："没有，我都一年没上网了，我爸不让我挂QQ。"

齐辉宇把QQ挂着，显示器关了，问："你考得怎么样？"

遥远心不在焉地说："还行吧……我应该会去读中大。"

齐辉宇问："你哥那个理科超人呢？"

遥远道："他第一志愿报了清华，第二志愿填的华工。"

说到这里，他忽然想起一件事，问齐辉宇说："你怎么样？如果不去港城，会怎么样？填第二志愿了吗？"

齐辉宇侧过头，小声说："我如果考不过，应该也是去念中大。喂，你希望我落榜吗？"

遥远答道："你去港城吧，我希望你有更好的前途，真的。"

"切——"齐辉宇笑了笑，转过身去，背对着遥远，说，"你变了，你说过我们要当一辈子好朋友的。"

遥远转头看齐辉宇，说："你去港城我们也可以联系。我自己没什么本事，都是靠我爸，现在我爸没了……哎。"

"牛奶仔，你还有我们呢。"齐辉宇说。

遥远闭着眼,齐辉宇转过身看他,窗外传来狂风的呜呜声,台风即将登陆,这是近几年来最猛烈的一次风球。

半夜一点,客厅电话响了,齐辉宇马上起身去接电话,生怕吵醒他妈。

三分钟后,齐辉宇说:"你哥叫你回家,怎么办?"

遥远吁了口气,说:"我电话关机了,他怎么知道我在这里的?"

齐辉宇耸肩,在床边坐下来,遥远有点担心,说:"我……他在家里吗?外面风这么大……"

齐辉宇说:"他在楼下呢,他说你爸出去了,让他也上来睡?打张地铺聊天吗?"

遥远道:"不不,我下去吧。"

遥远找来自己的衣服换上,说:"我回去了,改天出来玩。"

"你没事吧。"齐辉宇蹙眉道。

遥远也不知道说什么,只得说:"没事。"

齐辉宇把遥远送下楼,黑暗的楼道外,一个满身是水的人站着,焦急道:"小远!回家吧!你爸走了!"

雨在台风里是一阵一阵的,携着水汽忽然就疯狂涌来,谭睿康湿淋淋的,头发贴在额头上。

齐辉宇道:"现在打不到车,上去睡吧!"

谭睿康说:"可以的!刚刚的计程车司机在外面等着呢!"

遥远做了个动作,说:"我走了,鸡鸡,回去打电话。"

齐辉宇说:"路上小心点!"

他们互相告别,遥远走下台阶,暴雨扑面而来的时候,谭睿康艰难地把伞朝遥远那边撑着,两人走向计程车。

家里一片狼藉,破碎的水晶茶几还散在地上,谭睿康去收拾,说:"你去洗澡,别感冒了。"

"你先去吧,"遥远看着满地碎片,说,"你全身都湿透了,明天再收拾，这些东西不要了。"

谭睿康沉默地去洗澡，然后换遥远洗。遥远洗完出来的时候，客厅已经收拾好了，谭睿康的手指上贴着片创可贴。

阳台外风雨大作，连声巨响。

餐桌上放着一杯热牛奶，冰箱上压着赵国刚让他签的文件。

"睡觉吧，睡一觉就好了。"谭睿康说。

遥远麻木地点了点头，今天发生的事实在太多，多得他不想去思考。他没有开灯便躺上了床，闭上眼，祈祷明天睁开眼的时候，一切都没有发生。

祈祷明天醒来的时候，父亲还在外面看早间新闻，齐辉宇还是他认识的那个齐辉宇，碎掉的水晶茶几能恢复原状。祈祷今天晚上发生的一切，都只是场令人疲惫的梦。

遥远在黑暗的梦里奔跑，耳边是呼啸不绝的台风，身后仿佛有什么在追他，令他惊慌失措，在梦中大叫。

直到熟悉的手臂拉住了他，把他从没有尽头的梦中捞了出来，他甚至停留在梦境中不用醒来，便知道拉着他的人是谁。黑暗的世界逐渐透入一分光明，狂风与暴雨过去，四周渐渐安静，春天来了，平和的梦笼罩了他。

翌日，遥远刚睁开眼睛就后悔了，他甚至有点不敢出去，怕面对空空荡荡的客厅，更不知道该和谭睿康说什么。睡了一觉，一切都没有好，该面对的还是要面对。

谭睿康在厨房里做早饭，一个碗里装着切成丁的皮蛋，一个碗里装着葱花，另一个碗里装着瘦肉丝，白粥咕噜噜地冒着热气，遥远闻到米香就饿了。

洗手间放着挤好的牙膏和温水，遥远去刷牙洗脸，谭睿康在厨房里说："小远，咱们什么时候去旅游？"

遥远说:"等放榜吧。"

谭睿康没有说昨天晚上的事,两兄弟吃了早饭,遥远打开电视机,谭睿康给他看一叠VCD,说:"看什么?"

"随便。"遥远没有心情,谭睿康放了碟,两人坐在沙发上看,少了个茶几在前面挡着,遥远总觉得有点不习惯。

幸亏谭睿康没有多说,遥远现在什么也不想说,只要有个人安安静静地陪着自己就好了。

谭睿康边看边笑,拍了拍遥远屈着的膝盖,说:"老家也是这样的,环境很好,小远。"

"嗯。"遥远根本看不进去,呆呆地思考昨天的事。

以后要怎么办?跟赵国刚和解吗?不和解也没有用,他一定会结婚的。接受他的方案吗?周六周日回家,其余时间让他在外面过?那还是一个完整的家吗?

让后妈住进来?遥远根本无法想象这种情况,家里的一切东西都有他母亲的回忆,这些等到后妈来了以后都会被收起来。就算赵国刚再买个房子,遥远也宁愿住在自己的这个小家里。

这些年来,只要赵国刚在家,他们父子之间哪怕长时间没有交谈,然而家里的空气、地板和人的存在,就代替了所有的语言,所以不用说话他也能感觉到父亲在身边,在不远的范围里,没有离开。

曾经在相当长的一段时间里,甚至直到现在——遥远都觉得妈妈没有离开他们,她一直住在这间房子里,陪伴着父亲和自己,或许家庭真的有这种奇妙的魔力。

唯一的选择就只有让赵国刚和那个女人一起住,三不五时地回来看看,但就算父亲回来,他们又能说点什么呢?平时遥远与赵国刚也没有说过什么特别的话。

但遥远无法想象赵国刚每周回来,给自己和谭睿康生活费,坐下喝杯茶,说几句话,或者把这个家当成酒店般住一晚上,隔天又离开的情景。

然而较之这个方案,他更无法接受赵国刚带着另一个女人住进来,开始大扫除,把他们三个人的合照擦干净从墙上取下来,收到柜子底下的场景。

在思考这一切的过程中,遥远始终注意着电话与门外走廊尽头的电梯声。

每次它"叮"的一声响,遥远就觉得赵国刚回来了。

脚步声在楼道里回响时,遥远好几次鼓足勇气,准备去开门,把酝酿好的话说出口。但电梯响了好几次,都不是他的家人回来。

遥远和谭睿康看了一下午的碟,谭睿康提议道:"出去吃饭吧,晚上去哪里玩?"

遥远说:"我不想出去吃,叫外卖好吗?"

谭睿康点了点头,拿着单子研究,问遥远想吃什么,遥远根本没心情,点了个窝蛋牛肉饭,两人又继续坐在沙发上看碟。

谭睿康早上租了许多碟回来,都是些温暖的电影。

看到十点,遥远眼睛有点疼,说:"我去睡觉了。"

赵国刚还没回来,遥远也不洗澡,进去趴着就睡,但耳朵始终注意着外面的声音。他期待赵国刚会像以前那样打开门,进来房间看他一眼,这样他就可以开始说昨天的事。

十一点,遥远不知不觉想到了别的事,老家的青山绿水,还有谭睿康说的父母、亲人,总有一天会离他们而去。

或许死亡是一种方式,赵国刚这样又是另一种方式。

遥远叹了口气,想到了许多,明白这意味着从他要去读大学,赵国刚要再婚的那一刻开始,他们之间的缘分在某个意义上就已结束了。往后不管父亲如何看待他,他们都无法回到十年前。

房门声响,谭睿康进来,抱着枕头放好,在遥远身边睡下。

遥远没有说话,谭睿康也没有说话,黑暗里十分安静,赵国刚一直没有回家,遥远睡着了。

第十章 当家

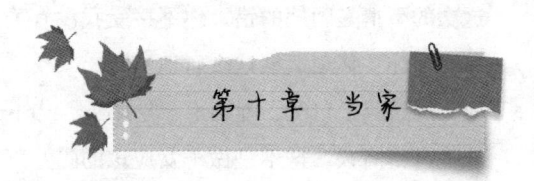

日子一天又一天地过去,三天后,遥远终于无法再硬撑下去,期望一次次落空,继而产生了近乎自暴自弃的愤恨想法。他听到谭睿康早上在外面打电话,声音压得很小,听不清楚,遥远知道是赵国刚在给他打电话。

他开门出去,谭睿康马上挂了电话。

遥远没有问,起身去热牛奶喝,谭睿康说:"我出去买点吃的,湾仔码头的饺子吃完了。"

遥远道:"有钱吗?"

谭睿康点头道:"有。"

三分钟后,门铃响。

有一个女人的声音问:"小远,你在家吗?"

遥远登时心里一震,浑身一阵发凉。

女人道:"小远,我是你舒阿姨,舒妍。"

遥远坐着喘息,他到猫眼处看了一眼,过去坐下,手指不住地发抖。

舒妍道:"小远,我知道你在家,你不想让我进来,咱们隔着门聊聊可以吗?"

遥远伏到餐桌上,一动不动。

舒妍说:"小远,我知道你在听,我直接说了。你爸爸他很难过,那天晚上和你吵了一架,他马上就后悔了,你能给他打个电话吗?这次的事情是阿姨的错,你不接受我没有关系。但他是你爸爸,他那么爱你,你怎么能这么对他?"

舒妍叹了口气,哽咽道:"小远,你不爱你爸,如果爱他,就让他过得高兴,这不是做子女应该的吗?"

"没有你的允许和祝福,就算和我结婚,他也不会觉得快乐的。"舒妍噙着泪水,摇头道,"你如果真的爱他,应该想他幸福,对不对?"

"你不爱他,你对他太狠了。"

"他为了你,十多年没有谈过恋爱。现在你长大了,要离开家了,还不允许他去追求自己的幸福吗?"

"我也想要幸福,"遥远终于开了口,他的声音沙哑而冷漠,"谁给我?你觉得他和你在一起,周六周日回家看我一次,我会觉得幸福吗?"

"我答应了妈妈,照顾我爸一辈子呢,她去世的时候就这么跟我说的。"遥远的声音低沉而绝望,"她说'小远,妈先走了,剩下你和你爸了'。"

"她说的时候,你都听见了吗?你一定没有听见。你要是听见了,给你十个胆子,也不敢和我爸结婚。"

"她连话都说不出来了,她怕我爸不要我,怕我爸给我找后妈,还牵着他的手,放在我头上……你别走啊!你不听完再走吗?你今天不就是来告诉我,我不爱我爸的吗?"

外面高跟鞋的声音响起,舒妍走了。

遥远给了舒妍一刀的同时,也仿佛朝自己心里刺了一刀,彼此都鲜血淋漓,落得个两败俱伤的下场。

一小时后,谭睿康回来,遥远下去找人换锁,把内外两个门锁都换了。

赵国刚还是没有回来，第二天，高考放榜，报纸上铺天盖地的状元消息。

遥远看都不想看，谭睿康等到遥远醒来后便说："小远，查分了。"

遥远还缩在被窝里，翻了个身，谭睿康拿着两人的准考证，说："我用你的电脑上网可以吗？"

遥远说："随便吧，我不读大学了。"

谭睿康怔住了。

遥远道："你去读，你别理我，我去找份工作，去宝华楼卖鞋或者去八加八调奶茶，给你出学费和生活费，你去清华。"

遥远坐了起来，谭睿康既好气又好笑，说："别这样，被你吓死了。"

遥远道："不，我说认真的，我想得很清楚了……"

谭睿康笑道："你疯了。"

谭睿康打开电脑坐下，笑着说："小远，你想去穿着围裙调奶茶？当奶茶弟？这可不体面，不怕被笑话？"

遥远没有回答，谭睿康说："为什么这么说？有大学不念怎么要去找工作？"

遥远还是没有回答，两人彼此心下了然，谭睿康打开网站，深深吸一口气，说："小远。"

"嗯？"遥远坐了起来，起身去刷牙。

"保佑我，"谭睿康低声道，"姑姑，你也保佑我，保佑我。"

遥远道："你一定能考上清华的，别怕。"

谭睿康摇了摇头，看了一眼报纸上刊出的前三批与十大名校联招分数线，嘴里喃喃念着什么。

遥远出去转了一圈，忍不住又回来，躬身帮谭睿康按了回车，跳出一行分数。

那是遥远的高考成绩，他超出了第一批重点本科线四十八分，没过十大名校联招线。

谭睿康笑道："考得不错，中大没问题了。"

遥远说："看看你的。"

谭睿康的手一直发抖，几次敲不下去，遥远道："这么紧张干吗？"

遥远输入了谭睿康的准考证号，谭睿康已经在发抖了，两人屏住呼吸，遥远按了回车。谭睿康的分数表跳了出来，总分比遥远高了二十分，过了第一批分数线，距离十大名校联招线只有三分。

第一志愿落榜。

遥远安慰道："没关系，以后还可以考清华的研究生……"

"太好了！"谭睿康道，"我的天！谢天谢地……"

谭睿康起身，不由分说地把遥远紧紧抱着，遥远有点蒙，不是落榜了吗？第一志愿落榜还这么高兴？

谭睿康眼里全是泪，嘴唇不住发抖，遥远茫然地摸了摸他的背。谭睿康不住地念"太好了，太好了""真是谢天谢地"之类的话，心有余悸地松了口气。

"吓死我了，我就怕去了外地没人照顾你，还好还好。"谭睿康不住发抖，坐回电脑前，心有余悸地看报纸上的分数线，重新核对了一次两人的分数，笑道，"真是太好了，真是命中注定，我就知道一切都是命中注定，小远！太好了！胜利了！"

遥远呆呆地站在谭睿康背后，忽然就什么都说不出来了。

谭睿康一跃而起，使劲揉遥远的脑袋，到门边的小篮球架上来了个扣篮，快乐地说："拿了录取通知书就回老家放鞭炮！"

遥远忧伤而幸福地笑了笑，自己的那些想法一扫而空，心里父亲走后空空荡荡的地方，仿佛被谭睿康给填上了。

谭睿康去打电话，不时瞥遥远一眼，说："对，都是第二志愿，现在就等录取通知书了。"

遥远微微蹙眉，谭睿康不敢多说，很快就挂了电话。

遥远说："我不想再花我爸的钱上大学了。"

谭睿康进房间拿了点东西，出来笑着拉过椅子，挽起袖子，说："别说气话，怎么能这么说？我都准备好了，来。"

谭睿康拿出一张存折在遥远面前晃了晃，不知道为什么，遥远就想起小时候他拿着个火柴盒，在自己耳边摇的趣事。

"看，"谭睿康打开存折，上面有五万块钱，认真地说，"我爸存着给我娶媳妇的，外加他去世时候收的奠仪。你读书花这个钱，我花姑丈的钱……"

遥远："……"

"这是你娶媳妇要用的啊，"遥远说，"你爸居然有这么多钱？"

谭睿康说："嗯，他生前都在帮我攒钱呢，怕我娶不着媳妇，他让我去念高中考大学。后来他生病了，我就没去读，我才知道……这不是一样的吗？以后赚回来就行了，算哥借给你的，行不？"

遥远说："好吧，五万块钱……咱俩花应该也够了。"

五万哪里够？遥远心想一个月按最低生活费五百算，两个人四年下来也有点玄。

谭睿康说："不够的话，把老家的田……"

遥远马上道："这更不行了。"

谭睿康想了想，凝重点头，说："那省点？"

遥远嗯了声，谭睿康笑道："大学里还有奖学金，努力点，咱们把第一学期的学费缴了，就申请奖学金，咱俩应该能拿到一个。不行的话还有助学贷款呢，工作以后再还。"

遥远说："就这么计划着吧。"

谭睿康又从信封里倒出一张卡，吁了口气。遥远看着那张银行卡，知道肯定是赵国刚给他们的。

如果没有猜错，里面有他们四年的生活费、学费。

遥远忽然说："把卡还给他吧，我还可以去当家教，或者做兼职打工。"

谭睿康道："嗯……我……再看看吧。"

当天，遥远和谭睿康做了一次大扫除，把家里打扫干净，遥远擦干净放着他妈妈照片的相框，把它放好，两人又把高中的书本打包拿去卖给收废品的。

打扫时谭睿康发现遥远在弄一个红包，他在阳台上问："小远，你在做什么？"

遥远头也不抬地答道："在给我爸的婚礼包红包。"

谭睿康叹了口气，遥远摆手示意他别过来，拿了一把钥匙，装进红包里封好，放在电视机上。

谭睿康买了菜回来自己烧菜吃，他的菜做得很有水平，几乎快接近赵国刚的手艺了。

赵国刚还是没有回家。

遥远躺在沙发上看电视，空调开着很凉快，他忍不住睡着了。

不知睡了多久，电话响起。

遥远接了电话，窗外烈日炎炎，透过客厅的阳台投进来，整个世界仿佛只剩下光与影的两极。

电话那头喧嚣热闹，舒妍的声音说："是小远吗？"

"什么事？"遥远说。

舒妍小声说："小远，你爸爸今天结婚，你能祝福他吗？只要一句，我请求你，阿姨保证你永远不会后悔今天说的这句话。求求你了，没有你的祝福，他不会幸福的。"

遥远静了一会儿，说："你让他接电话。"

舒妍的声音充满欣喜，说："国刚呢？让国刚来接电话……"

"喂？"赵国刚带着笑意的声音说，"您好，哪位？"

遥远道："爸。"

赵国刚静了很久，而后说："宝宝，你想对爸爸说什么？"

遥远残忍地说："爸，你不可能幸福的，你对不起我妈，你这辈子都不会幸福，永远不会，我恨你。"

谭睿康冲了过来，给了他一巴掌，吼道："你怎么能这样对你爸？他那么爱你！"

"小远！"谭睿康的声音在耳边说，"小远？"

遥远睁开眼，浑身大汗，挣扎着坐了起来，发现刚刚只是一场梦，确实有电话来了，但不是他接的。

谭睿康挂上电话，让遥远坐好，摸他的额头，担心地说："你没事吧？"

遥远摆了摆手，脑袋嗡嗡嗡地疼，疼得他神志模糊，好一会儿才平静下来。

数天后录取通知书来了，两人领到通知书后，遥远和谭睿康去了公墓，找到遥远母亲的墓地。

墓地前放了一束百合花，四周擦得很干净，花下面还垫了块新的蓝色天鹅绒，显然不久前有人来过。

她的遗像在碑上朝着遥远微笑，遥远揉了揉鼻子，说："妈，我考上大学了。你看，录取通知书，中大呢，北大没考上，爸帮我填的志愿。"

谭睿康在一旁静静站着，两人身侧有个老太婆在点香烧纸钱，咒骂她不孝的儿子儿媳妇，继而对着老头儿的墓地号啕大哭。

"阿婆！不能在这里烧纸钱！"公墓管理员过来了。

谭睿康把那老太婆搀起来，带到一旁，小声安慰。

遥远拿出通知书，朝着骨灰盒打开，说："妈，你看，中大呢。"

"我考上大学了，爸也要走了，我是想陪着他一辈子的，但他想结婚。我没有反悔,是他反悔了,不过他可能也不需要我了……"遥远忽然有点说不下去,他低下头,沉默片刻,而后深吸一口气,借以掩饰什么,最后朝他妈的照片笑了笑,说,"你生命里最爱的两个男人,从此以后就分家了。妈,你继续在我家住吧,别去他家,以后就……陪着儿子。如果他哪天被那女的甩了,妈,我答应你,我还是会照顾他,带他回家,给他养老的,嗯,就……就这样……"

遥远回到家,对着录取通知书和报名注意事项,找他的户口本,然后忽然想到一件事——赵国刚的户口本在他手上,赵国刚没有办法去登记结婚,他迟早要回来拿,说不定还会和那女的一起上门。

遥远翻了几页,上面有他亡母的名字,他还是头一次认真地看这个户口本,这年头南国和羊城的户口都相当难办,要买一套几十万的房子才送两个蓝印户口。

遥远自言自语道:"爸爸,妈妈,小远,我们是一家人。"片刻后他又小声说,"但是爸爸要走了。"

遥远把户口本翻来翻去,想起赵国刚让他签的协议,又站在冰箱前,拿下文件夹翻看。

赵国刚想把他的钱和公司都给儿子,遥远想到一个词——净身出户。但那是不可能的,他不会想要这些,他只喜欢花钱,不喜欢赚钱。

但遥远也有很多话想痛痛快快地说出来,在他过往的岁月里,他总是会想起某些更早的特定时刻,这些时候本应当这样说,又或者那样说,奈何当时从来没有正确地说出口过,而后想起来,总是悔不当初。

有的话如果不说出口,错过了那个机会,或许一辈子就再也没有时机说了。

他不想在未来的许多个夜晚里辗转反侧,念着那些没出口的话，后悔当初没有把它们连珠炮般地倒出来。所以他必须准备好，在父亲去结婚前，把该说的话都说清楚，这些话早在新年倒数完的晚上，他就该拉开车门，大声朝他们说个清楚。

谭睿康在他身后说："小远，我得回老家去迁户口。"

遥远还在看文件夹，头也不抬道："一起去吧，过几天就走。"

叮咚，门铃响。

谭睿康和遥远都没有说话，唯余电视的声音。

叮咚，叮咚。

"宝宝，"赵国刚沉厚的声音说，"爸爸爱你，开门。"

遥远道："开门吧。"

谭睿康松了口气，前去打开门，赵国刚和舒妍都站在门外。赵国刚很憔悴，朝舒妍说："进来吧，不用脱鞋子。"

舒妍勉强朝谭睿康笑了笑，赵国刚说："宝宝在做什么？"

遥远把户口本和银行卡扔过去，赵国刚没有说话，一手捏着户口本翻开，翻了几页，遥远说："你不是要结婚吗？户口迁走，户主填我的名字吧。"

赵国刚说："这个以后再说吧，早上没在家？"

遥远答道："去给我妈看录取通知书了，喝点什么？你呢？"

他朝舒妍问道："怎么称呼？"

舒妍笑了笑，说："什么都可以，不嫌弃的话叫声舒阿姨吧。"

"牛奶喝吗？"遥远冷漠地答道，去冰箱里拿了两瓶牛奶，放在赵国刚与舒妍面前。

赵国刚缓缓呼了口气，说："宝宝，爸想和你谈谈。"

遥远说："没什么好谈的。"

舒妍道："小远，你如果愿意给我这么一个机会……"

"爸，祝你幸福，"遥远打断了她，冷冷道，"祝你们都幸福。"

气氛里弥漫着浓厚的火药味。

赵国刚实在太了解这个儿子的脾气了,令他妥协只要十天半个月,令他驯服或许要足足一辈子。

"婚礼我不去了,我和哥回老家上坟。"遥远说,"你也不用周六日回来看我,我换了把锁,以后要回家先给我打个电话吧。"

遥远没有说什么"我不再花你的钱"之类的话,也没有说"当你老了,没钱了,被甩掉的时候我还会陪着你",在他心里这两个条件足够构成一个平衡的天平。

赵国刚莞尔道:"我回自己家还要先请示领导?"

遥远起身,所有人都不约而同地紧张起来,遥远去拿了红包过来,看着赵国刚的双眼,把一个装着钥匙的红包放进他的西装口袋里,拍了拍,说:"凭你这句话,钥匙给你吧,送给你的结婚礼物,以后夫妻吵架了,可以回来住住。"

舒妍深吸一口气,现出不自在的表情。

赵国刚笑着摸了摸遥远的头,今天有备而来,他无论如何也不会跟遥远开吵,但如果舒妍不在,两父子估计又要吵起来,说不定还要大打出手。

"我去拿点东西,"赵国刚朝舒妍说,"你们聊聊。"

谭睿康主动道:"姑丈要打包什么吗?我帮你。"

赵国刚和谭睿康进去房间里,餐桌前剩下遥远和舒妍二人。

"小远,"舒妍说,"我知道你很讨厌我,但我会证明给你看的……"

"你不是已经证明了吗?"遥远极小声地说,"为什么要怀孕?你等不及了吗?我只听过儿女奉子成婚的,没想到我爸想结婚也要用这招?但以他的为人,我总觉得他应该会很小心才对,你觉得呢?"

舒妍莞尔道:"小远,你电视剧看多了。"

遥远的眉毛微微扬起来，声音低而轻，仿佛在朝舒婷讲一个鬼故事，全身散发着危险的气势，就像一头被侵犯了领地的雏虎，并欣赏她十分尴尬，却又不得不听下去的表情。

"你生下的小孩最好确实是我爸的。"遥远端详她漂亮的脸，说，"万一长得不像我爸，你就完蛋了。你最好也好好对我爸一辈子，如果你占了我妈的位置，却打他骂他，侮辱他，欺负他，你也会完蛋，你相信不？走着瞧。"

舒妍笑了起来，无奈地叹了口气，淡淡道："小远，我今天不是来和你吵架的，你以后就会明白……"

遥远又毫不留情地打断道："你觉得你赢了吗？未必。他已经签了协议，不管他以前赚多少，以后赚多少，公司的所有股份都归我。你看，协议就在冰箱上面压着，你一分钱也得不到，因为那是我妈和他一起创业，一起打拼出来的。"

舒妍的脸色登时变了，虽然只是微小的一瞬间，但遥远还是敏锐地捕捉到了这个瞬间，他低声道："你心里是不是在想，不能和我一般见识？不过我现在打算签协议了，你看看吗？"

遥远把协议拿了下来，在桌上摊开，舒妍明知道，这种时候她应该起身走到一旁，却又无法挪开脚步，她不得不看。

"如果我爸贫困潦倒，一无是处，要靠你养活，你还会爱他吗？"遥远漫不经心地拧开笔，看也不看舒妍。

舒妍淡淡道："当然，你以为我为什么和他在一起？就是为了他的钱吗？我知道你一直提防着我，这些事情只能交给时间来证明……"

遥远连珠炮般说："那么如果他不求上进，喝酒赌钱，你还爱他吗？"

舒妍一怔，遥远又道："所以你在撒谎，既然这样，穷困又不上进，还没本事的四十岁男人有很多，你为什么只爱他一个？"

舒妍无法与遥远交流，事实上遥远比她想象中的要难安抚很多，她只得说："你不理解我们，随便你怎么说吧，小远，总有一天你会明白的。"

遥远自顾自道："我不知道你是做什么工作的，但想必也是做生意的对不对？你也是个成功人士，是白领？说不定还是个小公司的女经理？你们怎么认识，怎么爱上的？不用回答我，你自己心里清楚就行了。"

"对你来说，除了他的外表，吸引你的不就是他的事业与财富吗？你自己认真想想，如果你认识他的时候他一无所有，在你们单位后面当建筑工人，你还会爱上他？就算想玩玩，你还会为了和一个丧偶的穷光蛋在一起，不惜怀上他的孩子，逼一个穷光蛋和你结婚？别开玩笑了，演琼瑶戏吗？以你的智商，我打赌你不会这么做。"

舒妍蹙眉，遥远的话太多，而且太快，令她几乎无暇思考如何回击，遥远又冷冷道："话说回来，我觉得一个人的皮相也是假的呢，如果他什么也没有，再加上一个'丑'，又老又穷又不上进，我相信你不会爱他，你可能连看都不会去看他一眼。"

"而我会。"遥远说，"上次来的时候你在门外说我不爱他，你以为我不知道你在想什么吗？现在我明确回答你，不用等到我长大，我现在就让你明白，听清楚了……"

"不管他变成什么样，都是我爸，我身上流着他的血，他抚养了我十八年，我会永远爱他。不管他是个多穷多老多矮多胖多丑多不上进多猥琐的小老头儿，只要他是我爸，站在厨房里给我做饭，我就爱他。无论我怎么跟他大吵大闹，我都爱他。他自己心里也很清楚，否则他今天为什么敢带着你来敲门？他就是吃准了只要他说'宝宝，爸爸爱你'，我就……会给他开门。"

"我对我妈也一样，我妈对我爸也一样，我爸对我们……也一样。我妈生病做化疗的时候……她已经丑得没法形容了，我和我爸还是爱她，我们的爱不会因为彼此的外表而改变，所以我们才是一家人。"

遥远最后的签名力透纸背，唰的一声划破了纸。

他合上文件夹，朝舒妍低声说："所以他自己心里也明白，你以为我爸是傻子？你以为他的公司是白开的吗？他不聪明能混到现在这程度？你以为他是什么好人？他除了对我会说真心话以外，对其他人都不会，否则你觉得他的公司能开到现在？他比你聪明得多，知道钱只有放到我名下才最安全。你看你追了他几年，他现在还在提防你，而这个世界上只有我永远不可能背叛他，只有我不管怎么样，都会永远爱他。他比爱我妈还爱我，你不了解像我爸这样的人，有的人或许会舍不得给自己花钱，甚至舍不得给老婆花钱，但一定会让儿女花到够。"

"你也不用再妄想能从他手上挖走多少钱，他顶多会宠宠你的儿子，给你儿子点零花钱，你又不是他结发妻子，他不会把太多钱花在你身上的……"

遥远从小就听了无数关于钱，关于财产，关于父亲是怎么疼他的话，这些话他平时只是不想说，并非不会说。当年连谭睿康来的时候，遥远都斤斤计较了许久，计较他的生活费和自己一样，择校费和自己一样……何况舒妍明目张胆地上门来？

从小到大的那些岁月里，赵国刚把自己的经商思路连着炒股票这些事都教给了唯一的儿子，他们父子俩看一样的书，出去吃饭时听饭桌上一群老板谈同样的话题，遥远看得比他爸还清楚，只是懒得用这些思路去分析事情，也从来不想和自己父亲去讨论钱的事，要钱就伸手，不给就撒娇。毕竟他们是对方唯一的依靠，遥远也从未担心过这个。

而此刻他抓住机会，句句正中要害，言辞犀利无比，完全不给舒妍留任何情面。他也知道，这一辈子只有今天是他唯一的机会，因为无论他说什么，舒妍都必须拿出应有的风度来，在桌旁听他说完。

"你看他养出我这么个失败品，到时多半连宠都不敢宠你儿子了。如果我没有猜错的话，他会对小儿子很凶很严厉，而且不会给他乱花钱。你走着瞧！而这些呢？这些东西都是我的，理所当然的……全是我的。你以为你得到了他，其实他心底清楚得很呢。阿姨，你跟我比起来，根本就不算什么。"

舒妍的瞳孔微微涣散，遥远漫不经心地把产权协议和过户委托书朝她一摊，说："你看，连这房子都是我的呢。你不就是招了个上门女婿吗？婚房还是你家出的？听完这话回去，你可千万别露出破绽，每天得把他伺候好，别凶他骂他，否则你的居心就暴露了。说句不好听的，假如你们不小心离婚了，我爸什么损失都没有，顶多就被我嘲笑一顿，乖乖地滚回来住。而你的财产还会被他分走一半……你有多爱他？哦对了，你不爱他的钱，那我想你应该一点也不介意这些，对吧？"

"记住，这个世界上只有一个人能和他吵架打架，那就是我，而且无论怎么吵，怎么打，我都是他儿子。"

"至于他抚养了我十八年，我将报答他的是我的一辈子——是实打实的一辈子，不是嘴上说的一辈子，不像你们之间说个没完没了，山盟海誓，最后还要靠一张结婚证来证明，我不需要任何证明，连一句话也不用说，因为我不屑说，我是他儿子，这就是我的证明。"

遥远静静注视着她，最后说："对了，别怪我没提醒您，阿姨，结婚前记得去财产公证，不然可就亏大了。"

舒妍冷冷答道："谢谢你的提醒。"

这是遥远答题答得最快的一场考试，他只用了不到十分钟就签完所有协议,插上笔帽,提前交卷。

"宝宝,爸爸走了。"赵国刚从房间里出来,满身烟味。

遥远递给他一个文件夹,说:"还有这个,你忘在家里的。"

赵国刚接过文件夹,看也不看,收进包里,想了想又拿出来,说:"你打个电话给林叔叔,让他晚上过来一趟,顺便带到我公司去。"

遥远无所谓地把文件夹拿进房间里,他知道赵国刚怕这玩意儿被舒妍翻到,先送去公司最稳妥,也知道父亲的意思是,该给你的还是会给你,别声张。

"别乱动我房间,"赵国刚笑了笑,手指戳遥远的头,说,"爸要回来常住的,过几天就回来了。"

遥远"嗯"了声,赵国刚站在门口,缓缓出了口气,说:"舒妍。"

舒妍起身,朝遥远勉强笑了笑,说:"小远,你空了就到我家来,地址都给你哥哥了,暑假别老待在家里。"

遥远淡淡道:"好的,我们过几天就走了,不去欢乐谷了,回来再聚聚吧。"

赵国刚打开门,走了出去,似乎想说点什么。四人穿过走廊,把赵国刚与舒妍送到电梯口,遥远忽然开口道:"阿姨。"

舒妍笑了笑,遥远说:"有几件事我想提醒你。"

赵国刚微微蹙眉,遥远那话明显是找碴儿的前兆,他正要出言缓和时,遥远又道:"第一,我爸他平时睡不沉,又一个人睡惯了,半夜容易醒,晚上声音得小点。"

舒妍会心一笑,答道:"知道了。"

遥远又道:"第二,早上起来别让他空腹喝茶。第三,晚上他总是很晚回家,记得提醒他吃点夜宵,他经常喝酒,吐空了以后,饿着睡觉对胃不好。"

舒妍笑道:"他以后不会太晚回家了。"

遥远扬眉看她，许久后答道："哦。"

叮的一声响，电梯门打开，谭睿康按着开门键，赵国刚缓缓出了口长气，转身看着儿子，左手微微抬了起来，但遥远没有给他抱自己的机会，笑着说："爸，祝你幸福，有空回来。"

电梯门关上，赵国刚从此卸下了身为父亲的重担，离开了遥远的家。

当天下午，谭睿康说："小远，咱们什么时候回去？"

遥远趴在餐桌上，只觉得做什么都没劲，他说："随便。"

谭睿康在桌上摊开一张存折，三张卡，现在家里只有他们俩了，收支、生活等都要谈谈了。

遥远对钱从来就没什么计划，要不是赵国刚走了，他或许一辈子都不会有什么计划，赚多少花多少。然而现在不管不行了，他只得打起精神，挨个看这些存钱的玩意儿。

"怎么有这么多？"

谭睿康拿起一张卡，说："姑丈说这张卡里的钱，是姑姑还在的时候就存着给你念大学和出国用的。姑姑存了五年，去世后姑丈照她说的，每个月都朝里面存几百到一千块，说是你的教育基金，现在转到你名下了，这张卡是你的名字。"

遥远依稀想起赵国刚提过这事，如果真是这样的话，他们念书就宽裕多了。

谭睿康问："你能合理支配吗？"

"算了，"遥远无聊地说，"你帮我管吧。"

谭睿康道："那我先帮你收着？"

遥远"嗯"了声，存折里是谭睿康的父母留给他的两万块钱，还有两张卡，是赵国刚给的。

谭睿康说："这两张卡都是用姑丈的名字办的，里面分别是咱们的学费和生活费。每个账户里有六万块钱，其中两万学费，四万生活费。"

遥远说："这两张都别动。"

"嗯，我觉得也用不到，"谭睿康说，"我刚才就想还给姑丈，但他不收。"

遥远道："也先别还他，以后再说吧。"

十二万还是不小的一笔钱，如果还给赵国刚，说不定会被舒妍要去保管。

"这张卡里的钱是我以前省下来的。"谭睿康十分郁闷，遥远正在苦恼钱不够，谭睿康却在苦恼钱太多，说，"我也要还给姑丈的，他不肯收，哎……"

遥远问道："有多少？"

谭睿康说："从和你们一起生活开始，上学的时候每个月攒下来一千六，一年九个月……"

遥远不禁动容，说："也有好几万了。"

谭睿康说："嗯，四万多，这笔钱要怎么办？"

遥远对照自己的生活费，赫然发现自己居然花了这么多钱，以后没个一百万，都别说什么报答赵国刚的事了。

遥远说："花吧，不花白不花，省下来也是给他小儿子花，省什么？"

谭睿康乐不可支，说："那……"

"钱都给你管着，你当家。"遥远说，"我要钱找你拿就行了。"

谭睿康说："那好，你要钱就找我拿，这些我都帮你管着。"

遥远心念一动，说："要么顺便拿点钱出来炒股票吧。"

谭睿康舔了圈嘴唇，静了很久，遥远知道谭睿康怕赔，遂道："现在还不是好时机，再看看吧。"

谭睿康点了点头，两人开始了正式当家的日子。

第二天谭睿康买了车票,两人又买了新衣服,收拾得干净整齐,一起回老家给谭睿康的父母上坟烧纸。谭睿康还煞有介事地复印了两份录取通知书,准备去坟前烧给过世的爹娘看。

这一次回老家他们基本没有什么牵挂了,住几天也随意。

遥远从小就向往自由,奈何被赵国刚管着,总是不自由,现在能自己决定了,他反而没了主意。想了半天,最后只得全部交给谭睿康决定。

到县城的时候,遥远惊讶地发现这里变化很大,比三年前来的时候繁荣了很多。网吧开起来了,餐厅也多了不少,从前常见的拖拉机少了,电动车也开始普及了。

"据说省里有政策,"谭睿康说,"在扶持乡村发展呢。"

他们回到老家的祖屋,村口处还堆了不少砖,遥远道:"这里也要建设了?"

谭睿康笑道:"这应该是别人家娶媳妇盖房子的。来,你把这拿着。"

遥远:"嗯?"

谭睿康打开门,取了根竹竿挂上鞭炮,遥远惊讶。

砰!砰!噼里啪啦的巨响,家门前硝烟弥漫,登时惊动了邻居,纷纷出门来看。

"我们考上大学了!"谭睿康笑道,"回来放鞭炮。"

哗一下村子里轰动了,村里好几年没出过大学生了,邻居们纷纷上门道喜。谭睿康坚持不收红包,笑着说:"学费够的,我爸生前让我考上大学记得请大家喝酒,今天我和小远请大家喝酒。"

谭家的小孩和外甥考上大学,还是全国重点大学!消息传开以后遥远收了不少吃的,却坚持不收红包。

当天谭睿康办了酒席,完成他父亲生前的遗愿,左邻右里都来了，请了三桌，席间邻居们唏嘘不已，都在说当年的事。

翌日，谭睿康又带着遥远上山，笑吟吟地在父母的坟前烧了通知书复印件，遥远还在一旁撺掇道："你烧原件啊，有本事把原件也烧了嘛。"

"爸，妈，小远的爸爸……"

"别告诉他们，"遥远制止了谭睿康，说，"待会儿害我爸睡觉都不得安生。"

谭睿康哈哈大笑，叹了口气，说："谭家是你娘舅家，本来这件事就是娘舅家管……哎，是哥哥没用，说不上话。"

遥远摸了摸跪在坟前的谭睿康的头，说："这不是成年了吗？娘舅家也只能管到十五六岁吧，别想了，走吧。"

遥远知道谭睿康因为这事有点自责，确实按照中国的习俗，父亲续弦的时候，母亲的娘家都该有个男人出来说话，大家好商好量，把小孩的事给谈妥了。但谭家就谭睿康一个，唯一的堂舅也去世了，谭睿康寄人篱下，吃赵国刚的，用赵国刚的，说不上话很正常。

事实上这也不是什么大矛盾，最后遥远用了个不是办法的办法，自己解决了。

第十一章 回乡

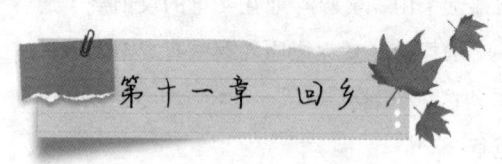

谭睿康借了辆自行车，载着遥远，遥远张开双脚骑在车后座上，自行车轮的印迹弯来弯去，在乡间小路上绕成一个"S"。

"你行不行？"遥远说。

谭睿康笑道："可以，太久没骑了，以前上学还带同学呢！你放心。"

遥远说："去哪儿？"

谭睿康："去我初中老师家，可以吗？你怕生不想去的话，就找家网吧上网，哥聊会天就出来接你。"

遥远道："没关系，一起去吧。"

他们从山上下来，拐到另外一条小路，去县城边上。

谭睿康又说："这山里听说还有狼呢。"

遥远说："估计再过几年也没了吧。"

谭睿康点了点头，说："我希望家乡能发展，建个度假村什么的，到时候咱们的房子和地可就值钱了。"

两人到谭睿康的初中班主任家报喜，班主任是个三十来岁的男人，教了谭睿康三年。那时班主任也正年轻，常常和半大小子们一起踢足球，感情很好。

"老师好，师母好。"谭睿康买了一条烟，一瓶酒，送到班主任家。

"老……老师好。"遥远尴尬地笑了笑。

正值暑假,班主任还在备课,一见谭睿康来了,便马上道:"睿康!我就知道你能考上大学!来来,让老师看看是哪所学校!"

谭睿康先介绍遥远给他认识,然后笑道:"本来想考清华的,差三分落榜了,唉。"

遥远心想,你就嘚瑟吧。谭睿康和他的班主任大声谈笑,师母去买了酒和小吃回来,两人在客厅里谈得热火朝天。遥远在一旁听,忽然就想起自己似乎从来没去看过老师。

大城市的师生关系与乡下有很大差别,教育体系更规范,老师领公务员的薪酬,教学育人,遥远虽然保持着表面上的尊敬,却没有太多对老师的特殊感情。初中时他也知道赵国刚经常跟他的班主任走动,为的就是让他在班上少挨点骂。

长此下来,遥远每毕业一次,和班主任的关系就没有什么值得惦记的了,反而某些对遥远特别好的老师却从没收过赵国刚的礼。

初中时有一个英语老师是特级教师——和蔼可亲的老太太,她在初一时就非常喜欢遥远,当着全班的面夸他英语说得标准流利,词汇量大。遥远也很喜欢她,这种鼓励是很重要的,这令他初中三年对英语产生了兴趣,形成良性循环并越学越好,而高一时被物理老师罚站半节课后的阴影,则让他整个高中都有点痛恨物理。

"爸,给我听写!"班主任家的小儿子道。

遥远道:"我来,你们才三年级就学英语了?"

他过去小书桌前,给小孩子听写,又教他用外文字典查单词,说:"你可以养成用英文句子解释英文单词的习惯。我说,你猜?"

他一边给小孩听写,一边听着谭睿康和他班主任谈的往事。

原来当年谭睿康的父亲重病,他初中毕业后就没上学了。一年后,班主任特地上门去了他家,当时谭家只剩一个老太太,班主任告诉她谭睿康的成绩很好,只要认真学习,一定能考上大学,千万不要让他辍学。

外婆听了以后跑到镇上,给赵国刚打了个电话,谭睿康复习了三个月,便提着一堆破烂行李,搭上了前往南国的长途汽车。

谭睿康家里没有女人,父亲又去了石料厂工作,导致他长期无人照顾,衣服袜子破了也从来没人补,幸亏学习还是很努力的,没有跟着别人瞎混。

"Pink,"遥远说,"粉红色,我看看你课本上写的什么……老天,不能这样标。"

遥远翻到前面,用橡皮擦把小孩课本上英文单词下的中文发音全擦掉,什么"爷死""爸死""够""巴拿呢"通通擦了,用相仿的拼音标出来,说:"你会读吗?"

遥远把自己的真传全教给了他,又列了张表,将汉语拼音与国际音标中不一样的词详细对比,看着小孩的眼睛,说:"你会读了以后,就把它们替换上去,包括'θ','ε','α'这些,都很像的,能听懂吗?"

小孩点了点头,遥远道:"太聪明了,现在的小孩子真的都聪明。"

小孩不好意思地笑了笑,对着单词重新标上音标。

班主任在客厅说:"……你能在大城市里坚持自己,没有迷失在灯红酒绿的生活里很不容易。听到你去上高中,我心想,坏了,万一你学习不刻苦,还不如去念职高学门手艺……"

谭睿康在客厅里爽朗地大笑,说:"我刚到那儿的时候也很迷茫,幸亏姑丈是个很厉害的人,他白手起家……"

"……小远又给了我很大的帮助……"

当天谭睿康和遥远留在班主任家吃饭,班主任又开了瓶新酒,喝得谭睿康满脸通红,吃到晚上十点,谭睿康方道:"老师,我们回去了。"

班主任道:"在这里睡吧,我去支张床,两个小伙子挤挤。"

谭睿康忙道:"不不,要回去,家里还没收拾,早上出来门都没锁。"

遥远和谭睿康下楼,谭睿康说好毕业后再来探望老师,一脸幸福地把老师送他们的两本诗集收好。

遥远道:"酒后驾驶,没关系吗?"

谭睿康叫道:"没没没!我还没醉呢!上来上来!"

遥远坐在后面,脚蹬着地,双手抓着车座,嘴角微微抽搐,看谭睿康那东倒西歪的模样,说:"算了吧……"

谭睿康牛脾气来了,说:"没事!咱们抄近路回去!从山里……穿过去!"

夏天的夜风凉爽,谭睿康骑着自行车像个玩杂耍的猴子,歪来歪去,片刻后停下来,示意遥远等等。

遥远:"?"

谭睿康过去扶着树猛吐。

遥远:"……"

吐完以后,谭睿康清醒不少,又过来示意遥远上车。

乌云掩去了天空的星光,四周黑漆漆的,远方不知道什么在叫,四周虫鸣声都停了,漆黑的路上,群山犹如黑夜里张牙舞爪的凶兽。

遥远心里有点怕,谭睿康按了两下车铃,叮叮声远远传出去。

"小远,你怕鬼吗?"谭睿康说。

"不……不是很怕。"遥远确实不怕,这附近是外公外婆埋的山头,祖宗有灵,怕什么?他只是怕蛇怕抢劫。

"别怕,"谭睿康醉醺醺地说,"哥保护你。"

遥远哈哈地笑,想起初中时谭睿康书包里的一根铁棍。

谭睿康又叹了口气,说:"小远,我对不起你。"

遥远道:"说什么呢。不对,你做了什么对不起我的事?快说!"

谭睿康摇头晃脑地想了想，倏然间路边扑来一个灰影，把他们的自行车扑得歪倒下去！

"小……"谭睿康话未完，两人便连着自行车一起摔下了山坡。

一阵疯吠，狗的咆哮声响彻夜空，遥远撞在石头上，脑中发出巨响，嗡的一声，紧接着谭睿康紧紧抱住了他。遥远全身剧痛，手臂被石头擦得火辣辣地疼，又听到疯狗一阵狂吠。

"汪——汪——"

一只半人高的大黑狗从坡顶冲了下来！

同一时间，两人滚下近三十米的山坡，一头撞在地上。遥远只觉得全身筋骨剧痛，摔得快吐血了，但他的头是撞在谭睿康手肘上的，没有直接撞地。

遥远被摔得眼冒金星，大声道："谭睿康！谭睿康！哥！"

谭睿康猛地翻身呕吐，遥远要把他拉起来，冷不防又听到一声狂吠。那只黑狗追了下来，喉咙中发出危险的呼呼声，遥远瞬间意识到恐惧，这只狗是疯狗？！

它的眼睛瞎了一只，正缓缓俯身。

遥远骂了句脏话，恐惧消失后是难以遏制的狂躁。那只狗冲了过来，遥远看也不看，捡起一块石头，朝狗狠狠砸去！

黑狗挨了这一下，登时发了狂，落地时退了一步，露出满嘴森森白牙，朝着遥远压抑地咆哮数声，遥远又吼道："滚！"

遥远抓着块拳头大的碎石，眼神中一流露出恐惧，那狗登时又狂吠起来。谭睿康呕了满地，挣扎着起身，那恶狗似乎又受了刺激，发出一声狂吠，朝谭睿康扑去！

"滚！"遥远不要命般用石头狠狠一拍，正中狗头，那狗登时痛得在地上翻滚，谭睿康道："快走！是疯狗，别让它咬着了！"

那狗已经发了狂，谭睿康不住猛咳，遥远道："爬不上去！"

坡太陡了，那狗又扑了过来，谭睿康抓着遥远的手臂把他拖起来，牵着他的手朝另一个方向狂跑。长这么大遥远从来没经历过这种事，他俩都跑得飞快，心快从嘴里跳出来了，疯狗追了一路，遥远跟跟跄跄差点摔倒，被谭睿康推进一个木屋里。

"进去！"谭睿康喊道。

两人摔了进去，那狗疯狂地扑了上来，朝谭睿康咆哮。

遥远忍不住大叫，谭睿康冲上前去用肩膀紧紧抵着门，把黑狗的头夹在门缝中，遥远随手捡到什么，抓着就朝门外乱劈乱砍。疯狗退了出去，谭睿康狠狠关上门，上门闩，"砰"的一声，两人被关在了黑暗里。

他们倒在地上不住喘气。

伸手不见五指的黑暗里，木屋很狭隘。

"小远……小远……你没事吧。"谭睿康摸索着过来，摸到遥远的手，跟他确认。

遥远喘息着点头，把头埋在谭睿康的肩膀上喘了一会儿，感觉到脖颈有温热的液体，吓了一跳，说："你流血了？"

"耳朵刮了道口子。"谭睿康发着抖道，"打火机还在吗？我看看你。"

遥远摸出打火机，谭睿康接过，轻响声后，一星微弱的火光在两人之间跳跃。

谭睿康左脸上满是血，他们静静对视，他把手掌覆在遥远的侧脸上，认真地端详他，喃喃道："还好，你没事，没破相。"

谭睿康的脸庞上带着鲜血，眼睛一眨不眨地看着遥远，看他的眉毛，看他的眼睛。

两人静静注视，彼此都能感觉到对方灼热的呼吸，谭睿康如释重负，闭上眼睛，笑了起来，说："没事，没事。"

谭睿康英俊的笑容仿佛点燃了遥远心里的火种，在那一瞬间，遥远不知道为什么很感动。

"让我看看你，痛吗？"遥远小声地问。

打火机烫手，谭睿康松开拇指，四周恢复黑暗，他答道："哥没事，别担心。"

遥远要拿打火机，忽然外面的狗又疯狂地叫了起来，谭睿康马上说："进不来！别怕！"

打火机掉在地上，遥远摸了摸，找不着了。那疯狗朝门上一撞，发出惊心动魄的声响，两人都不敢动，许久后，外面又静了下去。

"还……还没走？"遥远道，"这是什么地方？"

"采石场，"谭睿康道，"我爸以前就在这儿干活。"

两人的眼睛适应了光线，这是一个采石场旁暂时堆放废木的地方，空间非常狭小，断木整齐地码着。遥远伸手摸了摸，谭睿康道："别被扎着，你到这边来。"

狗吠声再起，遥远险些被吓出心脏病，说："这畜生。"

"乡下的狗和城里的不一样。"谭睿康道，"不知道哪家的狗疯了跑出来，你被咬着了没？明天得去卫生所打个针。"

遥远道："没有，怎么能这样？太无法无天了，真该把这畜生打死。"

谭睿康说："别，狗发起狠来，咱们都不是它对手，这些狗能咬死人的。可能是邻村养的，明天去问问是谁家的。不过也……哎，顶多赔点钱就完事了。"

遥远出了口气，难受地借着一点微光打量谭睿康的耳根，谭睿康道："没事，已经不流血了。"

两人依偎在墙角，谭睿康一手揽着遥远的肩膀，轻轻拍了拍，说："小远。"

"什么？"遥远的声音在黑暗里微微发颤。

谭睿康笑道："你刚刚可真够狠的，比那狗还狠，狗都怕你了。"

遥远一时间被岔了思绪，笑了起来，说："你是说我比疯狗还狠吗？"

谭睿康道："我完全想不到，你揍它那会儿可真凶。"

遥远道："我……嗯，我当时没注意，脑子都昏了。"

谭睿康想到一事，又道："被咬着了没有？"

两人都穿着短袖，谭睿康牵起遥远的手，仔细查看，之后又检查别的地方有没有受伤，遥远道："别……没事。"

"被咬被抓以后，得让伤口暴露在空气中，"谭睿康说，"怕有狂犬病毒，明天去打疫苗，你把上衣脱下来吧。"

"我没事，真的，我没事。"遥远调整了一下坐姿，说。

"真的没被咬吗？"谭睿康道，"抓伤呢？"

遥远道："真的没有……"

他的声音里带着一点不耐烦，谭睿康便不再检查他，依旧搭着他的肩膀，让他靠着自己，说："睡会儿吧，白天咱们再出去。"

遥远"嗯"了声，心里久久不能平静，一直没有闭眼。谭睿康看遥远没睡，又让遥远枕在自己大腿上，遥远便闭上双眼，一动不动。

过了很久，外面远远地传来鸡叫声，一缕薄薄的晨光从门缝里飘了进来。

"哥，你在想什么？"遥远睁开眼道。

谭睿康也没有睡觉，答道："在想你。"

遥远："……"

谭睿康的指头摸了摸遥远的脸，他的手指干燥而温暖，带着好闻的气味，说："这儿全是碎石路，以前我爸工地上有个人从坡上滚下来，整张脸全毁了，血淋淋的，幸亏你没擦着，真是吓死我了。"

遥远道："还不是因为你要骑车，不然也碰不上疯狗。"

"我的错我的错，"谭睿康笑道，"我就是命硬，算命的说我八字大……"

"别这么说!"遥远最烦听到这话,"以前也有人说过是我把我妈克死了的话,你明白我的心情吗?"

谭睿康道:"好,不说。不过那算命的有一句说得很对,你记得那老瞎子吗?"

遥远道:"老瞎子?"

谭睿康:"就是大奶奶去世的时候,一个老瞎子过来,姑丈给了他一百块钱。"

遥远完全没有印象,说:"他怎么了?"

谭睿康说:"他是个算命先生,听说腿被打瘸了,那会儿大爷爷大奶奶都在,大奶奶生不出孩子,瞎子给她摸了摸脸,让她在树上挂个什么的……大奶奶就生出孩子来了。"

遥远动容道:"有这种事?这不科学吧。"

谭睿康道:"我也是听大奶奶说的,她还生了个男孩呢,大爷爷喜欢得很,可惜没养活,六岁的时候在河里淹死了。"

遥远道:"我还有个大舅?没听我爸说过。"

谭睿康"嗯"了声,说:"瞎子说大爷爷当兵那会儿杀的人太多,血气重,所以咱们谭家香火不旺,后来大奶奶又生了你妈妈。"

遥远听得出神,谭睿康说:"那老瞎子跟咱们挺有缘分的,小时候给我摸过骨,说我命……那啥,不太好,还给你摸了。"

遥远忽然就想起来了,好像真有这么一回事,他五岁回老家时,在堂屋里有个人在他脸上摸来摸去,吓得他大哭。

"他怎么说我的?"遥远说。

谭睿康想了想,说:"说你命好,从来不缺钱,一辈子顺风顺水,总有人宠着你。"

遥远点头道:"说得也对。"

他确实从小就命好,而且天生被人惯着,离开父亲以后又有谭睿康这个兄长照顾。

谭睿康说:"但磕磕碰碰也多,老天爷看有人宠你,就不想你过得太好,时不时会绊你一跤,推你一把,让你摔个嘴啃泥……总之,就不让你顺心。"

遥远道:"这就不对了,老子不是说天地不仁,以万物为刍狗吗?天下万物在它眼中,都像拜神烧的草狗一样,没有什么特别的吧,也不会喜欢这个讨厌那个,怎么会专门来欺负我?"

谭睿康笑道:"当然,算命的要是现在碰上你,你就使劲儿堵他的话吧。"

遥远摆手笑道:"我不和他一般见识,你呢?不说那些话,还有啥有用的吗?"

谭睿康说:"说我是灾星,不过也会遇上贵人,都是命中注定的缘分,从十七岁起,碰上贵人的时候,命就转好了。"

遥远一听就尴尬,忙道:"我可不是贵人。"

谭睿康道:"你是,不用问了,你就是我的贵人。"

遥远坐直身子,伸了个懒腰,他其实一夜没睡,他说:"要说的话也是我爸。而且没有什么贵人不贵人的,你全是靠自己呢,没听你老师说吗?你没迷失在大城市里,这都归结于你的本性。"

谭睿康道:"嗯……"

遥远侧过头,谭睿康也侧着头,两人盖着同一件外套,晨光熹微,谭睿康不知道在想什么,看着遥远的双眼,眼神有点无辜,又有点期待。

两人靠得很近,遥远下巴一扬,撞了谭睿康肩膀一下。

谭睿康马上抬起手臂挡开遥远,遥远哈哈大笑,说:"谢谢你,哥。"

谭睿康蹙眉道:"别……别这么肉麻,小远!该是我谢谢你!"

遥远朝他比了个中指:"你傻吗?"

谭睿康道:"你你你……"

谭睿康既好笑又无奈,拿手指头戳遥远脑袋。天已大亮,谭睿康说:"我出去看看那狗还在不,你别出来,有动静马上把门关上。"

遥远道:"我来吧,你身上带血,它见了你就发疯。"

谭睿康不容置疑道:"我来。"

谭睿康把门打开一条缝朝外看,说:"应该走了,走了,出来吧。"

遥远注视着他的后背,谭睿康回身来牵遥远的手,说:"走。"

外面一到白天就变了副模样,满地碎石铺就的道路,锋锐的沙砾与小石头折射着阳光。

遥远松开了谭睿康的手,挠了挠自己的头,说:"怎么走?"

"那边。"谭睿康指了路,他们回到昨天从坡顶摔下来的地方,自行车已经摔得变了形,没法再骑了。

两人手脚并用地爬上去,截住过路的一辆拖拉机去县里卫生所,里面站了一群被狗咬的人,彼此愤怒地大声商量,要怎么去找那只狗报仇。

谭睿康让遥远打狂犬病疫苗,一共要打三针。问清楚过程才知道,原来许久前邻村有一户人家的母狗下了一窝崽儿,主人把狗崽送人没人要,自己又养不起,只得把狗崽都扔了。母狗千辛万苦竟然寻回来三只,主人一肚子火,直接把狗崽当着母狗的面活活摔死了。

那母狗便疯了,吠了一晚上,又被打了一顿。那家主人有事出门后,母狗便挣断了绳子,跑出村外,看到穿白衣服的人就咬。

昨晚谭睿康恰好就穿的白衬衣,只能算他俩倒霉。

遥远在卫生所打了一针疫苗,手肘、手背擦伤的地方也都上了红药水。遥远实在困得不行,谭睿康还在等着给耳朵上药,遥远便躺在一排椅子上,枕着谭睿康的大腿补觉。

谭睿康把手放在遥远胸口,时不时和村民们交谈几句。

遥远睡得迷迷糊糊,听到谭睿康小声说:"就在这里,嗯。"

谭睿康的手指抓住了遥远的衣服，遥远睡得正舒服，一抬手无意识地抓住了谭睿康的手指，谭睿康的手指微微发抖。

"怎么了？"遥远猛地坐起身，看见医生在给谭睿康的耳朵缝针。

"撕得这么厉害？"遥远失声道。

"别看，"谭睿康的声音发着抖，"一针就行了，小远，别看。"

遥远握着谭睿康的手，医生剪了线头，谭睿康吁了口气，遥远道："会留疤吗？"

"不会，"谭睿康笑道，"哥帅得很呢，走吧，回家睡觉。"

十二名被狗咬了的人去那家人门口讨说法，此地民风彪悍，众人抢扁担的抢扁担，扛棍子的扛棍子，预备再见到那只狗便当场打死。

主人刚回来，见了这事吓得够呛，只得每人请包烟，又一人赔了一百块钱，遥远拿着两百块钱，说："这就算了？"

谭睿康道："还能怎么办？把他房子拆了吗？"

还有不少人在那家人房子外面闹，谭睿康说："算了吧，乡下人的命不值钱，你当是大城市里呢。"

遥远真是一肚子火，听到里面主人答应把狗交出来让人打死出气，遥远的心也软了，说："算了吧。"

谭睿康笑道："走。"

他们把两百块钱赔给邻居当修自行车，因为受了伤，谭睿康不能洗头不能洗澡，待在又热又闷的老家只会平添麻烦，便提前返程了。

遥远郁闷地搭上回家的长途大巴，看着车窗上谭睿康歪在自己肩膀上打瞌睡，渐渐意识到，他并非一无所获，反而得到了某些东西。

八月底，开学了。

谭睿康耳朵上的伤口拆了线，还没有完全愈合，天气又热，遥远担心得很，本想请几天假再去报到，谭睿康却坚持说不用。两人只得收拾好东西，准备去上学。

两人商量后，决定先不带电脑，谭睿康用的那一台还是遥远初中毕业后淘汰下来的机子，遥远这一台也跑不动游戏，打算一人买个笔记本电脑。

而按谭睿康的意思，是他用遥远的高中电脑，给遥远买个笔记本电脑。遥远觉得过意不去，两个人吵来吵去吵个没完。

谭睿康道："我平时只要上网查查网页就够了！你给我买这么好的做什么？"

遥远有点受不了他了，说："这个机子怎么带去啊？重得要死。"

谭睿康道："你别管了，军训结束后，你的电脑也包在我身上。"

谭睿康一当家，两人就开始因为钱的事情争执，最后遥远只得让步，闷闷不乐地提着行李，跟谭睿康去上大学。

遥远的意思是，到了学校买新的被子褥子和生活用品，谭睿康却觉得花钱心疼，便把能打包的全打包好，背着个登山包，提着两个大袋子。

遥远真要被他折腾疯了，说："别带这么多东西行吗？你耳朵还没好，提这么重的东西容易出汗，可以到了再买的！"

谭睿康道："又不用你提。"

"这样很丢人！"遥远终于说出了真话。

谭睿康道："那叫姑丈开车送？让姑丈送咱们去，你又不愿意。"

遥远无语了，他唯一的念头就只想去撞墙发泄一下，他自己都觉得自己是个神经病。

两人把行李搬上火车，到了羊城又要转车，谭睿康要去坐地铁，遥远则快哭了。他们一共七个大行李包，上了地铁一定会被人笑话死的。

"打个车吧。"遥远道。

谭睿康道："这里打车不比咱们那儿，很贵的！别看起步价才十块，我查了地图，从这里到学校要好几十……"

遥远说不出什么来，只得无意识地摆手，求谭睿康别再说了。

他们在东站外面转了一圈，忽然看到大学城校区的学生柜台，登时得救了。

大巴把他们送到大学城，大学城里面很大，遥远从小到大除了出去旅游便没怎么见过世面，开始他还以为只是所有学校混在一起，用同一个教学楼或者共用几个特别大的食堂，来了以后才发现完全不是那样。

谭睿康的校区在五山，坐地铁过去还要再换乘一次，遥远初来乍到，只觉得一片混乱，不是说好都在大学城的吗？

谭睿康对着地图端详，又去问师兄师姐，最后得出一个结论，大一在五山校区，大二开始搬到大学城，分开一年而已。

好吧，一年就一年吧，一年也可以接受。

谭睿康先带着遥远把大包小包分开，然后两人去报到。

"我自己就可以了，"遥远说，"我真的可以。"

"那你去排队，"谭睿康笑着说，"我在这里等你。"

八月底的校园里热得人汗流浃背，遥远去报到，先领了宿舍钥匙，其余的待会儿再说。

两人进去看了一眼，四人间，只有一个戴着厚瓶底眼镜的男生在看书，抬头茫然地看着他们。

"你好。"谭睿康笑着与他打招呼。

那人起来和遥远握手，遥远生平第一次这么正式地打招呼，不由得起了一身鸡皮疙瘩。

遥远自我介绍道:"赵遥远。"

那人点头,遥远根本听不懂他说的什么,口音太重外加他天生记不住名字,基本是过耳就忘。他四处看了看,说:"都没来吗?我睡……这里吧。"他选了个靠阳台的位置,床铺是双层多功能一体的,上面是床。

谭睿康说:"靠阳台容易被风吹,靠门也不好……就这里吧。"

谭睿康爬上去给遥远铺床,遥远要谭睿康下来,谭睿康却不管他,说:"我给你铺,你自己铺不好。"

遥远逛了一圈,看了阳台又看洗手间,发现没有空调和洗衣机,有热水器和电风扇。

"你们是一起来的吗?"那人道。

"不,"遥远笑道,"他是我哥,送我来读书。"

片刻后又有两个学生进来,和遥远打过招呼。遥远脑子里十分混乱,记不住名字,只能朝他们笑。

五个人在宿舍里就有点挤了,谭睿康帮忙收拾床铺,遥远觉得很没面子,忙道"好了好了,剩下的我来"。谭睿康又出去看了一下周围,说马上就走。

遥远舒了口气,把东西拿出来,挂进衣柜里,床的下面有书桌书架衣柜,设计得非常好。

四个学生都在收拾东西。

"小远,"谭睿康说,"楼下有洗衣房,可以找宿管阿姨,给她衣服让她帮你洗,这样你就不用自己洗了。"

有个室友在那儿笑,遥远面红耳赤,说:"我知道了。"

"请多多关照我弟,"谭睿康诚恳地说,"他第一次出来过集体生活,各位兄弟多多包容。"

遥远窘得面红耳赤,正要说点什么时——

"一定一定，"另外一个高个子朝谭睿康笑道，"大家都是第一次，能在一起是缘分，互相照顾。"

遥远心道这人真会说话，自己就学不会这些。

谭睿康说："我走了。"

遥远说："我送你下去。"

谭睿康背着个包，手里提着个行李袋，两人下了一楼，四处都是穿着迷彩服，抱着被子的新生在嘻嘻哈哈地聊天。

遥远把谭睿康送到校门外，谭睿康还要挤公交，换乘地铁，说："弟，照顾好自己，学学和新朋友相处。"

"我会的，"遥远哭笑不得道，"你快去吧。"

"这就走了。"谭睿康说。

遥远心里有点空空荡荡的，刚刚说让谭睿康快点去学校只是不好意思，等谭睿康真要走了，遥远却又不想他走了。

"什么时候碰面？"遥远说。

谭睿康道："电话联系，不忙的话……等军训完了，咱们下午没课就每天一起吃饭？"

遥远道："好。"

谭睿康上了公交，遥远大声道："你注意安全！"

谭睿康没听见，他在公车上掏出手机，料想是跟赵国刚报告他们已经顺利入学的事。遥远站在车站前，说不出的失落，剩下他自己一个了。

真奇怪，以前也是自己一个人，四年前谭睿康还没有来，遥远便一个人起床，一个人刷牙洗脸，自己塞着耳机出门搭公交上课，那时候怎么就不觉得失落？

谭睿康一走，遥远便觉得相当不自在。

他转身走了两步，谭睿康的手机短信来了：弟，待人真诚就行，真正的你很讨人喜欢，没必要刻意去迎合谁，讨好谁。

遥远抬头看了一眼，见公交车上谭睿康抬头朝他笑了笑，朝他做了个再见的手势。

回到宿舍，各自的床都铺好了，两个新室友在聊天，那高个子见遥远回来了，说："刚刚那人是你亲哥？"

遥远道："表哥，不过我们从小一起长大，他在华工念书。"

"你哪儿的？"另一个男生说。

遥远想起谭睿康的叮嘱，老实说道："我……南国的，你叫什么名字？不好意思我刚刚太紧张了，没听清楚……你们的名字我全没记住。"

宿舍里的人都笑了起来，那人道："我叫张钧。"

遥远笑道："我叫赵遥远。"

高个子说："我叫于海航。"

戴着眼镜的男生说："我叫王烨。"

四人就这么认识了，遥远暗自记住他们的名字，坐到椅子上，搭着椅背，高个子又道："你哥刚放完暑假，和你来上学？"

"嗯……他华工的，"遥远说，"也是大一，不过他比我大。"

"高三复读了？"王烨说，"我也复读了一年。"

遥远道："算是吧，中学的时候有复读过……"

"中大的分数可真够高的呢，"于伟航说，"在我们那儿得六百分……"

几个人开始聊高考，遥远这才知道，原来每个高校在不同省市的录取分数有很大差别。像深大这种本地人考不上就去念的保底学校，在内地省市居然属于第一批，还相当不好进。

中大与华工的分数也很高，外省学生考进来颇费一番力气。

就连北大、清华这些学校，也对京市学生有相当好的优惠政策，谭睿康的学习水平换到当地应该是稳进清华的。

复旦、交大则对本地人有分数优惠，相应的，遥远能把中大作为第二志愿，也是托了自己是本省考生的福。

居然还有这么多玄机，遥远从来没听赵国刚说过，同宿舍的他和于海航是学通信工程专业的，这个专业据说就业前景很不错，另外那个戴眼镜的男孩和张钧学计算机。

遥远老对不上名字，只能把人先认识了，顺便给那个戴眼镜的男生起了个外号叫小呆，因为他又小又呆。

四人刚认识，话题始终围绕着几个月前的高考，聊完分数又聊各自的专业。中大计算机系还是不错的，这些年里开始朝各个地区输送人才，就业前景很广阔。

片刻后有人来敲门，是同班同学，提醒他们去领军训服装和被子。

遥远出来打了声招呼，发现自己这层楼同班男生占了一半，都是两个两个与其他学院的人混搭。

他和于海航下去领被子领脸盆，于海航道："你哥对你挺好的，走这边，别乱跑。没出过门？"

遥远人生地不熟，多年来都有爸爸或者哥哥跟着包办，连地图都不会看，此刻他就像一只巴哥被扔进了土狗窝里，满脸迷茫与惆怅，连于海航也看得出来。

"为什么这么说？"遥远一边排队一边和于海航聊天。

"还给你铺床收拾东西，"于海航笑道，"以前都被你当保姆了吧。"

遥远尴尬地笑了笑，说："你爸妈没送你来？"

于海航笑道："路费太贵了，没让他们来。"

遥远点了点头，知道同宿舍朋友都挺穷的，除了张钧带了部电脑以外，另外那个小呆和于海航都没有电脑，于海航穿的衣服也很一般，球鞋又旧又脏。

"请你喝水吧。"遥远说。

于海航忙道不用,遥远便没有坚持,自己买了瓶水,两人抱着一大堆东西上楼,还有两天才军训,几人便在寝室里聊天。

晚上有个长得很帅的师兄过来教打包被子,拿遥远的被子当示范,他长得比遥远高,帅气的感觉和遥远不是同一类型的。

遥远有点心不在焉,完全没听进去师兄在说什么。

"会了没?"于海航注意到遥远走神了,提醒他。

师兄说:"小帅哥,这个我帮你打包了,别碰它,后天直接背上去军训就行。"

遥远忙道谢谢,师兄走后,遥远道:"晚上我请客,大家一起吃饭吧?"

众人忙道"不用不用,就吃食堂吧",遥远也只好作罢,跟着去吃了顿食堂。食堂的饭又硬又难吃,食堂大妈给的荤菜还很少,一勺菜里只有几块排骨。

"就这么点吗?"遥远道,"伙食也太差了吧。"

"两块钱的荤菜,五毛钱的素菜,"张钧笑道,"能有多少?大妈看你帅,已经多给你了。"

四人都笑了起来,眼镜小呆打了两份素菜,于海航则买了半斤饭,吃完还要加,说:"你们南方人不吃馒头,吃饭不顶饱,还是得吃馒头。"

遥远打了一堆菜,他是按以前高中十块钱的快餐标准吃的,况且每份菜也就那么一小勺,挑挑拣拣几口都不够吃的。他吃了几口菜,不好吃,饭更不好吃,对着那又干又涩的米饭,想去点几个小炒吃,又觉得自己这么吃好像不太好。

正吃饭时,谭睿康的短信来了:弟,军训衣服领了吗?吃饭了吗?

遥远:领了,正在吃。

谭睿康：吃的什么？

遥远：红烧肉、草鱼、糖醋丸子、海带排骨、油菜、西兰花。

谭睿康：晚上早点休息，和室友相处怎么样？

遥远：人都很好，相处得不错，你呢？

谭睿康：我这边也很好。

遥远没有意识到自己点了太多菜，吃不完就放着，直到其余三人开始嘲笑他浪费，他才觉得很窘，只好什么都不说。

他发现上了大学以后，小时候的交友方式已经行不通了。还记得刚上初一的时候和齐辉宇同桌，遥远带了当时很贵的进口松下walkman，一人一只耳机一起听，又拿糖请齐辉宇吃，两人就成好朋友了。那盒糖大家吃来吃去传了大半个教室，于是遥远也得了个外号叫牛奶仔。

上完体育课，他满头大汗去买水喝，张震在一旁，张震说："牛奶仔，请我喝瓶水吧。"

遥远请他喝了一瓶，请齐辉宇喝了一瓶，看到林子波在旁边，懒得揣找零的硬币，就花十块钱买了四瓶水，分了林子波一瓶。

就这么简单，四个人成了好朋友。

现在再认识陌生人，成为朋友似乎又多了个话题——钱。虽然室友们都没有明着说，但话题总是围绕着与未来、职业以及物质有关的内容。

小时候钱就是钱，是可以买吃的喝的用的玩的的一张纸。

长大以后，这些纸上似乎承载了更多——生活、背景、社会地位、环境差异，所有的人都在想，现在没有，以后会有的。你有，我不羡慕，因为我通过自己的努力，迟早也会有。

吃过晚饭，遥远坐在桌前翻画册，室友聊的话题他都不太感兴趣，他们会打斗地主，会打拖拉机，这些他都不会，只会本地人常玩的锄大地。

他们聊就业，聊工作，聊打工一个月能赚多少钱，同时对大学生的未来充满期待，言语中流露出心比天高的志向，聊什么时候去当家教赚零花钱，聊亲戚在什么地方开厂赚了几十万，聊各自家乡的风俗……

于海航喜欢粤语歌，还让遥远唱几句听，遥远哭笑不得，会说粤语赫然变成了一项技能。

"你以后就教咱们说粤语吧。"于海航说。

"好的……"遥远欲哭无泪道，"保证你们毕业以后都学会粤语九百句。"

遥远试了几次，最后不得不承认自己和他们聊不到一起去，他不知道就业有多重要，钱有什么关于自我价值与社会地位的深层含义，也不知道这里在许多人的思想里已经是遍地有黄金的印象。

于海航他们高中时读书一个比一个刻苦，他们想的是来了羊城就要在这里安定下来，把父母也接过来。

遥远对工作根本没什么概念，别人问他家是做什么的，遥远只说父亲在开一个小公司，便不敢再多说了。他不敢说自己还在念高中就已经定下要去当上市公司总经理的秘书，就连对钱，他到现在还没形成一个明确的概念。

临别时谭睿康给了一千，遥远一边告诫自己不要乱花，一边就忍不住在楼下花了两百——买了下午喝的，晚上喝的，明天早上喝的饮料，半夜饿了可以吃的零食，买了泡面，买了个夹在床头的小电风扇和液体蚊香，还有一堆师兄师姐们拿出来卖的小说和漫画书。

买回来的时候眼镜小呆翻了翻遥远的漫画书和画册，说："你买这些有什么用？"

"看啊，"遥远笑道，"不然接下来两天多无聊。"

"你家挺有钱的吧。"张钧笑道。

"没有没有。"遥远忙道,他知道张钧没有别的意思,只是随口说说而已,但别人都注意到了他的衣着行为,并准确地判断出他是个南国来的少爷仔。

他们已经对遥远有了一个大致的判断——父亲生意忙,连送大学都没法亲自来,否则应该会开车送他来上学,于是由哥哥代为照顾,花钱大方,吃饭打很多份菜,还不停地主动请人吃饭喝水。

这是一个陌生的世界,遥远终于接触到社会的一角。

楼下拿着电话卡的勤工俭学师兄还在叫卖,没有手机的于海航与王烨插着210长途话费卡用宿舍里的电话给家里报平安,张钧在用洗衣粉搓衣服领子。

风扇嗡嗡嗡地转,天气闷热而黏稠,既不像家里有空调,又不像老家的夏夜有满天星星。没有谭睿康轻轻摇的扇子,也没有被子可抱——为了凉快,遥远不得不盖一张薄薄的被单,很不习惯,没有被子压着的安全感。

熄灯后,于海航还在和张钧聊天,说各自的恋爱史,张钧打算在大学里再找个女朋友。

遥远爬上硬邦邦的床,鼻子里嗅到电蚊香液的香气。

王烨笑道:"还好赵遥远买了蚊香,不然这几天没蚊帐,还不知道怎么过。"

遥远笑道:"不客气。"

他躺在上铺,床很狭小,手脚都摊不开,这日子真是没法过了。

那一刻,他很想家。

他侧过身,用被窝挡着光,给谭睿康发短信:哥,我想你了。

谭睿康:小远,我也想你了,没有你在身边很不习惯。

那一刻遥远睡意全消,不安的心终于得到了抚慰,心底既踏实又惆怅。

谭睿康：睡吧，别太晚，晚安。

遥远：晚安。

第十二章 大学

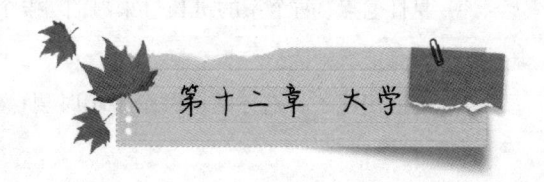

遥远很热,他在床上翻来覆去,于海航还在和张钧聊天,吵死人。遥远想让他们别聊了,有什么好说的啊,女朋友这个话题怎么聊起来没完没了的。

但他又不敢说"你们别聊天了,我想睡觉",毕竟这个宿舍里的人要一起住四年,他有很多事情都不懂,也怕第一天来就得罪人。

而眼镜小呆摘了眼镜,躺在床上已经睡着了,裹得跟个虫似的,也不怕热。

每次于海航和张钧静了下来,遥远便松了口气,心想终于可以睡觉了,然而不到几秒,张钧开口说:"杭市的女孩漂亮……"

于是两人又聊了起来。

苍天啊!遥远被吵得想骂人,痛苦无比。他下床上了几次洗手间后,外面一片安静,已经深夜两点了,两个话痨终于安静了。

遥远筋疲力尽地躺上床,昏昏沉沉要睡着的时候,于海航开始打呼噜。

遥远登时被吵醒了。

遥远:"……"

遥远近乎狂躁地翻了个身,趴在草席上睡不着,脑子里胡思乱想,据说过几天开始的军训更苦更累……

凌晨四点多,遥远终于扛不住,沉沉睡去,结束了他离开谭睿康后集体生活的第一天。

翌日七点,两个系的班长过来敲门,挨个通知他们八点去开会,辅导员有话说。

遥远快疯了,这才睡了两个半小时啊!还让不让人活啊!

辅导员在一间热得要死的大教室里开会,夏天上午骄阳如火,外面的蝉一个劲地叫,遥远快要炸了。

他在宿舍里喊了几次于海航,喊不起来,只得一脸苦大仇深地先去。签完到,他走到角落里自己班级的位置坐下,想趴着继续睡。

整个学院这一届有四个系八个班,大教室里坐满了人,没什么人注意到他。

遥远挑了个小角落,这里都是他们班的人,他掏出手机给谭睿康发了条短信,说自己起床了。前面有一群女孩在聊天,时不时回头看,遥远抬头看了她们一眼,那群女孩子开始哄笑。

遥远心情很不好,心想神经病,烦死人。

"你脸上全是睡出来的印子。"旁边一个男生说。

"没办法,太热了。"遥远说。

"哪儿的人,不像北方人啊。"那男生传给他一张表道。

遥远接过表格开始填,他很不喜欢填表,入学以后已经填过无数次表了,没完没了地填表,每次看到表上父母情况里母亲一栏空着,就觉得心里不舒服。

他注意到那男生的表格上有名字——游泽洋。

"你的名字都是第二声?"遥远给他看自己的姓名。

游泽洋说:"你是哪儿的人?这个名字用我们那地方土话念起来还挺好听的,普通话念就不成了,怪怪的。"

遥远道:"呀,我也是那里的!"

游泽洋马上道:"老乡老乡,握个手。"

遥远和他握手，两人就认识了，遥远想了想，说："其实只有我妈是。"

游泽洋善解人意地说："也是半个老乡了。"

遥远马上在心里给他定义为此人不错，终于认识一个能说话的了。

遥远道："你一个人来的吗？"

游泽洋说："和几个老乡一起，有男有女，你来我们老乡会吗？"

遥远十分迷茫，问："老乡会？"

他从来没听过这玩意儿，南国人几乎都来自五湖四海，来了南国就是南国人，本地人几乎没几个，也就无所谓地域差别问题了。

游泽洋说："平时互相帮助，吃吃喝喝，出去一起玩什么的。"

遥远点了点头，又问："南国有老乡会吗？"

游泽洋道："南国人有老乡会，但是基本也不怎么出去聚。"

他明白了，全国各地的学生都会组建类似于老乡会一样的组织，彼此帮助。

三中应该也有同学考上了中大，但读这个学院的只有他一个，其他的说不定在其他校区或者本部。

遥远和游泽洋聊了一会儿就熟了，游泽洋比他的室友们风趣得多，虽然和遥远的兴趣爱好交集不大，却什么都知道点，开个话头就聊得上来。

辅导员在上面开会，他俩就在下面叽叽咕咕地说。

辅导员声音停了，于海航一脸没睡醒的模样，突兀地闯进教室，直接去签到，经过座位时说："赵遥远，你怎么不叫我起床？"

学生全笑了起来，遥远道："我喊了你的，你不起来！"

于海航坐下来，遥远又跟游泽洋说："今年我和我哥回老家，有只疯狗……"

游泽洋大惊道："你家是谭家村的？"

遥远大惊道："你也是？"

游泽洋："我不是。"

遥远："……"

游泽洋听说了这事,他就住在县城另一边的村里,遥远听到就大呼太好了,下次回老家可以一起走。

两人马上就熟了,遥远又拿出口香糖让游泽洋吃,游泽洋说下课一起去吃烧腊,尝尝本地菜。

遥远心花怒放,终于交到一个朋友了,感觉就像一只迷路的巴哥找到了一只斗牛犬,虽然品种有点区别,但起码都是中型犬,勉强能听得懂对方的语言。

中午遥远请游泽洋吃小炒,又拿出自己的画册借他看,说："我想送件生日礼物,你帮我参谋参谋吧。"

谭睿康过农历生日,不像遥远过公历,他今年是九月份生日,遥远打算给他送个东西。

游泽洋说："送女朋友吗？"

遥远说："不,送我哥。"

游泽洋道："切——送你哥干吗要人参谋？问他想要什么,或者给他钱让他自己买去。"

遥远静了会儿,这个关系他没法对游泽洋解释,只好转移话题。

两人吃了饭,游泽洋去办事,一堆表要填,跑来跑去的,遥远懒得陪他,便回宿舍睡觉了。

午饭后谭睿康的短信又来了:弟,吃饭了吗？吃的什么？多喝点水,提防中暑。

遥远叹了口气,既感动又惆怅。

游泽洋一走,遥远就很想念谭睿康,不知道他现在在做什么,交上朋友没有,以他的性格,一定能和宿舍里的人打成一片,和他们有共同话题,说不定刚去就是宿舍长。遥远想着谭睿康在帮他们宿舍的人扫地收拾东西的样子，面无表情地推开门——

寝室里才过了一天就乱七八糟的，张钧在吃泡面，闷热的中午，宿舍里飘满红烧牛肉面的味道，眼镜小呆穿着条松松垮垮的三角内裤在给老家的父母打电话，说一切都很好，和室友相处得很愉快等。

遥远又有点不想活了，他趴到床上，给谭睿康发短信：吃了，食堂的烧鹅味道一般，还吃了咸鸭蛋、香菇菜心、菠萝咕噜肉，你中午吃的啥？

谭睿康：也是食堂。你的钱和 CD 机、手机，明天最好交给舍管代为保管，军训不能带，别放在寝室，小心被偷。

遥远心想不可能吧，都大学生了还会偷东西吗？回了个：知道了，我好想你。

谭睿康：哥也想你。

聊着聊着，遥远有点困了，谭睿康发来一条短信他也没有看，外面几声雷响，开始下雨了。

暴雨倾盆，多日来的郁闷一扫而空，简直舒服得要死。

遥远趴在床上睡了一下午，晚上六点才起床，紧接着为他的贪睡付出了惨痛的代价——第二天要军训了，晚上他在床上翻来翻去，听室友们打呼噜说梦话，直到凌晨五点才睡着。

六点闹铃响，学生们纷纷起床，换上迷彩服，系上腰带，背起被子，提着桶下去集合，遥远彻底崩溃了。

二十二天的军训，不能与外界联系，所有人都抱着同样的愿望——下雨，快点下雨！给我下雨吧！

遥远到了这种时候，也顾不得面子不面子的问题了，迷彩服穿上，帽子戴上，背起被子褥子，提着个桶，大家全都一样，分不出谁是谁，这简直是一场噩梦，快点过去吧。

遥远长到一米七五就不再长了，每次都排在中间靠前的位置，他一直对自己没有长到像谭睿康那样一米八几而耿耿于怀，但人不再长高就像天不下雨一样，令他绝望却又无可奈何。

军训的强度简直大到令人发指，早上集合站军姿，跑步唱歌等吃饭，还要唱得相当大声，下午又站军姿，走正步，跑步唱歌等吃饭。

一天被太阳晒得汗流浃背，晚上又在开着灯的大操场上站军姿，踢正步。分到他们班的是个长得有点像明星的教官，凶巴巴的，挨个把他们揪出来骂，一副"现在的大学生都是什么德行"的模样。

遥远开始看教官长得帅，还觉得这人应该不错，然而教官单单和遥远过不去，揪着他单骂，又给了他脑袋一巴掌说他走神，差点把他给气死。

遥远真是恨死教官了，幸亏只是骂，就动了这一次手，没有踹人，还是给他们留了几分面子。

遥远最烦的就是站军姿，一站足足一个小时，完全就是在熬时间。

他想假装中暑晕倒，说不定晕倒以后可以得到特殊照顾，然而大家都不中暑，只有自己中暑实在说不过去。

下一秒就晕吧，遥远站在队列里，下了无数次决心，却无法付诸行动，怕脑袋磕在水泥地上引起脑震荡，又怕被教官看出来，林林总总，顾忌颇多。

一天又一天的军训，他居然和其他人一样，就这么慢慢撑过来了，一次也没有掉队。

数天后过中秋，军训的学生聚在一起看节目，遥远把腰带卷起来，放在帽子里，坐在露天广场上发呆，在想谭睿康的生日已经过了。

"喂，你叫赵遥远是吗？"一个小兵过来拍他。

遥远："？"

"出来，出来。"小兵说。

遥远道："会被教官骂的。"

小兵道："没事，他不敢惹我们，带你去玩，走！"

遥远根本不认识那小兵，不知道别人怎么注意到他的，便偷偷摸摸跟着他离开广场。

辅导员在和连长聊天，他们从树后躬身绕过去，又穿过升旗台，一轮满月挂在天边，那里还等着个小兵，两人招呼道："来了来了。"

"哎哟，总算来了。"三人躲进树下，一个瘦瘦矮矮的小个子兵笑道，"你叫赵遥远是吗？"

遥远道："是啊。"他有点茫然，不知道为什么他们会找他。

另外那个清秀点的男孩说："那天你们来军训，我就注意到你了。"

遥远笑道："注意我什么？"

清秀男生道："看你像啊，你叫我王鹏就行。"

遥远道："像？像什么？"

小个子说："我叫李子斌。"

遥远把发的月饼拿出来给他们吃，李子斌又去买汽水，遥远道："我像什么？"

王鹏笑了笑，没回答他，问："军训怎么样？很辛苦吧。"

"还行。"遥远已经有点习惯了，觉得军营还挺好玩的，如果没有站军姿就更好了，这些天被晒得黑了些，鼻子上也有点脱皮，笑起来显得更阳刚更爽朗。

三个穿着迷彩服的大男孩在树下聊天，王鹏和李子斌是军营里的人，隔壁连队的，说了半天遥远也不知道他们是干吗的，像是专门搞宣传的文艺兵，还都不是本地人。

闲聊了几句军训的事，王鹏又道："像你这样的肯定是在家里娇生惯养大的吧。"

遥远终于明白了，原来这两个小兵觉得他们是一路人，说："你们不也是吗？一看就不像当兵的。"

这两个家伙看上去吊儿郎当的，跟教官有本质上的区别，说笑了一会儿，王鹏又问连长对他凶不凶，教官怎么样，最后说着说着说到八卦上去。

遥远接不上话，又随口聊了几句，听到连长在吼："哪个班的！熄灯了！"

另一边是女生区，女孩子尖叫道："换衣服了，教官别进来！"

"呀！"

一阵尖叫声响起，教官根本拿女孩子们没办法。遥远叹了口气，觉得女生的待遇真不错。

几人正笑时，男生区处一声吼："谁在那里！熄灯了还不回去？！哪个连的？"

"糟了糟了！"

"快走！"

两个小兵嗖一下跑得没影了，来找人的恰好是遥远班上的教官。遥远跑不及，暗自心里骂道，什么不怕，明显就怕得很。他就这样被教官抓住了。

教官架着手臂让遥远在班外罚站，遥远跟跟跄跄，被架到班房门口。

"站好了！"教官面无表情道，"没有命令，不准回去睡觉！"

中秋夜圆月当空，遥远站在月下，忽然就说不出地想念谭睿康，他穿起迷彩服一定比教官更爽朗，更可靠。

"哪个班的？"男人的声音在楼道里响起。

"三班。"遥远答道，发现是他们连长。

连长说："进去睡觉吧。"

遥远松了口气，朝连长说："谢谢连长。"于是回去休息。

军训的日子平平淡淡，又过了几天，终于在休息的那天下雨了。

遥远已经麻木了，下雨就下雨吧，那两个文艺兵又来了，找他去办这个连队的板报，其实就是找他闲聊。

遥远拿着画笔和颜料，在黑板上用点画技画了一盏凡·高的大红灯笼，最后被连长过来笑话了一次，只得全部涂了再画。

最后的集训是班级之间比赛，走方阵，展示新生的精神风貌，领导阅兵。之后班和班各自围成一个圈，在中间点了蜡烛，男生女生凑回一处，和两个教官聊天，唱军歌。遥远他们班的教官受欢迎程度简直爆棚，许多女生都找他要电话。

遥远听了才知道，这个教官居然比他还小一岁！

大家回去睡觉前，教官说："喂，赵遥远。"

遥远马上条件反射般站直，教官说："那天打了你，别往心里去，大家还是好哥们，好兄弟。"

遥远笑道："谢谢教官。"

军训最后一天，遥远存了李子斌和王鹏的电话，约好以后再出来玩。连长也给了一个电话号码，离开军营的那一天，遥远赫然有点不舍。

然而就算再不舍，他这辈子也不想再站军姿了，人生最大的坎儿终于过去了。不过这痛苦还算有意义，起码让他知道以后一定要珍惜每个不用军训的日子，好好活，努力学习。

遥远推开宿舍门，看见谭睿康已经在宿舍里等他了。谭睿康一身迷彩服，戴着顶野战帽，正在和他的室友们聊天。

"小远！"谭睿康黑了不少，比以前更帅更有魅力了，他阳光灿烂地笑道，"想死你了。"

遥远真是心花怒放，恨不得扑过去抱着他。接下来的休整期连着国庆，足足有十天假，可以和谭睿康一起玩了。

然而下一刻谭睿康笑道："大家一起去吃个饭聚聚？过几天一起去玩吧。"

遥远一想到要和全宿舍的人一起吃饭，脸马上就黑了。

所幸宿舍里的人也会看脸色，没有人接受邀请。两兄弟下了楼，遥远马上就发了脾气。

"你请别人吃饭做什么？"遥远道，"又不熟！"

谭睿康道："怎么能这么说？他们是你的室友，以后在一起的时间多得很呢，大家都需要彼此照顾。"

遥远道："他们根本就没照顾我啊！"

谭睿康笑了笑，说："真朋友平时看不出来，等你真的有需要的时候，才会知道他们的重要。"

遥远不理人了，不知道为什么心里就想赌气，明明就没什么好生气的，再见到谭睿康也很开心，但没台阶下，于是还得生会儿气。

"小远，"谭睿康说，"你瘦了。"

遥远冷冷道："你不也是。"

谭睿康道："带你去吃好吃的，走。"

谭睿康这话一出，遥远的心情马上就好了起来。时间还很多，这么长的假期，他们可以一起去市区玩，买东西，吃好吃的。

谭睿康带遥远坐地铁去中华广场，找了家自助餐，遥远不由得赞叹谭睿康太聪明了，他想吃的就是自助餐！

两个穿着迷彩服的大学生狼吞虎咽，两眼发绿光，周围的人纷纷看着他们。

"明天我回家把电脑带过来？"谭睿康说。

遥远道："嗯……先不忙吧。"他忽然起了个念头，和谭睿康研究好这几天怎么过，两人都决定不回家了，就留在这里玩。

遥远想送给谭睿康一份生日礼物，之前都是谭睿康很有心思地送礼物给自己，现在他想送点什么给谭睿康。

一见到他，遥远就觉得生活明亮了起来，只要有他在身边，就觉得很舒心很快乐。

吃过饭后，谭睿康又带遥远去办了张电话卡——和他的手机尾号只相差一个数字，每月互发短信五百条免费，两号之间通话一分钟只要五分钱。

遥远觉得既高兴，又有点小难过，两人在地铁站分开，各自去搭车的时候，遥远坐在站台上发了很久的呆。

翌日，遥远说有点事要开会，谭睿康便不过来了。当天遥远找游泽洋陪着，一起坐车去电脑城，取钱给谭睿康买礼物。

游泽洋看得咂嘴，说："你送你哥这么贵的东西！"

遥远笑道："我们的钱其实都混在一起花的。"

游泽洋道："也送我一个吧。"

遥远道："滚！"

八千块钱，对遥远来说也不是一笔小钱了，他把装了礼物的箱子带回宿舍，准备计划怎么让谭睿康高兴，给他一个惊喜。

谭睿康的生日恰好在军训时，两人没联系上，但补过也是一样的。

国庆假期前的最后一天，学生纷纷准备离校，谭睿康的短信来了。

谭睿康：小远，晚上一起去吃饭吧，和我寝室的同学一起，还有几个老乡介绍你认识。

遥远：你来接我吧。

谭睿康：你坐三号线过来，我就在站台外面等你。

遥远：你来接我，我不认识路。

谭睿康：那你等我一会儿。

游泽洋在一旁看遥远发短信，说："你在你哥面前怎么跟小孩似的。"

遥远："……"

遥远把手机收好，游泽洋说："我回家去了，再见，下次一起回老家。"

遥远"嗯"了声，给他买了瓶饮料，送他上大巴，接着回宿舍去把小纸箱提下来，放在路边的椅子下面，又把一瓶醒目汽水揣在挎包里放好。

足足等到下午六点，遥远都快发火了，谭睿康才带着一大群不认识的人过来。

遥远："……"

遥远完全没想到会有这么多人，谭睿康说："走吧，你今天怎么了？给你介绍哥的朋友。"

"是你弟吧。"

"你好。"

"果然很帅啊。"

遥远脑海中一片空白，完全没料到谭睿康会带这么一群人过来找他，问道："你……带这么多人来做什么？"

谭睿康道："他们也想看看中大，你怎么了？走啊。"

遥远真是没脾气了，他朝谭睿康的朋友们说："请等等啊，我们有几句话说。"

谭睿康："……"

遥远："……"

遥远示意他坐下，先前想好的事都被这变化给打乱了。谭睿康坐在路边的长椅上一脸迷茫，其余人不知道他们搞什么，都远远地看着。

遥远一只手从挎包里掏出一瓶汽水，递给谭睿康，说："喏，送给你的，哥，祝你生日快乐。"

谭睿康："？？？"

谭睿康呆了一呆，说："谢谢，小远。"

"你生日啊，睿康！"他们宿舍的人在一旁说，"请吃饭，请吃饭！"

谭睿康点头，接过遥远的汽水，遥远又道："喝一口吧，会很快乐的。"

谭睿康莫名其妙，拧开盖子，哗一下被汽水喷了一身，遥远站在他面前，也被喷了不少。

"哈哈哈哈——"

周围的人全笑疯了，谭睿康哭笑不得，无奈地摇了摇头，遥远也不住拍大腿大笑，笑得站不直。

路上的学生都在看谭睿康出糗，谭睿康笑了笑，说："好了吧，玩够了吗？"

遥远看着谭睿康的笑容，每次只要是对着自己，谭睿康就算生他的气，也只会无奈地笑一笑。那是发自内心的无可奈何，有一种"摊上你算我倒霉"的无原则包容，充满了阳光。

"好了吗？"谭睿康佯怒道，"罚你给我搓衣服。"

遥远正色道："可以抽奖的啊，你怎么不看？"

谭睿康："？"

遥远把汽水瓶拿着，伸到他面前，指着瓶身的说明让他看，说："你看你看，三等奖，饮料一瓶；二等奖，随身听一个；一等奖，playstation一台；特等奖，笔记本电脑一部！看看你的瓶盖？"

谭睿康拿着瓶盖朝里面看，只见瓶盖里贴着张胶纸，固定了一个小纸条，上面写着三个很小的字：特等奖。

谭睿康笑道："你自己粘上去的吧！又想怎么整我？"

"当当当当！"遥远从椅子底下拖出一个大纸盒——笔记本电脑，塞到谭睿康怀里。

所有人都傻了。

"恭喜你抽到特等奖，"遥远眉毛一扬，笑了笑，"运气真好啊！我去换件衣服，马上下来吃饭。"

谭睿康抱着那个装着笔记本电脑的大纸盒，坐在夕阳下的长椅上，室友们纷纷起哄。

"你弟对你太好了。"

"我怎么就没个这样的弟弟！把你弟给我吧！"

"这笔记本电脑快上万了啊！"

谭睿康眼睛发红，摇了摇头，笑了起来。

遥远换上自己最喜欢的一套衣服，平时都不怎么舍得穿的，衬衣熨得笔直，及膝长的休闲西裤，一双船鞋配上他刚军训完刺猬一般的短发，笑得阳光灿烂。

遥远说："谢谢你们平时照顾我哥。"

众人忙道哪里哪里，互相照顾。有人帮谭睿康拿笔记本电脑，谭睿康便一路搭着遥远的肩膀，笑着不说话。遥远走开几步，谭睿康便箍着他的脖子，把他抓回身边，寸步不离地搭着他，说什么都在笑，足足笑了一晚上。

接下来的数天，遥远本想留给谭睿康一点时间，让他待在自己寝室里玩新得的笔记本电脑，谭睿康却坚持要带他一起出去玩。

跟这么一群人在一起没什么好玩的，无非就是去动物园看猴子、逗长颈鹿，十月份的天气还有点热，遥远也就凑合着玩了。国庆假期结束，谭睿康要回去把遥远的电脑带回来，遥远又想到宿舍还没通网便说算了，先念书吧。

军训时的好习惯只维持了不到一周便逐渐消失，所有人都恢复了被子不叠，寝室不收拾的懒散模样。

遥远已经能逐渐适应大学生活了，原因无他——先前被军训打压得实在太狠，一迈过那道坎，什么东西似乎都是上辈子的事，哪里都是天堂!

他不再想念家里的空调,有个电风扇就很不错了。

也不嫌弃食堂的饭菜难吃,再怎么难吃,起码可以让你慢慢吃,花钱还能点到小炒,不用一桌十几个人抢肉。

游泽洋和遥远没事就乱逛,把学校里犄角旮旯都转遍了,还经常恶作剧去吓树下的情侣。

游泽洋还找到一个规律,上面人少的食堂比下面稍贵点,但套餐味道也凑合,挺好吃。

遥远不再嫌弃在寝室里睡不着,起码睡着以后不会半夜被叫起来紧急集合。

所以偶尔吃点苦还是很必要的,遥远终于明白了谭睿康为什么这么珍惜现在的生活。

大一全是基础课,微积分、大学物理、电子电工学、线性代数、电路分析基础……遥远领到了一堆书,翻了一下,基本都能看懂个大概。

翻到后面就看不懂了,简直跟英语书一样,全是一堆代数式和奇怪的符号。遥远开始还每天去上课,上着上着就不想去了,有时候是起不了床,有时候是因为下雨,有时候是忘了。

室友们也开始各谋前程,各过各的生活。

十月份的某个晚上,遥远上完专业课回来,看到宿舍楼下一对对男女抱着,亲昵地聊天,心里不免有点失落,忽然看到一个男生,是自己寝室的张钧。

张钧抱着个很漂亮的女孩,两人鼻子抵着鼻子,正在谈情说爱。

张钧本来也不怎么帅,身高才一米七六,比起遥远简直差到天边去了,遥远几乎没法理解大学里的恋爱逻辑,感觉总是出现一朵鲜花插在牛粪上的事。

"赵遥远，"张钧注意到遥远经过，说，"借我点钱可以吗？明天还你，今天没带钱出来，不想回去拿了。"

遥远道："多少？"

张钧道："两百就够。"

遥远打开钱包，拿了两百给他，自己去吃夜宵，顺便给游泽洋带了一份。

遥远始终在想一个问题，要是谭睿康也谈恋爱了，他该怎么办？谭睿康简直全身上下都是优点，遥远根本找不到比他更完美的人，这么优秀的一个人，在学校里人缘一定非常好……

遥远给游泽洋带了夜宵下来，寝室快关门了，张钧还没回来。

他摊开本子要做微积分的作业，那高个子于海航说："赵遥远，做完借我抄一下。"

"嗯。"遥远一看到作业就头疼，难得要死，当初真是吃饱了撑的，报了个这么头疼的专业，还没有半点兴趣。

这印证了赵国刚的话，学什么都需要兴趣，否则你会很头疼。遥远一边诅咒自己爸爸的乌鸦嘴，一边诅咒自己当初为什么没主见，如果能重来一次，他一定会选美术或者设计。

"喂，赵遥远，"于海航搬着椅子过来坐在他身边，说，"问你个事，你家是做生意的吗？"

遥远一边翻书一边答道："我家是捡破烂的。"

于海航莞尔，说："我想做点兼职赚钱，能帮我出点主意不？"

遥远看了他一眼，想了想，说："你不去做家教吗？"

于海航说："当家教累，我又不会教小孩子，上次去找了，难找，别人都要华师大的学生。你是有钱人家的小孩，你说这年头做什么赚钱？我想去进一批电话卡来卖。"

遥远每次听到宿舍楼下卖电话卡的叫个没完，就想拿个花盆砸下去，他蹙眉道："你做什么不好，去卖电话卡？"

于海航道:"卖出去一张电话卡能赚两块五呢。"

遥远吁了口气,说:"做那个划不来,你这样还不如……我想想。"

"你给出个主意。"于海航说。

遥远的第一个意见是:"去花卉市场进花,情人节卖。"

于海航一拍大腿,称赞他聪明,说:"但要情人节才能卖啊,平时能卖出去不?"

遥远耸肩道:"平时难说,除非你'勾搭'上几个咱们班的女孩,让她们送花送到宿舍去。你还得学点包装,一个宿舍塞张传单,开展订花,上门送花的业务。一束花成本二十,卖四十,五块钱给送花的女孩,剩下的都是你的了。"

于海航似乎在黑暗中窥见一丝光,开始认真考虑可行性。

他又问:"还有吗?到花卉市场有点远了,鲜花保存期短也是件麻烦事。"

遥远道:"帮打饭,每天到研究生和大四楼去收单子,每个宿舍一块钱,需要什么菜全部打好送上去。"

遥远这个主意出得很好,大四那边总有人足不出户地打游戏。

于海航又道:"这个也麻烦,还得带那么多份饭,跑上跑下就赚一块钱,不划算,还不如当家教呢。"

遥远道:"家教是买方市场啊,你得兜售自己,多浪费时间。订餐只要每天上去收一次单子,有多少就赚多少的事,不比你在楼下转一晚上碰运气稳定多了吗?"

"你这脑子不去学经济真是浪费了。"于海航笑道,"还有吗?再给哥们想想。"

遥远看着微积分那一堆公式,简直是脑袋都要炸了,道:"抢银行,拿张椅子去把楼下的 ATM 机砸了。"

于海洋:"……"

这时候游泽洋下来了，说："有汽水吗？你忘帮我带饮料了。"

遥远道："没有，下去买吧，顺便帮我买一瓶。"

游泽洋说："快关门了不想下去，下去就不想上来了，要么咱们去外面上网吧，我请你通宵。"

遥远有点犹豫。

游泽洋说："走吧走吧，网吧里有空调。你去吗？于海航。"

于海航道："没钱，你请我吗？"

游泽洋道："我就请遥远。"

于海航道："切——"

遥远果断把本子一收，塞进抽屉里，起身去网吧通宵，忽然想到一件事，说："你也可以开小卖部，卖点饮料、泡面啥的，宿舍一关门就不方便买东西了，发点传单，有人买的话直接打咱们宿舍电话，你还可以免费给人送过去。"

于海航道："这个主意不错！"

遥远给于海航出了个赚钱的主意，便跟着游泽洋去通宵上网了。

游泽洋上 QQ 聊天，遥远也不知道要做什么，挂上 QQ，看隔壁的人在联众和中游打牌，便注册了个号，上去玩锄大地。

玩到半夜，隔壁的在看电影，游泽洋躺在椅子上睡觉，遥远打了个呵欠，把联众关了，想起上次齐辉宇上的网站，便搜索了一下，进了一个论坛社区。

他只是想找个人聊聊，然而聊天室里都充斥着爱来爱去的废话。他加了个人，聊了几句，觉得话不投机，便把对方从 QQ 上删了。

他的眼中充满迷茫，倒映着显示屏上五颜六色的网页，掏出手机，想给谭睿康发短信，但已经凌晨四点了，谭睿康肯定睡了。

从小到大有什么事遥远都找谭睿康商量，只要告诉了他，就一定有人帮忙承担。谭睿康会给他想办法，安慰他，就算问题最后无法完美解决，他起码会有勇气，有力量。

但谭睿康能让他依靠一辈子吗？

翌日，遥远回去睡到中午，课全没上，三点时被电话叫醒。

谭睿康道："小远？怎么没回短信？"

遥远迷迷糊糊道："睡觉。"

谭睿康紧张道："生病了？我过来看看你，晚上一起吃饭吗？有课没有？"

遥远清醒了些，说："没生病，有C语言……"

谭睿康道："注意身体，发烧了吗？"

遥远和谭睿康说了几句，谭睿康又叮嘱了一通。挂了电话后，遥远翻短信，看到一大堆的"弟吃饭了吗""小远，怎么不回我短信？在忙？""两点了，吃饭了吗，没吃记得去吃，别饿着""怎么回事？这么久都没回短信？手机丢了？""小远，在吗？"

遥远郁闷地叹了口气，趴在床上发了会儿呆，下午的课都没去上，晚上空虚寂寞地在寝室里走来走去。

于海航开始实施他的赚钱计划了，他开了个小卖部，并到处塞传单，从批发市场买回来好几箱不同口味的泡面，几箱饮料。

"赵遥远，你要入股吗？"于海航说，"拿点钱来入股吧，一起干。"

遥远根本就对这种小本生意没半点兴趣，说："我哥管着钱，他会打断我的腿。"

于海航在忙活他的生意，张钧则连着几个晚上没回来，也没还遥远的钱。

十一月份，电信来学校办业务，大一学生们开始纷纷扯网线了。

遥远懒得回去搬电脑，没电脑的学生大部分时间就泡在网吧里，打打牌，看看网页，读读小说。他看了一本小说，足足魂不守舍三天，觉得未来一片渺茫，人生了无生趣。

十一月二十，遥远的生日到了，他十分期待，今年比以往的任何一年都要期待得多。他知道谭睿康一定会送他生日礼物，他不提，谭睿康也没说，两人就像平时一样。

思想品德修养课是门大课，好几个班都在大教室里上。生日当天下午，遥远坐在大教室的角落里，想谭睿康会送他什么。

已经下午五点了，谭睿康中午什么也没有提，只是照常问他吃饭了吗，吃的什么。

五点过十分，遥远趴在桌上，一个人从右边坐过来，伸手拍了拍他。

遥远："！！！"

遥远实在太高兴了，箍着谭睿康的脖子拖过来揍，谭睿康神神秘秘地嘘了一声，说："上课呢，别闹。"

遥远道："耳朵还疼吗？没碰着吧。"

谭睿康笑了起来，又捏遥远的耳朵，让他专心听课。

"你怎么知道我在这个教室上课？"遥远和谭睿康脑袋凑在一起小声说话。

谭睿康的笑容很阳光，看上去却有点疲劳，眼里带着红血丝，还有黑眼圈。他小声笑着说："怎么不知道，你小子做什么我都知道。"

前排不少人回头看他们，谭睿康和遥远两人的长相实在太突出，惹得隔壁系的女生们小声议论。

谭睿康又示意专心听课，遥远开心得不得了，趴在桌上，露出乌黑的眼睛看他。

"你头发该剪了，"谭睿康说，"军训回来就没剪过吧。"

遥远"嗯"了声，两人上完课后一起出来，谭睿康说："你先回宿舍放书？哥带你出去吃饭过生日。"

遥远心想今年的生日就只是吃饭吗？应该不止，他说："不回去了，就一本书。"

谭睿康说："回去换件衣服吧，对了，你们宿舍那个叫张钧的，正好找你有事呢，回去看看。"

遥远莫名其妙，说："好吧……你在这儿等我一会儿。"

遥远回了宿舍，推开门就愣住了，继而笑了起来。

桌上摆着一台戴尔的笔记本电脑，屏幕上闪烁着一行字：小远，生日快乐。

"你哥真有钱，"眼镜小呆在吃泡面，说，"这么贵的礼物啊。"

遥远笑了笑，"嗯"了声，心想今年的礼物没有往年的那么浪漫了，不过，看到漂亮的笔记本电脑时，他还是很震撼很喜欢的。

笔记本电脑上还插好了网线，什么时候牵的？遥远发现谭睿康居然连网都给办好了！太好了！以后不用去网吧通宵了！

电脑桌面上有两个手牵着手的小人，白的那个脑袋上写着"牛奶仔"，黑的脑袋上写着"巧克力哥"。遥远用鼠标点了白的那个，登时发出一声弹簧声，白色小人被弹得在桌面上飞来飞去，黑的跟着到处滚。

遥远忍不住哈哈大笑，太有趣了，两个小人弹来弹去撞了一会儿，停下来，整个桌面咕噜噜地灌满水，谭睿康的小人变出一个游泳圈，把遥远的小人放在游泳圈上，两人慢慢浮上去，遥远浮在海面上，谭睿康戴着潜水眼镜在海底游来游去。

遥远："……"

片刻后两个小人又表演扔雪球，最后遥远的小人变出一行字：接招！一个雪球把谭睿康的卡通人砸倒在雪地里。

遥远简直要笑死了。

谭睿康一脸雪，走过去把遥远的卡通小人牵着，慢慢走到屏幕右下角，抹了把脸，抖掉全身雪，抽出一个扩音器，出现一行字：

"弟，该学习了！不许玩游戏！现在开始监督你！"

遥远又是一阵大笑，实在无法形容此刻的心情。

"你哥自己编的程？"张钧也回来了，好奇地说。

遥远道："对，这个程序难吗？"

"有点，"张钧说，"这么复杂的程序，素材都是网上下载的吧？他不是才大一吗？"

遥远说："他还是学自动化的呢。"

"太厉害了！"眼镜小呆道，"大一才上了几天课，就能编出这样的FLASH程序啊？你哥真了不起！"

遥远把笔记本收好，下去时谭睿康坐在路边长椅上，笑着问："喜欢吗？"

遥远道："太喜欢了！那个程序是你亲手编的吗？他们都说你很厉害呢！"

谭睿康笑道："喜欢就好。"

遥远道："你怎么做出来的？花了多久？"

谭睿康道："我买了本FLASH编程的书，照着书自己学的，先在自己电脑上做，再拷到你的电脑上，学习用了一个月，编程花了一周。"

遥远由衷地钦佩他，片刻后说："你是不是通宵做这个了？"

谭睿康笑道："通宵几个晚上而已。我没有问人哦，都是自己对着书和网上学的。走吧，吃饭去，吃寿司好吗？"

遥远看着谭睿康疲惫的模样，明白笔记本电脑只是附带的，真正的生日礼物是那个珍贵的FLASH。

第十三章 相伴

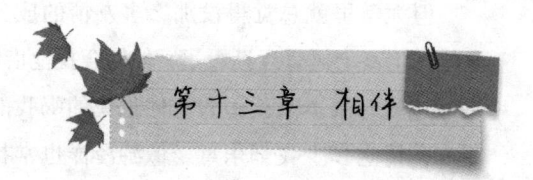

　　天气渐渐凉了，大学生活已经没有刚开始那会儿那么艰难了，遥远开始觉得上大学还是挺好玩的，可以到隔壁宿舍去天南地北地闲聊，也可以去找本地的同学打锄大地。班上的同学都认识全了，学姐常常逗他玩，把他和别的同学配对开玩笑，他听了只是笑笑。

　　他的朋友圈子渐渐扩大，和什么人都能聊几句，会画画开玩笑逗女生们笑，也会帮同学参谋感情问题，建议他们送什么礼物，去别人宿舍玩的时候会带点零食和饮料过去，大家都很喜欢他。

　　大学跟高中天差地别，各有各的夜生活，简直就是众生百态。

　　晚上放学后，有的人去上自习，有的好几个寝室连上局域网打星际和帝国，有人开着公放在宿舍里把摇滚乐放得震天响。斜对面寝室在打牌，一张牌一毛钱，遥远去玩了几把，出入太小，赢起来没意思，来来去去，一晚上顶多也就是几十块钱的事，不刺激，便不怎么参与了。

　　"赵遥远，"张钧笑道，"你玩《传奇》吗？"

　　遥远想起以前齐辉宇叫他一起玩的《传奇》，说："好啊。"

　　张钧道："我这个月生活费花完了，你借我钱买张点卡，我带你玩。"

　　遥远就知道是这样，上次借的两百还没还，他不想再给张钧白吃白喝了。从前请客他请得舒畅，毕竟张震、齐辉宇等人都很喜欢他，能由衷地感觉到彼此的友情，请客没白请。

但大学里就总觉得没那么多友情的成分在里面，张钧他们最开始的清高与风骨逐渐没了，他们会找他借钱，也会吃他的东西。遥远这人心眼本来就不大，你吃我的喝我的可以，只要你把我当朋友，请吃多少我都乐意。像游泽洋也常找遥远蹭饭吃，但有什么好事也会主动来叫他，还介绍自己老家的女朋友给他认识加QQ好友什么的。

但张钧、于海航就不一样了，遥远不想给他买点卡，说："我自己先试试吧，不行再叫你。"

张钧说："我的号卖给你要吗？值好几千呢，玩三年了。"

遥远一听这话，更庆幸自己没掏腰包了，别人根本就把他当水鱼，说："不用，我先从零级开始学玩。"

张钧见坑不到钱，索性大方地说："我的号借你玩吧，被欺负了可以杀回去。"

遥远"嗯嗯"应着，下了《传奇》客户端，在QQ上找齐辉宇。

齐辉宇平时QQ经常挂着，但对遥远有点爱理不理的，遥远也不主动找他。

齐辉宇在港城上学相当忙，课程和内地几乎是不可比的，一学期拿三个C就要收拾背包滚蛋，不敢掉以轻心。

遥远一找，齐辉宇就把号给了他，让他先自己玩，告诉他：你上线别人问的话，说是我朋友就行了，等忙完这次考试，我再来陪你。

张钧看到齐辉宇的号四十二级，登时吓了一跳，满脸羡慕之情。遥远又有东西可以炫耀了，于是就从张钧带遥远，变成遥远带张钧。

张钧下去买了两张点卡，主动拿一张给遥远，让遥远操作齐辉宇的号带他升级。于是遥远就用齐辉宇的号带着自己的小号和张钧到洞里去杀怪玩。

一玩《传奇》，遥远就陷进去了，PK，练级，杀人，爆装备，刷钱，各种金币神装满天飞。

遥远先玩了一段时间齐辉宇的号，摸索清楚以后便开始玩自己的小号。他从小学就开始玩游戏，一上手就熟知各种操作，登时玩得风生水起，而且生性大方，拿齐辉宇的金币去散财——反正齐辉宇说了随便他花的。

遥远问过几次齐辉宇的号怎么来的，高中时也没见他沉迷游戏啊。齐辉宇答是骗来的，这个号原本是齐辉宇的朋友的，后来那人连号送他，再也不上游戏了。

遥远彻底无语，开着那个号碾压来碾压去，游戏里有不少是齐辉宇的好朋友，平时都很照顾他。他又在游戏里认识了不少人，越玩越沉迷，连课也不去上，每天待在寝室里买于海航的泡面吃。

"高数帮我点个名吧，小呆……"遥远疲劳地说，"我不想去了。"

眼镜小呆说："游戏有这么好玩吗？连课也不想去上了，现在才七点啊。"

遥远道："那我再睡会儿……"

睡醒的时候已经八点半了，迟到半小时，不到永远比迟到好，算了，不去了。遥远把被窝一卷，继续睡。

睡到中午一点，谭睿康来短信：弟，吃了吗？

遥远爬起来拿于海航的泡面，放两块钱在他桌子上，瞥了一眼箱子上的"香菇炖鸡面"等标签，回了个短信：吃了，香菇炖鸡，红烧牛肉，鲜虾紫菜。

谭睿康：你们食堂改菜单了？下次带哥去尝尝，作业做了吗？

遥远：对啊，你中午吃的什么？没做，很多不会的。

谭睿康：哪些不会？我周五过来教你。

遥远：我先问问别人吧，周末约了朋友有事。

谭睿康没回短信，遥远确实约了朋友，不过是游戏里的朋友。

秋去冬来，遥远每次都告诉自己，明天一定要去上课了，但每次都以失败告终。

大学上课怎么就这么痛苦呢？还要提前去占位置？遥远每次去都发现一堆书摆在桌上，拿去扔了又不好，要自己也提前去占位置，又不想动。

他好不容易去上一次高数，坐在最后一排，前面全是谈情说爱的，集中不了精神。好不容易有天占到前排了，精神好了，对着满黑板的天书，完全听不懂。

游泽洋也被带着玩《传奇》了，开了个小号跟在遥远屁股后转，把小号藏在岩石缝里，等遥远打怪练级给他赚经验，来遥远寝室坐在他旁边看他用笔记本杀怪，说："哎没事，等快考试了复习一下就行，大家都这样的。小心！有人杀你了！"

"是吗？"遥远随便扔几个符过去，刷上毒，拖着一个战士耍猴般地转，把他耗死了，说，"你确定？"

游泽洋道："哇！你操作太好了！我相当确定！"

于是遥远安了心，和游泽洋约好，期末考前一个月开始戒游戏，去上晚自习，从此更心安理得地不去上课。

谭睿康的 FLASH 还每半小时跳出来一次，开始的时候还很有趣，到最后连游泽洋都看烦了，占了整个屏幕，练级的时候挡着，人物超级容易死，搞得遥远非常抓狂，又无从破解，想找计算机系的高人把这个 FLASH 每半小时跳一次的周期改一改，或者暂时屏蔽掉。

奈何高人表示天外有天，人上有人，遥远家神仙哥哥写的程序开机自启动，连计算机系大三的学长都搞不掉，要改程序只能全部卸载，卸载掉的话遥远又心疼，而改周期就要找密码，密码十六位数，暴力破解要一千四百三十多年。

遥远只得痛并快乐着，每半小时被谭睿康做的FLASH刺激一次，提醒他再玩下去就死定了，然后遥远关掉程序，继续玩他的《传奇》。

十二月，天冷了，早上遥远更爬不起来了。

谭睿康还是一天发三次短信，问他吃午饭晚饭没，道声晚安。

遥远从开始的每条短信必回，渐渐变成少回，又变成只回晚饭和晚安。

实在没办法，遥远习惯夜间活动，因为半夜玩的人少，不怕抢怪，可以尽情练级。早上到中午都在睡觉，一直睡到午后，谭睿康发短信时，他根本起不了床，晚上十一点约齐人以后开始练级，顺便回谭睿康的一条短信，告诉他晚安。

遥远被游戏转移了注意力，只有半夜或者凌晨六点睡觉时，翻出手机，看到谭睿康的消息，忍不住一阵心酸，心想我堕落了。

他不想和谭睿康再说什么，毕竟谭睿康总要结婚生子离开他的，保持点距离吧，他要学会一个人生活。

温度渐渐冷了下来，《传奇》里的圣诞节活动奖励很丰厚，遥远下午四点爬起来，刷牙洗脸，第一件事就是开机准备上线参加活动。

玩着玩着，耳朵被一只手揪了揪，遥远马上意识到不妙，转头时见谭睿康穿着毛衣牛仔裤，围着围巾，头发剪得很短很精神，问："怎么不接电话？今天没课？"

遥远："……"

"我手机调成震动了。"遥远起身去拿手机，发现上面十几个未接电话，全是谭睿康打的，说，"你怎么来了？"

"陪你过圣诞节啊，"谭睿康笑道，"你在玩什么？我看看。"

谭睿康不会打《传奇》，点了几下就死了，问："怎么变灰了？"

遥远："……"

遥远心道完蛋了，被杀了一回肯定爆出不少装备，但又不能生谭睿康的气，更不敢说游戏很重要，只得说："没……没事，我把它关了吧。"

谭睿康拿出一个纸袋，里面是围巾和毛衣，笑道："哥给你买的，穿上看看。"

款式和谭睿康的一模一样，只是颜色略有区别，谭睿康的是深黑，遥远的是深蓝，两条围巾都是白色的，围上去之后感觉很温暖。遥远看看镜子里的自己，又看看大男生般的谭睿康，忽然间发现谭睿康成熟了许多。

遥远换好衣服，两人出去吃饭。

"晚上怎么过？"谭睿康问。

"不知道。"遥远问，"你没想好吗？我也不知道去哪儿。"

谭睿康说："你室友们呢？"

遥远道："那个戴眼镜的去上选修课了，张钧和学姐出去了吧，于海航不知道去哪儿了，没说。"

谭睿康笑道："你今天没有特别想去的地方吗？哥可是翘了一下午课过来陪你呢。"

遥远心想翘课很严重吗？估计也只有谭睿康才会觉得很严重……他越看谭睿康就越不舒服。一到冬天人就怕冷，想找个人来温暖自己，遥远每天沉迷在游戏中意气风发，然而当他关上电脑，回到现实后，又有种说不出的孤独。

更要命的是，这种孤独无处排解，连说也不能说。要不还是让谭睿康早点回去，自己也回去玩游戏吧，起码参加游戏里的圣诞节活动能快乐点。

"小远，"谭睿康迷茫地问，"你不高兴吗？"

遥远笑道："没有。"

谭睿康微微蹙眉，注视着他的双眼，很认真，眼神中的意味也很复杂。

遥远回忆起从前，这似乎是第一次看到谭睿康在他面前露出这样的表情。他们在一起生活已经接近五年了，五年，足够许多人从陌生到熟悉，继而成为彼此的亲人。然而现在两人变得疏远，他却又毫无办法。

"你不高兴，"谭睿康说，"我知道的。你心里只要有什么不舒服的，我都知道。但我不知道你为什么不高兴，可以告诉我吗？"

遥远摇了摇头，谭睿康道："有什么别放在心里，你告诉我，我们一起解决，是姑丈的事？"

遥远摆手，谭睿康又道："恋爱了？"

遥远"噗"的一声笑了起来，说："不是，现在高兴了，吃饭去吧。"

谭睿康有点搞不懂遥远了。

平安夜，路上几乎都是一对对的情侣和三五成群的朋友。

他们在大学城外的麦当劳里坐下，谭睿康说："我去排队买吃的，你想想看待会儿去做什么。"

遥远"嗯"了声，心不在焉地在桌面转谭睿康的手机玩，从初三开始，他们的手机就没换过。高中时赵国刚给遥远和谭睿康一人买过一部很贵的V70，但遥远嫌不能发中文短信，就没要，谭睿康也没敢要，两人都还在用以前的。

他们所有的东西都是一样的，一样的衣服，一模一样的手机。遥远拿起手机，看谭睿康的短消息，想给他编个铃声。

他顺便点开谭睿康的信息邮箱，里面存着的都是遥远的短信：吃了，红烧肉，豆角，蒸排骨，鱼汤；吃了，哥，你呢；吃了，香菇炖鸡……

几十条跟菜谱一样的短信存在谭睿康的手机里，还有想你了，

想你了，哥我想你了，我想你了，哥……翻来覆去的几十条，间隔着那些菜谱。

最后一条"哥，我想你了"的短信，是在一个月前，遥远开始玩《传奇》的时候。

那一瞬间，压抑许久的情绪全部爆发出来，犹如山石崩毁，惊天动地，刹那间淹埋了遥远的理智。

他竭力用手掌搓揉自己的额头、眉眼，理顺气息，借这个动作来把酸楚的心情压下去。

手机响了，短消息。

遥远按开看了一眼，发信人是"顾小婷"，内容是：谭睿康，你以为我圣诞节干吗一个人啊！老娘是想给你和她制造机会的！！！闺蜜都送你了，你还不要！！！你这个死马骝！那么喜欢找你弟！你就准备打一辈子光棍吧！

遥远："……"

谭睿康谈恋爱了？遥远有点不敢相信，却又觉得意料之中。不，不是谈恋爱，她说"制造机会"，应该就是还没好上，是这个叫顾小婷的人介绍的吗？遥远明白了，谭睿康没和别人在一起，他不喜欢她。

遥远不敢多说，把那条短信删了，沉默片刻，谭睿康端着盘子过来，说："想好了没？"

遥远说："我开学的时候加入了一个电影协会，咱们待会儿去看电影吧，免费的。"

谭睿康笑道："好，你看的电影总是很有品位。"

吃过饭后，他们进了电影协会租的礼堂，进去时电影已经开播了，是一部老电影。

谭睿康买了饮料过来，说："演的什么？"

遥远道："不……不知道，还没看过。看吗？"

荧幕上，主演一身黑风衣，帅得无与伦比，站在酒吧外面当门童。

"算了，看。"谭睿康道，"姑丈也挺喜欢这个演员的片子。"

谭睿康拧着眉头，遥远不自在地调整了姿势，左脚搁在右膝上，大荧幕上光影变幻。遥远不时看谭睿康的脸色，画面上两个主角穿着人字拖，在厨房里跳舞，仿佛寄托了遥远自己的某种情感。

黑暗的影院中，荧幕上发出苍白的光，那是遥远一生中最快乐的时刻，他不敢再多要求什么，如果这电影永远不散场该多好。

但电影始终是要结束的。

剧终，音乐徐徐响起，那段中提琴合奏的探戈随着水流声形成一段优美的旋律，演员表倒映在遥远的眼中，他看得出神。

谭睿康伸了个懒腰，把遥远的脑袋扶好，打了个呵欠，说："走吧。"

遥远把人送到车站，谭睿康道："好好复习，别老玩游戏，快考试了。"

遥远道："知道了，啰唆。"

谭睿康笑道："你心情又好点了？"

遥远"嗯"了声，买了瓶热牛奶给谭睿康，谭睿康晃了晃牛奶，说："牛奶仔，祝你圣诞快乐。"

"你也是。"遥远笑道。

谭睿康上了车，遥远发了一会儿呆，目送巴士离去，转身回宿舍时，谭睿康的短信来了：弟，哥感觉你像是长大了。

遥远坐在长椅上，注视着手机。

谭睿康：你有很多话，也不想和哥说，到底怎么了？

遥远回了条短信：没什么。

谭睿康：那你为什么心情不好？

遥远：可能是大姨夫来了。

谭睿康：哈哈哈。

谭睿康：我明白了，过几天就好了。

遥远抬头看了会儿夜空，深吸一口气，眼眶通红，低头苦笑，把手机关了机。

翌日，谭睿康的短信又来了，循例是中午吃什么晚上吃什么，却多出来一句：记得复习。

今年冬天冷得早，期末来了，遥远继续自暴自弃地玩游戏，游泽洋似乎忘了去上自习这事，遥远也没有提。

到最后遥远也不知道自己为什么而玩了，游戏里能打动他的越来越少，他查了次账，发现自己把赵国刚的钱用了不少。用就用了吧，到时候再从老妈的那张卡里拿钱补回去。

遥远有点想把自己封闭起来，过春节去哪儿还没有着落，回家也没意思，去哪儿都没意思。他只想待在宿舍里玩游戏，但游戏似乎也没什么好玩的了，天天上线就是PK，杀人，杀来杀去，吵来吵去。

他真的很讨厌现在的自己，但又不知道该怎么去改变。

他报了四级，当天早上实在起不来，便不想去考，手机关机，缩在被窝里睡觉，最后谭睿康的电话打到寝室来，眼镜小呆把电话扯到床上，遥远说："好的好的，现在就起来。"

接着他又倒头就睡，五分钟后，谭睿康又催了一次，说："就知道你没起床，快——去——考——四——级！！！"

遥远叫苦道："我根本没复习啊——哪一年考不是都一样吗？明年夏天再考吧。"

谭睿康道："不行！复习没复习是一回事，但是一定要去考，不能浪费钱。"

遥远痛苦地起床，牙没刷脸没洗就冲去考试，用了不到一小时就全部写完交卷，回来洗漱完继续爬上床睡觉。

一个学期过去，室友们都一起堕落了，于海航的小卖部破产了——遥远的主意其实不错，开始的时候于海航也赚了点钱，一块两块的，赚到钱以后于海航就想吃点零食泡面，喝两瓶汽水。

于海航没有算开支，只约略估计着吃喝，结果进的货越吃越少，赚的都被自己享受掉了，本钱也享受得差不多了，没回本，去进的货就越来越少，更懒得跑了。

最后学业为重，小卖部关门大吉，收摊时还赔进去四百块钱。

眼镜小呆很努力地学习，但还是挂了一门，打电话朝他妈呜呜呜地哭，难过得要死。

遥远心想眼镜小呆那么用心，天天上自习还挂科，简直糠毙了，看我的，期末复习几天就都追上了。

张钧则常常夜不归宿，偶尔回来便朝他们传授追女孩的方法，找女朋友不要找本系本班的，否则腻了不好分，兔子不吃窝边草云云……

直到某一天晚上，张钧又出去了，有个女孩背着个包，提着个行李袋，围着围巾，穿着羽绒服，到宿舍门口问："请问，张钧是住在这个寝室吗？"

寝室里的人同时一愣，一齐转头看她。看那穿着，不是本校的女孩，外地来的？

遥远对这种事最敏感，马上隐约猜到什么事，但什么也没说，继续打他的游戏。

于海航也猜到了点什么，说："你是他女朋友？他好像回老家去了。"

女孩道："他……家里出了什么事？对，我是他女朋友。"

遥远的嘴角微微抽搐，猜对了。

众人摊手，女孩眼睛发红，说："他手机关机，也不上网，什么时候走的?"

"他手机换号了啊,"遥远噼里啪啦地按键盘,说,"你不知道吗?"

于海航忙使眼色,但迟了一步。

女孩怔住了,问:"他的新手机号码是多少,可以告诉我吗?我特地坐火车过来找他的。"

遥远心道真是造孽,该不会又是那种事……他让游泽洋接替他杀怪,侧身看着门口那女孩,心里想是怀孕了吧,目光就移向女孩的小腹。

她注意到遥远的目光,不安地动了动,拉好羽绒服。

遥远拨通了张钧的电话,说:"张钧,你女朋友找到寝室来了。"说着把手机交给那女孩,女孩说:"谢谢。"

她站在冰冷的走廊外打电话,说着说着就哭了,遥远面无表情地上去关上门,整条走廊里都听得见她的哭声,她一边大哭一边朝电话里说:"我的天啊,你怎么能这样?你怎么能这样?你怎么能这样对我?你还让不让我活了?张钧!我从来不知道你是这样的人!你怎么能这样——"

好几个寝室都听见了,不少人出来看,她蹲在走廊里哭了很久,最后挂了电话。

遥远起身开门,给她一盒纸巾,她头发凌乱,倚在墙边哭得上气不接下气。

舍管大妈上来赶人了,遥远便拿了钱包,说:"我送你下去吧。"

她噙着泪,点了点头,遥远帮她拎包,下楼去了。

寒冷的夜晚里,路灯亮起黄光,遥远回头道:"你自己来的?"

她抹了把眼泪,说:"你见过那女的吗?是什么人?可以告诉我吗?"

遥远说:"是他同学,隔壁系的,长得没你漂亮,我说真的,你比她好看很多。你要做手术吗？我陪你去？你去大学城旅店住一晚上，明天我带你去吧，钱你自己出。"

她摇了摇头，说："我现在身上没有钱，不知道该怎么办了……"

遥远点了点头，说："那你……你有回去的路费吗？回家让你妈妈陪你去做手术。"

她说："应该够。"

遥远从钱包里数出两百，说："借你的，记得还，顺便给你爸妈买点特产，带回去过年。"

她噙着泪点头，说："谢谢，我刚刚都不想活了。"

遥远把她送上车去，说："不客气，你来之前不就已经知道结果了吗？只是确认一下而已，有什么好想不开的，心理建设都做足了。话说我以前也有活着没意思的念头，其实活着还是很有意思的。"

女孩一怔，遥远又道："没关系，重新开始吧，你还有爸妈呢，想想你爸妈没了女儿的样子，为那家伙，值得吗？回去挨你爸爸两耳光，天大的事，过两年就忘了。而且你还可以再找个人结婚，厮守一辈子，还有什么不满足的？回去吧，活得比张钧好，快快乐乐地活，就等于是报复他了。再见，祝你幸福，真心的。"

遥远送走那女孩，转身上楼，甚至没问她名字，她也没问遥远的名字。

上楼后，走廊里的人纷纷揶揄他，说："赵遥远，你把人家欺负了？"

遥远怒吼道："积点德吧你们！"

三天后，张钧回来了，朝遥远千恩万谢，遥远道："不客气，你欠我四百了，下周还钱啊，不然我找你现在那女朋友要了，就说那是给你前任的路费。"

张钧忙道好好好，当天卖了自己的游戏账号，拿出四百块钱还给遥远。

但没过多久，这件事还是由游泽洋"不小心"传了出去，最后以张钧在楼下当着许多人的面挨了女朋友一耳光而告终。

期末考来了，各科陆陆续续开考，有的间隔几天，有的挨得很紧，遥远的计划从提前一个月去上自习变成提前半个月，再变成提前一周，再变成三天，再变成一天，最后变成用考前三个小时复习。

考前三个小时，遥远翻开高数书，崩溃了。反正也复习不到什么，遥远又把书合上，继续打游戏。

待会儿靠蒙吧，大题全不会做，随便写写，说不定选择题全蒙对，填空题蒙几个，外加大题胡乱写个过程也有点分……就有六十了。

于是各科考试前，遥远不断循环下决心复习——考试前一天复习——去考试的过程。遥远越想越害怕，还是停下游戏拔掉网线，复习了几门，心想把简单的几门课，譬如思想品德修养、电子电工学和线性代数等过了，其余的准备补考，这样起码不会全挂。

最后一科考完，遥远发了个短信，说：哥，我考完了，寒假怎么过？

谭睿康：你先玩游戏吧，哥还有两门，别熬夜，正常作息，早上起来玩也一样。你是不是经常熬夜，我看你好几次QQ半夜三点还挂着。

遥远心想，谭睿康抓到自己几次，居然也不吭声？是打算秋后算账吗？

他不敢多提这个话题，就说：祝你全过。

谭睿康：何止全过？哥是要拿奖学金的，看你这样子，今年只怕没奖学金拿了吧。

遥远："……"

谭睿康：没关系，拿了奖学金咱们寒假去玩，下学期轮到你拿奖学金也一样，很多奖学金都是综合一个学年评的。

遥远的心情真是五味杂陈，天啊！我都做了些什么啊？千万不能被谭睿康知道自己的成绩，遥远自己都不想知道成绩了。

"赵遥远，"班长推门进来，"辅导员找你。"

遥远心中"咯噔"一响，暗道完了，有挂那么多吗？不至于吧，千万别请家长。

学院办公室。

辅导员道："赵遥远，你第一个学期居然有五门科目不及格？！"

遥远："……"

还好还好，遥远松了口气，只挂了五门，没达到劝退标准。

辅导员道："你想要被劝退吗？你到底都在做什么？成绩倒数第二，我看了你的高考分数，不像是这么贪玩的人。"

遥远不敢吭声，站着挨训，辅导员训了半天，说："劝退，叫家长来。"

遥远瞬间就慌了，不可能啊！不是说多少学分没拿到才劝退的吗？自己才挂了五门啊！不会的，一定是辅导员在吓他。

遥远说："我还不够劝退的标准吧，只有五科不及格而已。"

遥远一不小心把心里想的说了出来，辅导员当场就炸了。

"五科不及格叫'而已'？"辅导员道，"我要和你家长谈谈，否则下学期你就等着真的被劝退了！"

遥远道："我……好吧。"

明摆着就是被笑话的事，他不可能叫赵国刚。他拿着电话，犹豫了很久，辅导员又道："快点！你爸呢？下午还有很多工作，没时间跟你磨！"

遥远只得打电话给谭睿康——关机，他在考试。

"我哥在考试，等等可以吗？"遥远道。

"你哥念几年级？"辅导员说，"叫你家里长辈过来，你家是南国的吗？让他现在过来，否则就劝退。自己到一边坐着，家长什么时候来，咱们就什么时候继续谈这事。"

遥远是无论如何不会叫赵国刚的，就算这书不读了，他也不会叫赵国刚。

等到下午四点，遥远终于打通了谭睿康的电话，说："哥，我们辅导员有事找你。"

谭睿康："……"

"马上到。"

谭睿康只说了这一句就挂了电话。

谭睿康来了，只看了遥远一眼，便敲门进去找辅导员。

"你弟弟十门科目有五门不及格，大课点名只有一次高数、一次物理到了，其他的全部没有到……"

"四十五个学分只拿到了二十七，你们家就没有一个能说话的长辈吗？"

谭睿康代替遥远，站着挨训，说："对不起，赵遥远的妈妈去世了。"

"这个我知道，"辅导员说，"表上也空着，他爸爸不管他？"

谭睿康没有说话，片刻后道："我会督促他的，现在就是我和他两个人过日子。"

辅导员没有说什么，最后说："这样吧，把你的联系方式留下来，他爸爸的手机关机，我打了好几次都没联系上，家里电话也没人接……"

谭睿康道："我们家没人住了。他爸爸也是前段时间换的号码，小远不愿意和他爸联系，我没敢跟他说，以后有事您都找我吧，我一定负起责任,不会再有下次了。"

辅导员点了点头,说:"寒假早点回来补考,再不过的话,人就交给你领走。"

谭睿康忙道"是是是,一定好好教育",又打印了成绩单出来,看着遥远,许久后道:"你……"

遥远不知道为什么,忽然就忍不住笑了起来,他以前都没发现,谭睿康的耳朵有点圆,像只大猴子,很可爱。

"还笑!"谭睿康吼道。

"别在这里管教!"辅导员在里面道,"要打要骂出去!"

遥远跟着谭睿康出去,两人在学院外的林荫道上慢慢地走,大学城路边移植的新树半死不活,许多学生已经收拾东西,拖着行李箱回家了。

遥远道:"成绩单让我看看。"

谭睿康简直要被遥远气死了,低头正在看成绩单时,遥远便凑过来看。

"我四级……过了!"遥远简直无法相信,"我四级过了!!过了啊!!"

谭睿康:"……"

遥远高兴疯了,谭睿康的眉头拧成一个结,说:"你还,你……唉。"

遥远道:"你四级过了吗?"

谭睿康不吭声了,遥远一看他这副模样就猜到了,谭睿康四级没过!

谭睿康悲怆地说:"你严肃点!"

不知道为什么,这种时候遥远总是特别想笑,每次谭睿康一本正经要教训他的时候,他总是没法当一回事。

"你还笑?"谭睿康道,"你怎么总是长不大呢?"

遥远笑道:"因为我不想长大。"

谭睿康也忍不住笑了起来,两人站在路边大笑。

"有什么好笑的?"谭睿康道,"准备补考吧,你怎么总是这样?"

遥远道:"我……我能追上来的,放心吧,我下学期不玩游戏了。"

谭睿康叹了口气,说:"就知道是那电脑害的,我心里一直不踏实,这下好了,早知道不给你买。"

他坐在路边,两人一起静静看着远方。女孩子拖着红色行李箱,围着白围巾经过,俨然一道美好的风景。

遥远与谭睿康并肩坐着,谭睿康侧头看他,动了动眉毛,说:"你打算怎么办?别再嬉皮笑脸的,拿点男人的担当出来!"

遥远静了一会儿,说:"寒假开始复习补考吧,还能怎么办?出去租个房子吗?还是回家?我们还有多少钱?"

谭睿康道:"钱的事你不用操心,够咱俩花的。去哪儿过寒假,等我考完再商量。总之,电脑不许再碰了!"

遥远道:"一共就五门课,思修是因为没去点名,才被老师挂掉的,喏,你看,五十九分,很明显了。寒假每天复习三个小时,我觉得就够了。复习完以后再玩,一起玩《传奇》,我带你练级。"

谭睿康道:"不行,寒假每天只能玩一小时电脑。你自己挂五科也就算了,还想把我也拖下水?每天一个小时,你玩你的。"

"一小时?"遥远鬼叫道。

一小时,遥远还没跑到练级的地方时间就没了,一小时够玩什么啊?

遥远道:"三小时吧。"

谭睿康道:"谋得倾啊——"(地方话:没得商量。)

遥远的末日来了,整个寒假他都将在读书中度过,当初是谁说上大学了就可以好好玩的?

是谁!

当天,遥远收拾了东西,室友已经全跑了,四个人都要补考,大家大哥别说二哥。

谭睿康给遥远收拾了个旅行袋,勒令他搬到自己宿舍去住。遥远心想正好,便把笔记本电脑带着,胡乱收拾几件衣服,跟着他到华工去了。

这是他第一次来谭睿康的学校和宿舍,华工的五山校区有点旧,条件也比不上中大。谭睿康的宿舍是七人间,四张上下铺,其他人的床铺都乱七八糟,只有谭睿康的床收拾得很干净。

"他们有几个是机械设计系的,"谭睿康说,"都考完回家了,你随便借张床睡吧,别在床上吃东西。"

遥远说:"我不睡别人的床。"

谭睿康道:"那你睡我的,我睡他们的。"

遥远有点不太情愿,坐在床边,翻谭睿康的东西,谭睿康蹙眉道:"又不高兴了?怎么心情一时一变的,跟小孩子一样。"

"晚上冷,"遥远说,"你的床垫又薄,盖太多被子,很重不舒服。"

谭睿康问:"那哥先给你暖暖?"

遥远目的达到,高兴了。

谭睿康的书除了高数跟遥远的一样,其他的都跟天书似的,以物理方面的书最多,杂书也多,有 FLASH 制作基础、切割工艺,还有电路、自动控制理论等。

"你考得怎么样?"遥远问。

谭睿康道:"成绩还没出来呢,你用我的电脑上网玩玩吧,先休息几天,不许再沉迷游戏了。"

遥远说:"我通知一下游戏里的朋友,寒假不上游戏了。"

谭睿康说:"QQ通知,我知道肯定也能用QQ。"

遥远道:"你怎么知道?"

谭睿康坐着翻书,说:"这宿舍就有一个,每天晚上玩《奇迹》私服到半夜四点,吵死人。"

遥远笑了起来,谭睿康居然什么都知道。他打开谭睿康的电脑,桌面很干净,背景是两张课表,左边是遥远的,右边是谭睿康的,下面还有日历,里面勾出了遥远没课,可以去找他一起吃饭的时间。

遥远看得有点心酸,那段时间谭睿康说过几次来找他,但他不想见他,都在自暴自弃地打游戏。

谭睿康的电脑桌面上也有两个小人,是他自己编的程序,动画过程和遥远电脑上的基本一样,只是最后一帧换成了遥远的卡通小人抽出一根棒球棍,不停地敲打谭睿康脑袋,把他敲得满头包,大喊道:"学习啦,学习啦,别发呆啦。"

遥远一直笑,笑着笑着眼泪就出来了。

谭睿康在外面打开水,泡袜子,回来后继续读书。遥远躺在他的床上出神,心中百感交集。

他注意到谭睿康又看着自己,心中不禁问:谭睿康会一直对我这样好吗?

"看什么?"谭睿康说。

"没什么。"遥远道。

谭睿康一脸茫然,继续低头看书,过了一会儿,发现遥远还没睡着。

"你怎么了?"谭睿康说,"小远,感冒了吗?"

遥远睁开眼,谭睿康在摸他的额头,遥远抓着他的衣服,说:"没事。"

谭睿康说:"你的脸有点红,跟女孩子似的。"

遥远说:"我很像女生吗?"

谭睿康笑道:"不像女生,你属于男生里长得很漂亮的那种,一看就很嫩很舒服,很干净很阳光。"

遥远说:"我们系有个系草那才叫帅。"

谭睿康道:"你要是在我们班,肯定就是班草,没人比你长得好看了。我们寝室的都说你长得帅,说我像个猴子似的,还给我起了个外号叫大马骝。"

遥远笑着说:"你也很帅的,你的肤色很健康,哪里黑了,也不像以前那么瘦,很帅呢。就是耳朵有那么一点点圆,我也是今天才发现,你耳朵好看,很可爱。"

谭睿康很配合地动了动耳朵,又笑着说:"你要是女生肯定不愁找男朋友,你现在估计也不愁女朋友吧,只是你都看不上。"

遥远笑道:"哎,你想谈恋爱吗?想找个什么样的女朋友?"

谭睿康一愕,继而有那么一瞬间的恍神,想了一会儿,说:"不知道。"

谭睿康看了会儿书,带遥远下去吃饭,华工的食堂也一般,据说大学城的食堂比较好,谭睿康打了六份菜,遥远说:"你平时就吃这个?"

"唔,"谭睿康边扒饭边说,"多吃点,不够的话,想吃什么自己再去点。"

遥远随便吃了点就不吃了,谭睿康风卷残云般把六个菜全部搞定,旁边有人来打招呼,谭睿康便笑笑应了,介绍道:"这是我弟,上次顾小婷她们说的那个小帅哥。"

遥远朝他们笑,侧眼瞥他,说:"顾小婷是谁?"

谭睿康说:"国庆节去动物园那会儿,我们系的一个女孩看了咱们的照片就喜欢上你了。"

遥远道："真的？怎么不跟我说？"

谭睿康把菜碟放在自己碗边敲了敲，拌着菜汁把最后的饭吃完，说："你要认识吗？要的话现在介绍你们认识。我觉得你俩脾气不太合，万一人家女生被你欺负了，我又舍不得骂你，两头不是人。"

遥远忙道"不了"。

吃了饭出来，谭睿康去买水果给遥远吃，遥远忽然想起从来上大学开始就没怎么吃过水果了。

"弟，你吃什么？香蕉吃吗？"谭睿康提着一挂香蕉问他。

遥远瞬间就笑岔了气，躬身去找东西扶，谭睿康悲怆地说："你今天是不是兴奋过头了？这么乐做什么？又笑我！"

"你弟笑啥？"一个买橘子的女生问谭睿康。

谭睿康说："别管他，他今天有点疯，在笑我拿着香蕉像猴子。"

谭睿康买了香蕉，亲昵地搭着遥远回宿舍了。

遥远躺在被窝里，谭睿康的床比遥远宿舍的床大那么一点，谭睿康开着床头灯，半躺着看书，遥远挤在他身边。

"小远，晃着你了吗？"谭睿康问。

"不，这样刚好，"遥远喃喃道，"很暖和。"

他侧头注视谭睿康，他的眉毛、眼睛，在小台灯的黄光下笼着一层淡淡的温润光泽。

谭睿康说："你手冷脚冷，又老熬夜，住宿舍是不是不舒服？"

"嗯。"遥远闭着眼，心里十分踏实温暖，有谭睿康在身边，他终于不孤独了。

那天晚上遥远很快就睡着了，一个学期的疲惫仿佛在那个晚上消失得一干二净，他甚至不知道谭睿康什么时候睡的。

一缕阳光从窗外透进来,手机铃声响了,谭睿康伸手去按,遥远却先摸了过来。

"几点了?"谭睿康迷迷糊糊问。

遥远道:"七点十五,再睡会儿吧。"

谭睿康说了句什么,舔了圈嘴唇,挠了下胸口,翻身平躺着,一会儿又睡着了。

遥远看着他哥,谭睿康一脚悬了出去,光脚踩到冰凉的地面,马上触电般缩回被子里。

他精神了点,打了个呵欠,看了眼手机,瞬间弹了起来,冲去刷牙洗脸换衣服。

遥远道:"哈哈哈哈——"

谭睿康从门口冲过,愤怒地说:"怎么不叫我起床!肯定是你又把闹钟按了!"

遥远缩在被窝里,叫道:"我只是想让你睡久一点!"

一张饭卡甩进来,谭睿康道:"自己去吃早饭。"说着他去穿袜子。

遥远说:"你们宿舍的人怎么没一个回来?"

谭睿康说:"今天考英语,昨天全通宵去了。"

谭睿康穿着拖鞋就跑出去了,两分钟后又冲回来,边跳边穿球鞋。遥远朝他说:"你把饭卡给了我,你吃什么?我待会儿去买吃的,去考场外面等你吧?"

"严禁拍打喂食,随便。"谭睿康说,再次跑下楼。

遥远蜷在被窝里,打了个呵欠,打算赖床赖到谭睿康考完再起床。赖到八点多,实在无聊了,便去拿自己的手机,和谭睿康的手机并排比较,发现手机里好几条短信。

张震:牛奶仔,你放假了吗?外面有一种很严重的流行感冒,不要出门，少跟人接触，别去人多的地方，别回南国，找人少的地方待着。尽量别留在本地！发烧要马上去医院检查，不要在外面吃饭，这不是在开玩笑，已经有人死了！

遥远："？"

遥远回了条短消息，问：张震，你在什么地方？

那边没有回消息，遥远继续翻，看到林子波的短信：牛奶仔，你回南国了吗？别出去吃饭，听说有流行感冒。我一切都好，勿念。

遥远蹙眉，第三条短信是个陌生的号码：牛奶仔，怎么不上QQ？马上回我电话。

是齐辉宇吗？遥远已经有好几天没上网了，前天自己断了网复习，昨天被叫家长，这是第三天，他考虑了片刻，回拨电话，那边关机。

什么流行病？遥远起身用谭睿康的电脑上网，网上没有说。他登上QQ，齐辉宇发来一堆消息：在吗？在不在？回答我。

遥远在QQ上留言：怎么了？因为流行感冒的事吗？

他查了许多网站，都没有消息。

他打开邮箱，查看今天订阅的新闻，也没有。

遥远起身去翻谭睿康宿舍里的报纸，好几天前的，也没有。

遥远拿着手机，编了条短信，对着"爸"的名字，沉默了很久，最后手机没电了，自动关机，短信没发出去。

遥远带着疑惑起床，翻行李包找到牙刷和毛巾刷牙洗脸，洗漱完看了眼谭睿康贴在桌上的考试表，又翻了翻他的书，看到一份入党材料，一份名册，是关于大家放假回家后的联系方式，还有几份班上同学勤工俭学的表，心想这个说不定是要交的？于是便揣进包里，下楼买面包牛奶当早饭，去等他考完试出来。

走廊里一片安静，老师见了遥远，以为他提前交卷，瞪着他看。

遥远经过考场窗户，朝里面张望，看到谭睿康了。

谭睿康已经做完了，正在认真地检查试卷，忽然心有灵犀般抬头，看到外面遥远正在朝他挥香蕉。

整个教室登时哄堂大笑，连谭睿康自己都笑得直抽，他既好笑又无奈，起身提前交卷，出去把遥远拍了个趔趄，抢过香蕉，笑着噔噔噔下楼去。

"你终于提前一次交卷了，"遥远道，"能拿奖学金吗？"

谭睿康道："不知道呢，要等下学期开学才评……"

"谭睿康。"辅导员叫住他，谭睿康忙道："我忘了，这就回去拿名单。"

遥远把名单给他，谭睿康心花怒放，不用再跑一次，去交了表。

辅导员笑道："你弟弟？"

谭睿康点头，跟辅导员说事。遥远知道他是班长，心想成天这么积极做什么，当干部又没薪水发。

"好了。"谭睿康舒了口气，和遥远坐在教学楼外的石桌旁吃早饭，说，"寒假怎么过？我觉得不能去旅游了。"

遥远嘴角微微抽搐，忽然想起一件事，把张震发的短信给谭睿康看，谭睿康吓了一跳，说："这么严重？还有人死了？"

遥远道："应该是……并发症什么的吧，你说呢？"

谭睿康挠了挠头，眯起眼，说："回去看看新闻吧，这么大的事情，不应该没消息啊。"

两人回宿舍又查了次网页，网上和现实中都风平浪静，外面学生们陆续离校，遥远道："可能是患者自己没去看医生，发烧过度挂了吧。"

"嗯，"谭睿康关了笔记本，说，"小心点就行，走吧。"

遥远从昨天晚上就在想这个事，他有点不想回去，回去的话，赵国刚肯定要带着那女人上门来，他一想到就烦，连话也不想说。

谭睿康的脑袋里简直就像装了个遥远的心情感应雷达,遥远每次一不开心他都能感觉到,虽然大部分时间都不知道遥远为什么不高兴,但起码知道遥远又烦躁了。

"小远,你不高兴吗?"谭睿康道,"怎么突然又这样了?"

遥远在校门口停下脚步,说:"我不想回去过年了。"

谭睿康明白了。

"姑丈过年肯定会回家,已经说好了。"谭睿康认真道,"年三十去舒……阿姨家过,你不想去的话就咱哥俩过,年初一早上姑丈过来。那个……那女的,那阿姨……姑丈还让我问问你意思,他想初一开车,带咱们一起去玩,就看你让不让她去。"

遥远瞬间就炸了:"省省吧!别人可是一家三口呢,小孩也不知道生没生,年三十不回家,年初一跟个不认识的孕妇去坐摩天轮,我吃饱了撑着吗?不如整个春节都别来了!还清净点。"

谭睿康万分小心,最后还是不可避免地戳到遥远的炸点。

遥远说:"我不回去,要回你自己回吧。你去跟我爸,还有那女人过年,去外地玩。"

谭睿康哭笑不得道:"可能吗?别老说这种没意义的话。"

遥远坐在椅子上发呆,谭睿康想了想,说:"最怕你还在赌气不想回家,昨天哥也想了下,不回去的话,要么租个房子住?"

"我看到你们大学城外,有不少租房的师兄寒假回家了,在找转租的租客,咱们寒假在这里复习,可以吗?"

遥远笑了起来,说:"好啊。"

谭睿康"嗯"了声,说:"一起去看看吧,中午顺便去找点好吃的。"

两人又回去放行李,然后出门坐地铁。

谭睿康还没睡醒,围着围巾有点呆呆的,遥远心情又好了点。

两人在大学城外的告示板上看租房广告,遥远看了一会儿,说:

"算了,还是回去吧,你想去玩是吗?"

谭睿康说:"不,不想。"

遥远说:"我是觉得咱俩在一起,去哪儿过年都一样。反正家里就我和你两个人了,如果你觉得还要加上那女的……就回去吧。"

谭睿康笑了笑,搭着遥远的肩膀,脑袋歪过来,和他碰了碰,说:"哥其实也是这么想的,哥也不想回去。房子那么大,住着冷清,不如在这儿租个小单间,方便督促你学习。"

遥远的烦恼终于解决了。

当天他们联系了几个房,挨个儿看了看,最后找到岛上的一个生活小区,带网络的一室一厅,卧室挺大,外面客厅倒是不大,有电视,还有个电磁炉。

遥远很喜欢这个地方,一进来就觉得很温暖,房子朝南,阳光充足,外面也不吵,窗台上摆着玻璃瓶,瓶子里插着富贵竹。

窗帘是趴地熊的图案,床单上是麦兜的图案,布沙发看上去有点旧,估计从旧货市场买的。

外面人很少,也很安静,推窗的时候能看见干净的小区,有小孩在路上骑自行车。

他心里想就住这里吧,每天一定很快乐。

上任房客是广工的一个师兄,开门后问他俩:"你俩是兄弟吗?长得不像。我下学期就毕业了,得去实习,不回来了,长住的话,就转租给你们,房东人很好,也不常来看。"

谭睿康想了想,说:"这个到时候再说吧,小远,你觉得呢?"

师兄倒是无所谓,说:"最好快点决定,我过几天就走了,这两天住寝室……学生证先给我看看,嗯,都是大一的学弟。"

"怎么有两个枕头?"遥远说。

师兄道:"和我女朋友一起住的。"

遥远道:"她人呢?"

师兄道:"分了,毕业当天失恋,没听说过?她要回她老家陪爸妈过日子,我要去实习。这些家具都是我们以前从旧货市场一点一点买回来的,刚住进来的时候什么都没有,她心灵手巧,才布置成这样,要是租下来就都送你们了。"

谭睿康笑道:"你们还做饭吃,小日子过得挺好,还有麻将桌,便宜点吧,便宜两百怎么样?"

师兄叼着烟进了厕所,过了一会儿,说:"都只收你八百了还想怎么样?再少我不得亏死啊!你看合同,桌子上就有的,押金和房租都没多收你一分钱,你把一千二的押金给我,我给你写个收条,到时候找房东拿就行了。我六月份还得回来拿毕业证呢,身份证也可以复印给你一份。"

遥远一直在使眼色:住,住!

谭睿康无可奈何地笑了笑,说:"我弟喜欢这儿,算了,八百就八百吧。"

遥远哗一下冲进房间里,倒在床上开始滚。

谭睿康跟那师兄下去找 ATM 机取钱,遥远看着天花板,吁了口气,把床边放着的趴地熊公仔踹起来当球踢着玩。

人生真幸福,还好没一时想不开。

第一册完

番外 乞力马扎罗的雪

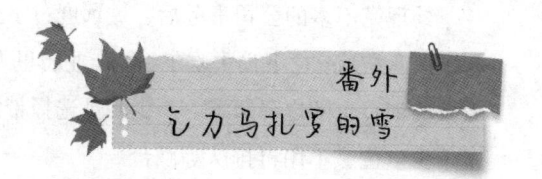

南国的春天总是不来,冬季过后阴雨连绵,一层层的乌云压在城市上空,挥之不去,冬雨也总是下个不停,仿佛一块幕布罩在了城市上空。

南方没有暖气,每天遥远起床都极度不情愿,在凛冽的冷气里好不容易钻出被窝,拖着迟钝的身体来到落地窗前,拉开窗帘,看着窗外的草地出一会儿神——再下楼去厨房热杯牛奶,洗漱后独自坐在餐桌前,慢慢地喝下去。

看看今天的新闻,俱是些不想关心的事,早饭后给不停喵喵叫的猫倒点猫粮,保姆来上班了,开始清理猫砂,遥远便面无表情地换上衣服——通常是卫衣和休闲裤,然后拿了车钥匙,出门去公司。

开车半小时,抵达公司后处理事务,给财务签字,盖公章。从年初至今,生意便肉眼可见地收缩,国外的合作伙伴有不少倒闭,集装箱涨价且发不出去,甚至有一部分货物在国内的仓库压了将近八个月。

幸亏货款已经提前付了,这也是去年遥远所坚持的,当时他还与谭睿康小吵了一架,经济形势再次证明他的决定正确无比。

"我为什么要选外贸这行……"遥远自言自语道,"简直是巨坑。"

但别的行业呢?只会更惨,每天都有店铺关门歇业,但每天也有新的生意开张。

处理完不多的公司事务后,遥远度过了无聊的上午,在手机上打了两盘游戏,便下楼去吃午饭。产业园里人很多,但今年开年后,大家的消费也随之降级了,不少职员选择带饭,常去的茶餐厅也有了不少空位,不用再排队等翻台。

烧鹅饭、白切鸡饭、四宝饭……翻来覆去都是这些,遥远有时觉得自己的生活就像个被设定好的程序,按部就班,没有任何变化。午饭后他再买一杯咖啡,回办公室看书发呆,下午两三点,如果没有事情就可以走了。

下午遥远会把车停在附近的市政公园,晒晒太阳,或者在阴雨天里,沿着湖边走走,与推着婴儿车的老人擦肩而过。

晚上通常不会有饭局,回到家后,猫迎上来,晚饭做好了,遥远便独自坐下,把手机放在餐桌一侧,打开视频,叮叮咚咚的视频声响,仿佛敲着一扇永远也不会打开的门。

但就在这锲而不舍的声音里,视频突然接通了,于是手机屏幕就像动画里被突然打开的宝箱,倏然射出了希望的光芒。

"Bonjour,"谭睿康在那边一本正经地说,"Bonjour!"

遥远:"……"

"你在吃什么,宝宝?"谭睿康笑着说,"让我馋馋!"

他的视频背景是明亮的阳光,在一个半开放的复古办公室内,像一栋二层的小楼,阳台外则是茂密的树叶,正在风里沙沙作响,树叶已随着季节的变化,显露出些微金黄色。

办公室中则放了不少外文书籍,还有做了防腐处理的动物标本——角马、河狸以及办公桌上一个巨大的地球仪。

"蒸鱼。"遥远面无表情地答道。

"哇!"谭睿康说,"是石斑鱼吗?"

遥远没搭理他,谭睿康又说:"今天煲汤了吗?"

"苦瓜黄豆排骨汤，"遥远无聊地答道，"你在吃什么？"

谭睿康的桌上有一杯咖啡，一份不知道是什么的糊糊，一盘米饭以及半只烤好的不知道什么种类的飞禽。

谭睿康耸肩，问："货发出来了吗？"

"今天联络员告诉我，卡在埃及，"遥远说，"你派个人去催一下吧。"

谭睿康说："我昨天去了一趟坦桑尼亚，他们已经在催货了。"

遥远说："要怪就去怪苏伊士运河吧，没办法。"

谭睿康"哎"了一声，说："你不知道，净水器对他们来说有多重要……"

遥远说："好了好了，非洲兄弟的饮水问题会解决的。"

谭睿康说："我这儿新来了个助理小哥，你看看？"

谭睿康把视频摄像头转向一侧，那边有个干瘦黝黑的小伙子，朝遥远腼腆地挥了挥手，笑起来露出一口整齐的白牙。

"哦，"遥远见怪不怪，说，"埃及人吗？"

"印度人，"谭睿康说，"叫阿布卡钦。"

遥远点了点头，说："他能把你换回来吗？"

谭睿康道："我也想啊！"

兄弟二人相对无语，遥远说："早知道就不该让你去，这都多久啦！"

遥远终于炸了，谭睿康忙开始哄，每周遥远都要抓狂一次，谭睿康则不停地赔不是，说道："我这个月再努力一把，想想办法，主要是机票问题，总被突然取消，这次去葡萄牙中转试试？"

"你人生地不熟的，"遥远说，"不要乱跑了，就买英国回来的票吧！上回要是不耽误，现在已经到家了！"

每周例行公事，一个在中国发脾气，另一个在刚果金赔不是，两人已经非常习惯了。

"已经一年又十一个月了啊!"遥远道,"我的天啊!"

两年前,外贸行业迎来了短暂的爆发期,全球订单汇聚中国,遥远与谭睿康亦在这一波巨大的浪潮中成功淘到了金——机会总会给有准备的人。

当时他们从赵国刚处获得了一个代发订单,有大量的草料加工设备等器材,要发往刚果金与莫桑比克。但中非地区的市场环境相对比较复杂,于是谭睿康便提前飞往中非,带着各种手续文件,寻求一些在当地做基建的朋友,协助解决报关、运输等关系。

毕竟之前,他们就已经去过一次坦桑尼亚,看动物大迁徙,爬乞力马扎罗山。

但万万没料到,这一次,谭睿康一去就是一年十一个月!

机票取消,谭睿康被困在了刚果金,而遥远则待在中国,接近两年时间无法见面。这要是换了情侣,早就分手了,还好他俩是兄弟。

"我要抑郁了。"遥远面无表情道。

"你别吓我,小远!"谭睿康忙道。

遥远说:"我现在一天就说不到十句话!"

谭睿康道:"你和姑丈见面了吗?要么让他搬过来住?我再想想办法,一定可以的!"

遥远说:"我看你也不大想回来嘛,过得有滋有味的。"

谭睿康道:"这里的东西太难吃了,小远,我想回家!"

谭睿康的求饶最终有了效果,遥远不再找他麻烦。吃过饭,拿着手机去自由活动,又和视频里的谭睿康一起看了会儿纪录片。那边正好是下午两点,谭睿康开始处理工作,大多是员工的事与销售谈话。

最后谭睿康下班,遥远去睡觉,就这么度过了一天。

每天如此，无尽循环。

翌日，遥远说不清是什么时候生出这个念头的——也许是在公园里，看见两只天鹅于阴雨中徜徉树下，也许是看见了在路上跑步的两个外国人，也许是在午饭时点了一份墨西哥菜……

总之，那天晚上他从抽屉里翻出了自己的护照，但与谭睿康视频时神色如常。

"明天周末了，"谭睿康说，"你打算怎么过？"

遥远说："不知道，去看我爸吧，你呢？"

谭睿康答道："在家里睡觉，最近总觉得有点困。"

"嗯……"遥远看着两年前的坦桑尼亚落地签出神，犹记得流感爆发的第一年，他们刚从乞力马扎罗回来，刚看过动物大迁徙。结果回国时，他们遭遇了前所未有的困难，他俩经历重重考验，辗转多地，最终从港城入境。

现在居然反过来了，中国成了世界上最安全的国家，但遥远现在并不想待在家里，这样的生活他已经受够了！

"明天我要参加一个培训班的聚会，"遥远说，"和班上的几个同学，打不了视频电话了。"

"好，"谭睿康今天正在皱着眉头，吃炸鱼配一堆香料糊，答道，"那我趁这两天先把手头的事情处理一下。"

"嗯。"遥远开始计划他全新的出埃及记，并整理护照。

他办好了埃及的过境签——先飞迪拜，再从迪拜飞埃及，接着在开罗机场中转，前往金沙萨。

埃及的官方语言中有英语，他没问题，抵达金沙萨后就有点艰难了——刚果金说的是法语，用手机翻译，外加比画，总能到地方的。遥远有谭睿康的办事处地址，现在不少人都在那里出入。

当天晚上，他居然神奇地失眠了，仿佛回到了学生时代，每次与谭睿康出门玩的前一天夜晚,都会辗转反侧。

他看见我会很开心吗?遥远心想,又起来看了眼自己给谭睿康带的东西。下个月,他们异地相隔就满两年了,两年啊!足足两年时间,他们每天都靠视频联系来度过。

衣服已经很久没有买了,头发也是乱糟糟的,谭睿康在非洲晒得肤色更深了,吃的也不怎么样,遥远每次看他的午饭,都只能用难吃来形容。

他实在睡不着,又坐起来,放了一首《K 歌之王》——那已是二十一年前的粤语歌了。

在学生时代寂静深夜中听着这首歌时,他们还只有十五岁。

"谁人又相信,一世一生这肤浅对白……"

天蒙蒙亮,遥远一夜未睡,却很精神,他摸了摸猫咪的头,低声道:"再见喽,爹地有更重要的事情要去做,待在家里的时间,你要好好听话。"

他拉起一个行李箱,给保姆留了纸条,轻轻地关上了门。

前往机场的出租车上,遥远安排好了所有工作,他不在公司时,公司的小事让大家自行解决,大部分业务交给副总安排,大事则请示赵国刚。毕竟他这么一去,也许要很久才能回来了。

副总是谭睿康的大学师兄,非常尽心尽责,家里有老人小孩要养,遥远原本也想逐渐把业务放开给他。师兄听到遥远出远门的消息,仿佛早已知道他要去哪儿,只让他注意安全,甚至没有挽留。

到了机场,国际航班的安检口只开放了四个,遥远带了所有的证明,过海关时,对方却什么也没有看。

"这个时候出国啊,"关员笑道,"回来可不容易。"

遥远叹了一声,点点头,答道:"没办法。"

"出国团聚？"关员看遥远的签证，随口道。

遥远十分意外，他使用的是商务签证，确实也可以用商务理由出境。

"你虽然在叹气，"关员说，"却带着笑容，多半是与亲人团聚。"

遥远不好意思地笑笑，关员说："去吧，后会有期。"

遥远拖着箱子，离开了海关。不知道为什么，他心里竟生出许多不舍，回头遥遥看了眼，百味杂陈。

但他不后悔，在广播声中，前往登机口上飞机。

前往迪拜的飞机上乘客很少，商务舱只有寥寥几人，经济舱坐了近一半人，大多在聊生意、商务、签证。这种时候出去的都有不得不去的理由，或是家人孩子，或是工作需要。

遥远也不知道为什么，一在商务舱躺下来，便觉得所有的力量都用光了。他点了飞机餐，狼吞虎咽地吃完了，再点了一小杯香槟，便昏昏沉沉开始睡觉，决定在降落前睡个天昏地暗。

梦境里，是乞力马扎罗山顶上那只豹子的尸体。

那永不解冻的冰雪，山下绿意盎然，极目所望是无边无际的草原，谭睿康仿佛就在那里等着他……

一片漆黑中，剧烈的震荡让遥远倏然醒来。

空乘开始播报气流颠簸，遥远下意识地抓住了手机，飞机上一片死寂，仿佛穿行在雷鸣与暴雨之中。

他想发个信息，却发现这一切其实微不足道，便释然地放开了手机。

很快，飞机恢复平稳，犹如一个小插曲。

如果坠机，如果我死了，谭睿康会怎么样？

遥远忍不住想，但很快他便再一次陷入梦境，这一切也随之成了他梦境的一部分。

飞机落地，抵达开罗，遥远拿好行李，下去转机，路上还帮几名中国人进行了翻译。

谭睿康给他发了信息：班级团建怎么样？

遥远回了几张之前拍的照片：挺好玩，就是很忙。

中转时碰上一点小麻烦，开罗海关仿佛有意刁难，遥远马上醒悟过来，把二十美元夹在护照里。

他如愿以偿地上了前往金沙萨的飞机。十二个小时前，他还在中国，现在竟然就这么独自一人踏上了异国他乡的土地！

当身边全部换成了蓄须卷发的中东人与黑人，用着葡萄牙语、法语、英语与阿拉伯语交流，告示牌也全部变成了阿拉伯文时，遥远只觉这一切实在太魔幻了，就像梦一般！

"可乐加冰，谢谢。"遥远只能用英文点了饮料，朝窗外望去。飞机起飞时，外头景色全换成了大片沙漠与稀稀落落的荒地，远方仿佛还能看见金字塔的影子。

天空蓝得像被颜料抹匀了一般，赤道地域的阳光刺眼无比。

"你需要一副墨镜。"身边的一名法国妹子戴着口罩与墨镜，朝遥远说道。

遥远笑了起来，点点头。此刻他的心脏跳得砰砰响，这也许是他这辈子所做过的最冲动、最无法回头的事了，一个人辗转来到非洲。

机上娱乐系统播放着杜拉斯的《情人》，他看了一会儿，不知道为什么，想起了那部经典电影《远离非洲》，主题曲叫《卡萨布兰卡》。少年时代，他还很喜欢这首歌，然而上一次到肯尼亚旅游时，他根本想不起这一切。

飞机全程低空飞行，越过尼罗河，沿着它的上游，飞向中非地区，再往南，便是大裂谷了，这里是数百万年前人类的起源之地，也是地球上所有人的故乡。

遥远听着《卡萨布兰卡》，凑在窗边，俯瞰非洲大地。这趟旅途足足持续了四个半小时，从清晨到午后，直到当地时间中午两点，才抵达金沙萨。

就像谭睿康描述的那样，这里有太多的中国人，他们背井离乡，或因公务派遣，或独自一人漂洋过海讨生活，遥远在飞机上还练习了半天法语，这时随便抓了个东亚人长相的人，问道："您好，抱歉打扰了，我想出去坐计程车……"

付了小费，一路畅通无阻，遥远走出机场，光芒万丈，不少本地人戴着草帽，皮肤的颜色一个比一个深，纷纷叫嚷道："你好！你好！我有空调！去哪里！"

遥远："……"

"你好！中国人！你去哪里？"

遥远深呼吸，吃了一嘴沙尘。

"远洋康瑞，"遥远说，"知道在哪儿吗？"

遥远拿出法文地址给对方看，出租车司机意外地知道，议价之后便让他跟着走走走，还热心无比，帮他提行李。

金沙萨就像中国的二线城市，除了稍脏一点，街景维持着一个现代化的最低水平，从机场穿过市区，倒也有不少高楼。

"你说英语吗？"遥远问。

他其实已经很疲惫了，但随着目的地不断接近，精神却更加兴奋。他维持着一个很累却完全睡不着的状态，大脑正在高速运转，他控制不住自己，只想找个人说说话。

"一点点，一点点！"司机小哥说道，"你们中国人，只会说英语！"

遥远说："金沙萨很漂亮嘛。"

遥远做好了心理准备，这次过来，以谭睿康回国的困难程度，估计至少得在非洲待个半年。

"很多地方！"司机小哥说，"都是你们中国人建的！比如说这里！"

司机小哥摇下车窗示意遥远看，遥远差点被吓蒙，喊道："哎！不要在高速上突然减速，靠边，啊啊啊啊！太危险了！"

"远洋康瑞在哪儿？"遥远问。

"市区！最好的一片地！"司机小哥说，"听说有位神秘的大老板呢！"

遥远："……"

遥远一手扶额，说："为什么你们都知道？"

司机小哥说："因为中国人都说，那里的老板很神秘！"

遥远："……"

与司机聊了几句，遥远才知道，原来当初他们托这里的朋友关系进驻的那栋五层小楼，曾经是法国人的租界，也曾是社会名流聚集的地方。

而远洋公司的大老板，则是个几乎从不出面的男人，传说他长得又高大又英俊，有数十亿美金的身家，有联合国驻刚果金观察员的头衔，却从不参与任何社交，也不与社交名媛们打交道……

他总是孤独地坐在办公室里，眺望着花园。

遥远："……"

听到这些子虚乌有的传闻时，遥远只觉得非洲人的想象力实在太丰富了。

首先，这栋楼是他们生意伙伴下属的一个企业，因为购买加工车床的欠款未结，暂时抵给他们的，远洋只有小楼的使用权，没有产权。

其次，谭睿康被塑造成英俊多金的年轻总裁，身家数十亿，还是美元！他要有这些钱，还在非洲做什么！

至于那个头衔，则纯粹是他们捐了一笔钱得到的头衔赠礼。

"这是了不起的盖茨比吗？"遥远说。

"啊！YES！"司机小哥说，"他有个外号，叫……"

遥远说："叫盖茨比也太不吉利了吧！"

"叫达西！"司机说道。

遥远道："达西是谁？哦，《傲慢与偏见》，达西，这个还可以。"

这家伙肯定天天在驻地开PARTY，只是不知道除了聚会，有没有乱来。

"到了，"司机说，"祝你好运！"

司机以为遥远是去找远洋公司做生意的，便在路上给遥远说了半天这位神秘大老板"达西"的逸闻。遥远本以为两年没见，谭睿康做了不少坏事，没想到司机说了半天，遥远什么把柄也没抓到。

小楼正对着一条非常安静的街，遥远拖着行李箱来到门口，被警卫拦住了，要看预约。

遥远说："没有预约，你把里头办事员叫出来。"心想，好大的气派，还有警卫站岗。

也许看遥远是个中国人，警卫不敢太拦他，于是先是将铁门打开，让他在大门外与铁门中间的喷水池前等候。

"您好！"里头小步跑出来一名身穿西服的员工，是个本地人，一口中文却十分流利，"请问您有什么事，有预约吗？"

遥远在视频里见过她，名字叫海耶，是远洋在刚果金的正式雇员，但海耶明显对中国人的长相分不太清楚，外加视频里匆匆一瞥，没敢认真看，根本认不出遥远。

"我找谭睿康，"遥远说，"你带我去见他就行了。"

海耶说："他正在处理公务，现在恐怕没有时间。"

"他没有在处理公务，"遥远说，"他正在打游戏，你相信我，这个时间他一定在推塔。嘘，咱们一起上去，悄悄地给他一个惊喜。"

海耶："……"

海耶显然意识到这位访客非同寻常。

"我可以先看下您的护照吗？"海耶说，"或者ID，或者其他可以证明身份的文件……"

遥远大方地把护照递给她，说道："我叫赵遥远，远……yuan，你看公司的名字？"

他摘下墨镜，指了下大门口悬挂的"远洋康瑞"的招牌。

海耶马上明白过来了，连忙捂住嘴，点点头，过来拉箱子，说："您请进！"

"Bonjour。"海耶带遥远上了二楼，来到谭睿康的书房外，朝坐在桌前的秘书打了个招呼。

那印度小哥答道："Bonjour。"同时以好奇的目光打量遥远，瞬间反应过来了，几天前在视频里见过，吓得整个人跳了起来。

"怎么这么大反应，"遥远打趣道，"他没在里头做什么吧？"

阿布克钦马上躬身，上前为遥远开门。

遥远走进办公室，谭睿康正坐在转椅上，背对办公室门，面朝外头的风景，低头在手机上打游戏——每天下午，遥远会与他约在游戏里等，但这天遥远没有上线，他只得自己玩，颇有点意兴阑珊。

那风景就像油画一般，遥远不止一次在视频里看见过。

谭睿康穿着西服衬衣与漆黑的西裤，把脚搁在窗台上，那背影既熟悉又陌生。

关门声响，一阵风吹过。

"谁？"谭睿康放下手机，说，"怎么也不敲门？"

"大老板，"遥远说，"查岗了，顺便检查工作。"

谭睿康的动作停住了，手机掉在地上，他难以置信地缓缓转头，看着遥远。

两人就在这凝固的时间中，怔怔对视。

他瘦了，也晒黑了，头发有点儿乱，但哪怕不在遥远身边，想必他也笨拙地收拾了自己，或是交给理发师摆弄。

他想笑，却笑不出来，已经彻底蒙了。遥远知道这一刻，谭睿康一定以为这是一个梦。

"怎么回事？"谭睿康茫然道，"小远？是你吗？"

他努力地闭上眼，又睁开，遥远只是不说话，静静地看着他。

他们已经分开两年了——人生能有多少个两年？七百多个日夜，这一刻，他竟是站在了谭睿康面前。

谭睿康慢慢走过来，被办公桌绊了一下，有点踉跄，依旧睁大了双眼，竟是不敢碰遥远，仿佛只要轻触一下，遥远就会化作烟雾消散。

"我有点想你了，"遥远不好意思地说，"就过来了，什么也没有带。"

"小远？"谭睿康的声音发着抖，他实在太久没有见到赵遥远了，甚至觉得这一切都变得很不真实。

遥远坦然地看着他，只是微笑。他正竭力控制着自己不要流眼泪，虽然鼻子很酸。

"是你吗？"谭睿康眼眶通红，居然哭了，他伸出手，手指不断颤抖。遥远轻轻揪住谭睿康的手指，就在两人触碰的一刹那，谭睿康先一步崩溃了，他大步上前，紧紧地抱住遥远，力度大得出奇。

"小远！小远——"谭睿康大喊道，"是你！是你！太好了！"

遥远被谭睿康抱住的一刹那，只觉得自己要憋死了……接着被他一吼，瞬间又觉得要聋了，相逢的泪水早已抛到九霄云外。紧接着，谭睿康把他整个人抱了起来，大喊大叫。

"不要打转！"遥远马上劝阻了这个行为，"太老土了！太雷人了！"

谭睿康放开遥远，两手覆在他耳畔，表情充满了震惊。

紧接着，谭睿康又抱紧了遥远，遥远正要让他快放开，抱得太用力时，却发现谭睿康真的哭了起来。

这一下遥远终于忍不住了，也哭了出来。

"你……"谭睿康说，"怎么就来了？"

遥远忍住眼泪，笑道："不能来？"

谭睿康说："我怕你也回不去了！"

遥远道："那我就留在这儿。"

谭睿康忍不住又大笑起来。

"头发怎么这么乱？"遥远说。

"今天不用视频……"谭睿康不好意思地说，"就……没打理。"

"好了，达西，"遥远说，"既然已经远走天涯，就一起流浪吧。"

谭睿康破涕而笑，看着遥远出神，想拉着他坐下，办公室里却只有一张椅子。于是他让遥远坐着，自己蹲靠在遥远身边，两人一起望向窗外的风景。

"办公室里连张沙发都没有，"遥远说，"可见你的傲慢，来客都必须站着和你说话。"

谭睿康只知道笑，再没有半分霸道总裁的模样。遥远看着窗外的风景，说道："但办公地点倒是选得很好……还在看？"

遥远四处打量，谭睿康却只知道盯着遥远看，又不住笑。

秋风吹来，将黄叶吹进房中，吹得谭睿康的日记本哗啦啦地响，翻过他们这二十年来的每一个瞬间,卡萨布兰卡的乐声中,非洲那从远古刮来的风,温柔地拂过这人类的故乡,直到天荒地老。

图书在版编目（CIP）数据

"王子病"的春天 / 非天夜翔著. — 武汉：长江出版社，2024.6
ISBN 978-7-5492-9422-0

Ⅰ．①王… Ⅱ．①非… Ⅲ．①长篇小说—中国—当代
Ⅳ．① I247.5

中国国家版本馆 CIP 数据核字（2024）第 075310 号

"王子病"的春天　　非天夜翔　著
WANGZIBING DE CHUNTIAN

出　　版	长江出版社
	（武汉市解放大道 1863 号）
选题策划	小　鱼
市场发行	长江出版社发行部
网　　址	http://www.cjpress.cn
责任编辑	陈　辉
封面设计	光学单位
印　　刷	长沙鸿发印务实业有限公司
版　　次	2024 年 6 月第 1 版
印　　次	2024 年 6 月第 1 次印刷
开　　本	880mm×1230mm　1/32
印　　张	9.75
字　　数	320 千字
书　　号	ISBN 978-7-5492-9422-0
定　　价	54.80 元

版权所有，翻版必究。如有质量问题，请联系本社退换。
电话：027-82926557（总编室）　027-82926806（市场营销部）